安徽农业大学人才经费资助（项目号： rc432501）

晏几道

『以诗为词』研究

梁　丰◎著

光明日报出版社

图书在版编目（CIP）数据

晏几道“以诗为词”研究 / 梁丰著 . -- 北京：光明日报出版社，2025. 3. -- ISBN 978 - 7 - 5194 - 8554 - 2

Ⅰ. I207. 23

中国国家版本馆 CIP 数据核字第 2025BP7881 号

晏几道“以诗为词”研究

YANJIDAO“YI SHI WEI CI”YANJIU

著　　者：梁　丰

责任编辑：史　宁　　　　责任校对：许　怡　李佳莹

封面设计：中联华文　　　责任印制：曹　净

出版发行：光明日报出版社

地　　址：北京市西城区永安路 106 号，100050

电　　话：010-63169890（咨询），010-63131930（邮购）

传　　真：010-63131930

网　　址：http：//book. gmw. cn

E - mail：gmrbcbs@ gmw. cn

法律顾问：北京市兰台律师事务所龚柳方律师

印　　刷：三河市华东印刷有限公司

装　　订：三河市华东印刷有限公司

本书如有破损、缺页、装订错误，请与本社联系调换，电话：010-63131930

开　　本：170mm×240mm

字　　数：226 千字　　　　印　　张：17. 5

版　　次：2025 年 3 月第 1 版　　印　　次：2025 年 3 月第 1 次印刷

书　　号：ISBN 978 - 7 - 5194 - 8554 - 2

定　　价：78. 00 元

序

“以诗为词”是中国古代文学史上一个颇为引人关注的命题，一提到它，研究者多会联想到苏轼。实际上，晏几道也言及于此，只是资料较少，研究难度大，所以学者关注相对较少。梁丰博士以“晏几道‘以诗为词’”为研究对象，颇具挑战性，体现出作者迎难而上，勇于创新的学术勇气。

梁丰是我的学生，勤学好问，聪明而富有灵性，学术视野开阔，学术基本功扎实，在古代文学研究方面有一定的天赋，对宋词尤为感兴趣。于是，我便让她尝试着做晏几道词的研究。此后，她便仔细研读晏几道词作，同时广泛收罗文献，在攻读硕士学位期间，开始了《晏几道词全集》的编撰整理工作。梁丰的硕士论文《晏几道“以诗为词”研究》，就是在整理《晏几道词全集》的基础上完成的。论文有十多万字，答辩时得到专家的一致好评，并获海南省优秀学位论文荣誉。本书即是在梁丰的硕士毕业论文基础上，修改补充而成。2018 年硕士毕业后，梁丰考入福建师范大学，师从欧明俊教授攻读博士学位，仍从事宋词研究。在撰写博士论文的同时，她抽时间不断打磨、润色书稿。2021 年博士毕业后，她又进入吉林大学中国语言文学博士后流动站深造，在从事博士后科研工作的同时，不时修改、完善书稿，近期终于完成《晏几道“以诗为词”研究》这部相对厚重的书稿。

本书以“以诗为词”的渊源与流变为切入点，挖掘晏几道“以诗为词”的社会文化根源，从晏几道对词情的开拓、寓以诗人技法、后世词人对晏几道“以诗为词”的接受三个层面，较为系统、详尽地探讨了晏几道“以诗为词”的内涵及其文学史影响。全书结构设计合理，层次明晰，观点鲜明，中心突出，立论建立在大量翔实的一手材料基础之上，不做凿空之语，论证逻辑严密，文中不乏新意，结论可信度较高，显示出梁丰博士系统、扎实的专业素养与理论水平，以及较强的独立从事科研的能力。这一研究，对推进《小山词》以及宋词的研究，无疑具有一定的学术价值与理论意义。

本书分为四个章节。第一章从花间词人群体的“由诗入词”之路，以及南唐词人群体的忧患意识与家国情怀，追溯“以诗为词”的文学渊源，又以晏殊、欧阳修、张先、柳永等北宋前期词人对词体的雅化为线索，探究“以诗为词”之演变，这都深刻地影响了晏几道“以诗为词”的探索。第二章从晏几道《小山词·自序》入手，阐释其抒发个性情怀、述写个人志趣的词学观念，这是“以诗为词”的实质，晏几道在词中嗟叹身世落差，追忆失落旧情，展现独立人格，他的创作实践切实反映了个体独特的生命历程，此乃他对词情的开拓。在本章论述中，梁丰博士将晏几道存世的数首诗与其词进行比对分析，颇有说服力。第三章从晏几道援引事典，点化诗句以及诗化用语三方面，着重讨论其“寓以诗人句法”的创作技巧，这些技法源自“江西诗派”之诗法，梁丰博士结合了黄庭坚等人的诗学理论进行论述，具有一定学理性与研究深度。第四章主要探讨晏几道“以诗为词”的后世影响。北宋时期，文人重诗文、轻词赋的观念依然根深蒂固，但晏几道是个例外，他的词学传播意识较同时期大多数词人都要浓烈，这在很大程度上增强了其词之传播效应，故梁丰博士以此为引子，探析晏几道“以诗为词”的后世影响。在宋代，其对词情的开拓影响了秦观、李清照等；“寓以诗人句法”影响了贺铸、周邦彦、吴文英等；至明清时期，诸词人对晏几道“以诗为词”的认识与接受更加全面。各章节内部结构完整，逻辑清晰，论据充分，文辞流畅。

总而言之，本书可读性强，专业水平较高。由此可见梁丰博士严谨求实的治学态度和刻苦钻研的学术精神。我相信，梁丰博士若能循此以进，不懈努力，他日定能学有所成。

梁丰书成，索序于我，聊弁数言，以表期许。

薛　泉

2024 年 3 月 19 日

目　录
CONTENTS

绪 论

“以诗为词”最早由陈师道在《后山诗话》提出：“退之以文为诗，子瞻以诗为词，如教坊雷大使之舞，虽极天下之工，要非本色。”①其基本含义为：将诗之题材内容引入词之领域，以作诗的手法作词，强调个人情志的抒发，开拓新词境，呈现新词风，提高词之格调。而后，“以诗为词”就成了苏轼词的典型创作特征。然而，“以诗为词”并非从苏轼开始，也并不是苏轼的特例，而是当时词人作词的普遍现象，与苏轼同时且稍晚的晏几道亦不例外。比陈师道较早，且身为陈师道之师的黄庭坚于《小山词序》中已率先提出了晏几道之词“寓以诗人句法，清壮顿挫，能动摇人心”②。后人多以为然，此说法实与“以诗为词”相契合。对晏几道“诗人句法”的分析，从古至今，不乏其人，而将晏几道“以诗为词”作为一个命题提出则比“诗人句法”要晚得多。

一、研究状况回顾

晏几道“以诗为词”这一命题虽被研究者提出，但鲜有对于此命

---

① 陈师道．后山诗话［M］//何文焕，辑．历代诗话：上册．北京：中华书局，1981：309.

② 黄庭坚．黄庭坚全集：正集卷十五［M］．刘琳，李勇先，王蓉贵，点校．成都：四川大学出版社，2001：413.

题的专门论述，多是片段性的简要提及。回顾晏几道“以诗为词”的研究现状，大致涉及以下几方面：

（一）晏几道“以诗为词”之内涵

随着学界对“以诗为词”这一概念理解的进一步深入，晏几道“以诗为词”之内涵亦被不断探讨，研究者大体从以下四个角度来剖析“以诗为词”内涵。

其一，从晏几道词学观念与创作实践界定。有人认为其“以诗为词”包括其词学观念向诗旨回归与创作实践向诗法学习。比如，邱昌员《简论晏几道与“以诗为词”》称：“他不仅有着以诗的精神与趣味为指归和取向的词学思想，且在具体的创作中也多向诗体学习借鉴，很大程度上表现出词体诗化的特质。”[①] 台湾学者卓清芬持论相同，其《“以诗为词”的实践：谈晏几道〈小山词〉的“诗人句法”》[②] 认为晏几道“以诗为词”包含了“抒情言志”的词学观念以及“诗人句法”的创作实践，“抒情言志”是诗歌的本质特征，“诗人句法”是诗歌的重要技法。

其二，从晏几道词之内在特质与外在形式界定。认为其“以诗为词”包含内在“诗心”与外在“诗法”。比如，王兆鹏《从诗词的离合看唐宋词的演进》云：“晏几道词不仅如黄庭坚所说‘寓以诗人之句法’，还在恋情的外衣下潜藏着个体人生的失意与悲哀。”[③] 刘凌、张学忠《狎邪之大雅，豪士之鼓吹——再论〈小山词〉的思想特质和艺术成就》同样持此观点：“小晏的以诗为词，不仅是‘寓以诗人句法’，有诗的形式，更有诗的内在品格，就是别有寄托，随时随地都能激发他

---

① 邱昌员．简论晏几道与“以诗为词”［J］．赣南师范学院学报，2000（5）：31.

② 卓清芬．“以诗为词”的实践：谈晏几道《小山词》的“诗人句法”［J］．中国文化研究所学报，2008（48）：315-342.

③ 王兆鹏．从诗词的离合看唐宋词的演进［J］．中国社会科学，2005（1）：160.

对生命与世事的感悟。”① 这是从《小山词》的角度对晏几道“以诗为词”内涵进行理解，而晏几道词的内在特质正是“抒情言志”，外在形式则是“诗人句法”，故此观点与第一种观点殊途同归。

其三，从“寓以诗人句法”之内涵解释。认为“寓以诗人句法”的内涵与“以诗为词”等同，即词体从内容与形式两方面的诗体借鉴。例如，木斋先生于《论唐宋词的诗体借鉴历程》中将黄庭坚之“寓以诗人句法”视为：“晏几道‘以诗为词’的别样说法。”② 于另一文《论小晏体的词史意义》③ 称“寓以诗人之句法”是唐宋词体史上“以诗为词”的最早说法。王卿敏之硕士论文《〈小山词〉的接受史》④ 亦如同木斋所言。此论其实与以上第二种观点是相同的，但就更多研究者来说，“寓以诗人句法”的内涵较“以诗为词”小得多，晏几道之“诗人句法”仅是其“以诗为词”的重要组成部分。

其四，从词体“雅化”角度阐释。认为其“以诗为词”的本质是“雅化”，其“雅化”表现在题材、内容、风格、艺术形式与语言特点均向诗体靠拢。持此论者主要是谢雪清，其论文《北宋初中期“以诗为词”创作倾向》⑤ 与《北宋初中期“以诗为词”的得失及其影响》都有提及：“‘以诗为词’的本质应该是‘雅化’……不单是范仲淹、王安石、苏轼或苍凉悲壮或雄浑超迈或沉郁旷放的豪放是‘以诗为

---

① 刘凌，张学忠．狎邪之大雅，豪士之鼓吹：再论《小山词》的思想特质和艺术成就［J］．学术交流，2012（2）：162.

② 木斋．论唐宋词的诗体借鉴历程：以温韦、张先、晏欧、少游、美成体为中心线索的探讨［J］．社会科学研究，2006（3）：175.

③ 木斋．论小晏体的词史意义［J］．山东师范大学学报（人文社会科学版），2007（2）：32-38.

④ 王卿敏．《小山词》的接受史［D］．上海：华东师范大学，2006.

⑤ 谢雪清．论北宋初中期“以诗为词”创作倾向［J］．青海师专学报·教育科学，2006（6）：57-60.

词’，张先、晏殊、欧阳修、晏几道的风流闲雅亦是‘以诗为词’。”①这又是从另一角度阐释晏几道“以诗为词”，亦有一定道理。然而，更多研究者将“雅化”视为“以诗为词”的目的，单纯以“雅化”概括其“以诗为词”的本质属性，似乎失之偏颇。

综合以上四种观点，笔者更倾向于邱昌员与卓清芬的说法。《小山词》是晏几道“以诗为词”词学观念与“以诗为词”创作实践的结晶，从其词学观念与创作实践界定其“以诗为词”内涵更为具体贴切。

（二）《小山词》之“诗人句法”

一般认为“诗人句法”是晏几道“以诗为词”的外在文法技艺。虽然晏几道“诗人句法”的研究成果较“以诗为词”可观，涉及多方面研究，但缺乏系统的梳理与论述。回顾其研究状况，可从“诗人句法”的表现及原因两方面概括。

1.“诗人句法”的表现

《小山词》之“诗人句法”的表现多种多样，具体分为以下几种表现方式。

其一，用调。多数研究者都关注到，晏几道喜用体式整齐的诗式词调。比如，杨海明《唐宋词史》第五章第三节《“追逼花间”的晏几道词》②，邱昌员《简论晏几道与“以诗为词”》，谢雪清《论北宋初中期“以诗为词”创作倾向的发展轨迹》，卓清芬《以诗为词的实践：谈晏几道〈小山词〉的诗人句法》，钱建状、刘尊明《尊词与辨体：宋词独特风貌形成中的一对矛盾因子》③，伍三土《小晏词的“诗人句

---

① 谢雪清．北宋初中期“以诗为词”的得失及其影响［J］．桂林师范高等专科学校学报（综合版），2006（3）：51.

② 杨海明．唐宋词史［M］．南京：江苏古籍出版社，1987：219-221.

③ 钱建状，刘尊明．尊词与辨体：宋词独特风貌形成中的一对矛盾因子［J］．湖北大学学报（哲学社会科学版）．2000（3）：59-60.

法”》① 等这些文章都分析了《小山词》的用调并得出《小山词》诗化倾向的结论。然而，对于晏几道用调的研究多局限于其整齐的句式，忽视了晏几道对韵律的选用也是其词诗化的原因。

其二，炼字。晏几道对于字法的使用即炼字较少人谈及。卓清芬《以诗为词的实践：谈晏几道〈小山词〉的诗人句法》比较详细探讨晏几道所使用的几种字法：实字、虚字、叠字、重字、色彩字、句眼，以及其炼字的意义。并认为这些字法都是诗人句法的表现。

其三，对仗。晏几道在词中大量使用对句，以至某些研究者认为晏几道“诗人句法”在于“善用对偶句”②。对句的大量使用的确使《小山词》更像诗，但对句只是“诗人句法”的一个表现，“诗人句法”远不止对句，所以此论比较片面。邱昌员《简论晏几道与“以诗为词”》提出“对句矜炼”是晏几道创作“诗化”的主要表现之一，并对此做了简要分析。卓清芬《以诗为词的实践：谈晏几道〈小山词〉的诗人句法》分类探究其对偶使用；唐红卫专著《二晏研究》中《寓以诗人句法写词——词的诗化特点》③ 一文统计出《小山词》有 183 首使用了对句，对句总量达 250 处，同样从对偶方式对晏几道对句进行分类讨论。

其四，比兴。晏几道在词作中大量使用比兴手法，将身世之感寄托于艳词之中，是其“诗人句法”的又一重要表现。卓清芬《以诗为词的实践：谈晏几道〈小山词〉的诗人句法》、李东宾《试论小山词的“诗人句法”——兼论黄庭坚诗论对小山词创作的影响》④ 都较为详细

---

① 伍三土．小晏词的“诗人句法”［J］．古典文学知识．2013（3）：84-89.

② 朱淡文．略论晏几道及其《小山词》［J］．求是学刊．1984（5）：61.

③ 唐红卫．二晏研究［M］．天津：南开大学出版社，2010：198-204.

④ 李东宾．试论小山词的“诗人句法”：兼论黄庭坚诗论对小山词创作的影响［J］．广播电视大学学报（哲学社会科学版），2008（3）：35-39.

地讨论了其比兴手法的运用。马里扬《自编词集与晏几道词的深隐寄寓》运用“以诗证词”方式，深入挖掘晏几道词中的深隐寄寓①。张琛硕士学位论文《宋代二晏词接受史研究》第二章第一节《北宋时期的二晏词评价》② 称赞《小山词》深得风骚之旨和比兴之义，但没有对此展开分析。晏几道将一己之怀寄寓词中，必然要使用比兴手法。然而，对于这一点学术界却较少关注，实为一种缺憾。

其五，点化。点化前人诗句是晏几道“诗人句法”的典型表现。有诸多学者对于此进行过详细的梳理分析，如邱昌员、卓清芬、李东宾、伍三土、唐红卫、钱锡生等。邱昌员《简论晏几道与“以诗为词”》论及此仅一个段落；卓清芬《“夺胎换骨”的新变——晏几道〈小山词〉“诗人句法”之借鉴诗句探析》③ 全文旨在分析晏几道《小山词》借鉴前人诗句的技巧，通过对《小山词》借鉴前人诗句的评论，了解晏几道借鉴前人诗句的情形，并从词体与诗体的交融涵摄，以作诗的态度和方法填词，锤炼翻新、绮丽中见清逸的语言风格，雅正含蓄的美感等方向归纳《小山词》借鉴诗句的意义，还探讨了晏几道如何在前人的诗句中翻出新意，建立个人特色，论述相对充分且全面；伍三土《小晏词的“诗人句法”》后半部分都是对晏几道化用诗句的分析；李东宾《试论小山词的“诗人句法”——兼论黄庭坚诗论对小山词创作的影响》将“‘点化’‘诗眼’的造句技巧”设为一节展开论述；唐红卫于其专著《二晏研究》后附表，统计了晏几道对前人诗句的化用；钱锡生《论晏几道词对前人诗歌的接受》整体调查和统计了晏几道词对前人诗歌的接受，通过语词、语句、篇章这三个层面，探究晏几道接

① 马里扬．自编词集与晏几道词的深隐寄寓［J］．上海师范大学学报（哲学社会科学版），2018，47（6）：72-81.

② 张琛．宋代二晏词接受史研究［D］．保定：河北大学，2013：13-25.

③ 卓清芬．“夺胎换骨”的新变：晏几道《小山词》“诗人句法”之借鉴诗句探析［J］．“国立中央大学”人文学报，2007（31）：65-119.

受前人诗句的多种方式①；王红杏《小山词与唐诗》②、高安琪《论小山词对唐诗的化用》③、拙文《“寓以诗人句法”——论晏几道〈小山词〉对唐诗的化用》④，侧重分析晏几道对唐人诗句的化用方式及其原因；孙歌《论晏几道词的化诗现象》⑤ 全文讨论晏几道对前人诗句的化用，并着重探究其化用诗句的特点，即反复化用同首诗歌中的不同诗句或同一诗句、挪用原诗句或只改原诗句中个别字、把多句诗（含两句）缩为简练的词句、把简练的诗句扩为多句词（含一句诗扩为两句词）、化用整首诗歌的词句。这实则亦是对化用方式的分析分类。刘扬忠《论孟浩然诗歌对宋诗宋词创作的影响》部分内容专门分析了晏几道对孟浩然诗歌的点化：“填词时认真学习孟浩然诗歌的，主要就是晏殊的小儿子晏几道。小晏学孟的成果远比其父多，艺术水平也超过了其父。”⑥ 然而，晏几道对前人诗句化用的研究成果虽然可观，但还存在以下不足：多数研究者注重晏几道对前人诗句的化用，而忽视了其对前人文赋的化用；在晏几道所化用诗句中，研究者又更多关注其对唐诗的化用，而忽视了其对先唐诗歌以及宋诗的点化。

其六，用典。这里主要谈论的是前人对于《小山词》事典运用的研究，是“诗人句法”的重要表现。台湾中兴大学硕士刘嘉熙的毕业论文《晏几道〈小山词〉研究》中第四章《〈小山词〉的用典探析》⑦、

---

① 钱锡生．论晏几道词对前人诗歌的接受［J］．中国文学研究，2020（2）：53-59.

② 王红杏．小山词与唐诗［J］．安徽文学（下半月），2011（7）：103-104.

③ 高安琪．论小山词对唐诗的化用［J］．北方文学，2012（5）：148-150.

④ 梁丰，薛泉．“寓以诗人句法”：论晏几道《小山词》对唐诗的化用［J］．安康学院学报，2017，29（4）：31-35.

⑤ 孙歌．论晏几道词的化诗现象［J］．南昌航空航天大学学报（社会科学版），2016，18（2）：106-111.

⑥ 刘扬忠．论孟浩然诗歌对宋诗宋词创作的影响［J］．铜仁学院学报，2015，17（3）：3-11.

⑦ 刘嘉熙．晏几道《小山词》研究［D］．台北：台湾中兴大学，2007.

李东宾《试论小山词的“诗人句法”——兼论黄庭坚诗论对小山词创作的影响》、唐红卫《寓以诗人句法写词——词的诗化特点》三篇文章，对于晏几道使用事典进行了一定的分析。刘嘉熙从用典出处、用典技巧以及用典的艺术特色对其用典进行了探究；李东宾在分析其比兴寄托中，简单分析了其对某些传说的使用；唐红卫在其文中将“充分运用典故”专门设置一部分，但只是统计出晏几道使用了186个典故，并没有详细的说明。在晏几道260首词中，典故所占的比重是相当大的，故而晏几道对典故的使用不容小觑，这是其对诗歌技法的重要借鉴。然而，学界对此研究比较薄弱，有待深入挖掘。

其七，章法。晏几道词多变的章法结构为人称道，这是其“诗人句法”的又一重要体现。邱昌员《简论晏几道与“以诗为词”》点出了晏几道的多种章法结构：时空变幻、意象跳越、虚实结合、首尾开合等多借鉴于诗歌技法，但是没有展开论述。杨海明《唐宋词史》称其词势章法吸收了“诗”的作法；卓清芬亦认同，其《以诗为词的实践：谈晏几道〈小山词〉的诗人句法》认为晏几道词之章法源于乐府诗与长篇歌行的写法；钟陵《清壮顿挫小山词》① 在第三部分侧重分析了《小山词》篇章构思方式，尤其分析其章法结构中的“起承转合”法，颇具创新；李东宾《试论小山词的“诗人句法”——兼论黄庭坚诗论对小山词创作的影响》将“跌宕顿挫的结构布置”作为一节，举例论证其多变章法与黄庭坚诗法切合。

其八，修辞。晏几道对其余修辞技巧的使用，如比拟、反复、设问等都是诗歌常用的修辞手法。例如，卓清芬《以诗为词的实践：谈晏几道〈小山词〉的诗人句法》主要分析了拟人、设问、映衬这三种修辞技巧。就这一点而言，学术界的探讨比较少，其实这些修辞手法应该

---

① 锺陵．清壮顿挫小山词［J］．南京师大学报（社会科学版），1985（2）：39-45.

是各类文体常用的手法，并非源于诗，也不应局限于诗，故而民国学者宛敏灏先生的专著《二晏及其词》中第十二章《二晏词的艺术》[①] 论述了《小山词》所使用的修辞技巧，如譬喻、比拟、双关、复叠与反复等，但没有明确提出这些修辞手法是对诗歌手法的借鉴。

其九，语言风格。晏几道之“诗人句法”导致的语言风格就是“清壮顿挫”。论者们在论述其“诗人句法”时皆有谈及。

2. “诗人句法”的成因

对于《小山词》“诗人句法”的表现，前人已多有涉及，但对于其背后的原因，却很少有人专门做过研究。李东宾《试论小山词的“诗人句法”——兼论黄庭坚诗论对小山词创作的影响》点明了《小山词》之“诗人句法”是受黄庭坚诗论的影响。卓清芬《“夺胎换骨”的新变——晏几道〈小山词〉“诗人句法”之借鉴诗句探析》与《以诗为词的实践：谈晏几道〈小山词〉的诗人句法》两文，与李东宾持论相同。李扬于《自觉的批评知音的言说——论北宋苏门学者的词学批评（上）》提道：“一旦言及作者个性化的情性胸襟，就自然而然地以诗词同源的理论作为支撑。皈依诗法往往成为别无选择的实践之途。山谷言晏小山词‘寓以诗人之句法’就非率尔偶发之论了。”[②] 李扬认为诗词同源的理论是“诗人句法”的根本原因。黄宝华《宋代词学视域中的李清照〈词论〉》[③] 认为晏几道拔出流俗的情感、品位是其使用“诗人句法”的根本原因，也就是说其词情要通过“诗人句法”才能展现得更加淋漓尽致。李扬与黄宝华说法虽有不同，但归结点是一样的，即晏几道的词学观念。晏几道“寓以诗人句法”的成因包括了其词学

① 宛敏灏．二晏及其词［M］．北京：文化艺术出版社，2017：173-176.

② 李扬．自觉的批评知音的言说：论北宋苏门学者的词学批评（上）［J］．陕西广播电视大学学报，2000（4）：46-47.

③ 黄宝华．宋代词学视域中的李清照《词论》［J］．上海师范大学学报（哲学社会科学版），2008（2）：50.

观念的诗学旨归和黄庭坚诗论的影响两方面。

综合上述归纳，对于《小山词》“诗人句法”的研究成果颇丰，但不成体系，且在各方面或多或少有所疏漏。

（三）晏几道“以诗为词”之渊源

至今还没有学者对晏几道“以诗为词”之渊源进行较为系统的梳理，多是在论述他人“以诗为词”或某时段内“以诗为词”的文章中附带提及。

其一，晏几道“以诗为词”之渊源是五代词人。例如，张惠民《论词曲递兴及其雅俗分流》提及“以诗为词”渊源可追溯至五代词人冯延巳、韦庄、李煜：“这种词一开始就强烈地表现士大夫的思想意识和审美情趣，因而在五代冯正中、韦端己诸人即开始在小词中寄寓自己的感慨或抒写自己的境遇；至李后主更淋漓尽致地表现自己的亡国之恨，一路发展下来；词成为一种表现自我情性的新诗体，不但‘寓以诗人句法’（晏小山语），更在‘其中已杂诗心’，并进一步与风骚传统结合，以寄托对君国的忠爱，而艺术上也就同步地追求典雅与精粹。”① 文中虽没有明确提及晏几道，但已经注意到了晏小山“以诗为词”的渊源。江瑛之文《论“北宋风流”——从王国维的〈人间词话〉看北宋词的特征》称：“黄庭坚在《小山词序》中云：‘寓以诗人句法，清壮顿挫。’这些评价或有过誉之处，但都言明其与花间传统的渊源。”② 认为晏几道对于诗人句法的借鉴，在传统的花间词中就能够寻觅出痕迹，即晏几道“以诗为词”之渊源可追溯至花间词人，至于如何追溯，此文并没有展开叙述。

其二，晏几道“以诗为词”之渊源是宋初词人。持此观点的研究

① 张惠民．论词曲递兴及其雅俗分流［J］．汕头大学学报，1988（4）：21.

② 江瑛．论“北宋风流”：从王国维的《人间词话》看北宋词的特征［J］．甘肃联合大学学报（社会科学版），2007（2）：55.

者较前者多。例如，李晓湘《论贺铸婉约词的风格》在追溯贺铸“以诗为词”渊源时，提到了晏几道：“在北宋词人中，已有数家尝试以‘沉郁顿挫’来求词之厚重气格。晏几道于艳词中融入‘华屋山丘’之叹以求词格之凝重。”① 其原意是要说明晏几道亦是贺铸“以诗为词”的渊源之一。晏几道之前“以诗为词”的北宋词人有数家，由此推之晏几道“以诗为词”的渊源是宋初词人。傅义之论文《论晏几道对晏殊词的继承与超越》② 简要提及晏几道对晏殊“诗化”词风的超越，也就是说傅义把晏殊作为晏几道“以诗为词”的渊源，晏殊亦是宋初词人。复旦大学周芸博士的论文《新时期文学跨体式语言的语体学研究》第七章《跨体式语言的历史溯源——宋代的跨体式语言》中就有一段“以诗为词”追根溯源的文字：“事实上，以诗为词并非苏轼首创。李清照认为……从晏殊词理性精神的导入，到欧阳修疏宕意兴之遣玩、张先词题材意境的日常化和柳永词结构章法的拓新，乃至晏几道‘寓以诗人句法’，以诗为词都是一脉相承的。”此文认为“以诗为词”从北宋开始，晏殊、欧阳修、张先、柳永都是“以诗为词”的关键性人物，是苏轼、晏几道等词人“以诗为词”的源头。谢雪清之论文《论北宋初中期“以诗为词”创作倾向的发展轨迹》③ 对于晏几道“以诗为词”源头的追溯与周芸博士相同，并在其基础上又添加了潘阆、范仲淹、王安石等宋初词人。卓清芬《以诗为词的实践：谈晏几道〈小山词〉的诗人句法》将宋初词人柳永、范仲淹、张先、晏殊、宋祁、欧阳修、王安石皆视为晏几道“以诗为词”的渊源。

其三，晏几道“以诗为词”以苏轼为渊源。例如，徐安琪《“以诗

① 李晓湘．论贺铸婉约词的风格［J］．中国文学研究，1996（2）：48.
② 傅义．论晏几道对晏殊词的继承与超越［J］．江西社会科学，1998（1）：51-56.
③ 谢雪清．论北宋初中期“以诗为词”创作倾向的发展轨迹［J］．广西梧州师范高等专科学校学报，2006（3）：1-6.

为词”：苏轼词学思想新论》中称：“影响所被，黄庭坚、晁补之、贺铸、陈师道甚至秦观、晏几道等都表现出‘以诗为词’的倾向。”① 徐安琪认为晏几道因受苏轼影响，所以表现出“以诗为词”倾向。也就是说，苏轼是晏几道“以诗为词”的源头，这一点笔者不敢苟同。晏词固然存在“以诗为词”倾向，但究竟是晏几道受苏轼影响，还是苏轼受晏几道影响，或是相互影响，还有待探讨，不可妄加定论，毕竟二者是同时代词人。

其四，晏几道“以诗为词”之渊源可追溯词出现之始，其“以诗为词”与西蜀词人、南唐词人、宋初词人都是一脉相承的。木斋与彭玉平先生均持此观点。木斋称：“词体的诗体借鉴历程，贯穿于整个唐五代北宋词的发展历程之中，早期文人词借用诗的题材，飞卿体借鉴近体诗精神……韦体则潜伏着词体回归诗体的因素；张先体、晏欧体等开始借鉴宋诗入词，主要是题材的士大夫化和宋诗的议论手法，少游体成功实现前两个阶段的整合，进一步将宋诗手法融入词本体，美成体更进一步以近体诗精神重新熔铸词体的艺术形式。”② 又在另一文《论小晏体的词史地位》将晏几道体视为与东坡体同时且稍晚的词之体制，结合两文可知他认为晏几道“以诗为词”之渊源深远。彭玉平《唐宋语境中的“以诗为词”》③ 一文将晏几道置于唐宋语境下的“以诗为词”进行观照，上溯其渊源到词出现之始，又在另一文《论词学批评中的“以诗比词”》说：“‘以诗为词’本是陈师道为批评苏轼的创作而提

① 徐安琪．“以诗为词”：苏轼词学思想新论［C］//中国韵文学会，江西财经大学．2006 词学国际学术研讨会论文集．武汉：华中科技大学，2006：359.

② 木斋．论唐宋词的诗体借鉴历程：以温韦、张先、晏欧、少游、美成体为中心线索的探讨［J］．社会科学研究，2006（3）：172.

③ 彭玉平．唐宋语境中的“以诗为词”［J］．复旦学报（社会科学版），2009（5）：65.

出，但就实际情况而言，援诗歌元素以入词在词的创作中其实是普遍现象。”① 同样以为“以诗为词”是从词之出现之始，普遍存在的一种现象。此观点是比较客观的，笔者亦认同。然而，此观点也只是点到为止，他们没有将晏几道“以诗为词”渊源展开讨论。

（四）晏几道“以诗为词”与其他词人“以诗为词”的比较

晏几道“以诗为词”绝不是特例，却有着自己的特色，部分学者已注意到了其“以诗为词”与其他词人尤其是同时代词人“以诗为词”之比较。

其一，与苏轼比较。例如，邱昌员在探讨其“以诗为词”为人所忽视的原因称：“小晏在‘以诗为词’的道路也是迈开了步子做了些尝试的，只是由于他侧重于在表现技巧上进行探求，而未在题材意境上也如范仲淹、王安石、苏轼那样‘诗化’，因而一直不为人们所重视。”② 他认为晏几道作词较局限于对诗歌技法的借鉴，此与苏轼等人对词之意境题材的开拓大不相同。谢雪清称：“之后大致形成了以范仲淹、王安石、苏轼式的雄旷激越；张先、晏殊、欧阳修、晏几道式的风流闲雅为主的两条线路。”③ 她认为晏几道与苏轼都是“以诗为词”成熟期的代表，只不过所走的路线不同。木斋将晏几道之“以诗为词”与苏东坡“以诗为词”相比较得出结论：“小晏体的以诗为词，显然更多地还在本色词人的传统之内。”④ 《小山词》无论从情感的力度还是题材的广度，都不如“完全反映着时代的精神与作为东坡的个人精神世界”的

① 彭玉平，向娜．论词学批评中的“以诗比词”［J］．江海学刊，2015（2）：180-187.

② 邱昌员．简论晏几道与“以诗为词”［J］．赣南师范学院学报，2000（5）：31.

③ 谢雪清．论北宋初中期“以诗为词”创作倾向的发展轨迹［J］．广西梧州师范高等专科学校学报，2006（3）：6.

④ 木斋．论小晏体的词史意义［J］．山东师范大学学报（人文社会科学版），2007（2）：37.

东坡词，然而《小山词》寄托了晏几道透彻骨髓的人生悲哀，从抒发士大夫情怀这个角度，与苏轼“以诗为词”殊途同归。王卫星在《元祐词坛的词体特征论新探》一文的第三部分提出“词中可有而不可过的诗体特质”[①]，也就是说词体在形成与发展中都不可能摆脱诗体的影响，但是又不能过于接受诗体的影响，否则词就不是词了。原文以晏几道词为例子，称：“晏几道词‘寓以诗人之句法’，故堪称‘清壮’‘大雅’，但此种特质是寓于高唐、洛神、桃叶、团扇一类‘狎邪’的儿女柔情之中的，其‘清壮’与苏轼词的‘壮观’有明显不同，故在时论中，苏轼词似诗，而晏几道词则不然……晏几道词未改柔媚本色，依然合体……融入清壮个性，提高词格及感染力，故能当大雅之誉。”[②] 此文亦是将晏几道与苏轼进行比较，认为从不逾越词体这个角度来看，晏几道“以诗为词”的实践较苏轼更为成功。

其二，与黄庭坚比较。黄宝华在《论黄庭坚词》[③] 中将黄庭坚“以诗为词”与晏几道“以诗为词”做比较，认为两者都在词中反映了人品，融入了一己的人生际遇与学养胸襟，把原本作为艳歌的词提升为一种抒情诗的形式，使词的主题容量与社会意义都有了拓展。

综合上述两点，在讨论晏几道“以诗为词”时，必须以苏、黄二人相参照，因为苏轼可视为与晏几道同时代的词人，而黄庭坚则是与晏几道关系最为密切的词人。但是在探究晏几道“以诗为词”时，还应该与苏、黄以外的其他词人如秦观、贺铸等进行对比参照，这样才能正视晏几道“以诗为词”的独特性以及其在词史中的地位。

（五）晏几道“以诗为词”的后世影响与词史地位

大多数学者认为晏几道“以诗为词”的影响虽不如苏轼，但其

① 王卫星．元祐词坛的词体特征论新探［J］．长江学术，2015（1）：43.

② 王卫星．元祐词坛的词体特征论新探［J］．长江学术，2015（1）：44.

③ 黄宝华．论黄庭坚词［J］．上海师范大学学报（社会科学版），1999（4）：73-78.

"以诗为词"的地位仍不可动摇。例如，邱昌员称晏几道"以诗为词"曰："尽管还难于达到苏轼的高度，但其对'以诗为词'的尝试和开拓之功同样不可否认和埋没。"① 谢雪清将晏几道视为北宋初中期"以诗为词"成熟期的代表，并认为晏几道通过自己的创作实践与创作理论发展了"以诗为词"，一定程度上影响了苏轼，影响了"周姜派"词人。木斋认为晏几道"以诗为词"与苏轼"以诗为词"的做法互为补充，影响了后世的秦观与姜白石。彭玉平提出："'以诗为词'也在晏几道、苏轼、黄庭坚等手中，从一种个人化的创作行为而逐渐演变为一种集体行为，并由此上升为一种创作理论。"② 正视了晏几道在"以诗为词"道路上的贡献。卓清芬《以诗为词的实践：谈晏几道〈小山词〉的诗人句法》专门设置一章《晏几道"以诗为词"在词史上的地位》，分为抒情言志的创作观；以比兴手法寄托身世之感；寓以诗人句法，维持词体本色；情语艳语，深厚闲雅；对令词发展的贡献和成就五方面，以此探讨晏几道"以诗为词"的影响，比较全面客观。然而，诸位学者的论述流于浅表，点到为止，至于影响了哪些词人、从哪些层面影响、影响的深层次动因等问题，皆没有详细展开实质性探讨，实为缺憾。

二、研究存在的不足以及本书主要研究内容

关于晏几道"以诗为词"的研究，前人取得的成果虽然可观，但研究中存在的不足也是显而易见的，集中体现在这几方面：其一，晏几道"以诗为词"的内涵界定不够明确；其二，对晏几道"以诗为词"的渊源问题探讨，仅限于只言片语，缺乏系统的论述；其三，对晏几道

---

① 邱昌员．简论晏几道与"以诗为词"[J]．赣南师范学院学报，2000（5）：31.

② 彭玉平．唐宋语境中的"以诗为词"[J]．复旦学报（社会科学版），2009（5）：65.

“诗人句法”的内涵意蕴分析缺乏系统的梳理，对其成因涉及更少；其四，缺乏横向的比较研究，与相关词人的比较，多流于表面，点到为止；其五，关于晏几道“以诗为词”的传播、接受、影响研究，论述较少，缺乏深层次探究，理应探析影响的深层次原因，与受其影响较大的后世词人，进行实质性的纵向对比。

总之，目前对晏几道“以诗为词”的研究，还不成体系，有进一步深入探讨的必要。以上研究存在的不足也是本书重点讨论的问题。

本书以晏几道“以诗为词”为研究对象，从“以诗为词”的渊源与流变切入，重点探讨晏几道“以诗为词”的文化内涵，即晏几道对词情的开拓以及其所采取的手段——“寓以诗人句法”。在此基础上，与宋代及宋代以后的某些词人，进行横向与纵向的比较研究，从而客观全面地分析晏几道“以诗为词”的深远影响与文学史意义，较为精确定位晏几道在文学史上的独特地位。

本书主要内容分四个部分：其一，“以诗为词”的文学渊源与演变；其二，晏几道对词情开拓的贡献；其三，晏几道“寓以诗人句法”的建构及其社会文化意蕴；其四，晏几道“以诗为词”对宋代及宋代以后词人的影响。尽量避免重复研究，不求体系完整，力求解决问题，以期能为唐宋文学研究、词学研究提供一个较为新颖的研究视角。

第一章

"以诗为词"渊源与演变

何为"以诗为词"？首先要弄清诗词之辨。许多学者认为是否合燕乐就是诗词的根本不同。然而，"如唐声诗合燕乐歌唱，却是诗，而南宋部分词不可歌，却是词"①。可见，此类划分缺乏科学依据。回到唐宋语境中，"诗言志，词言情"为大多数人所公认，笔者认为诗词之辨实质是功能的差异，即诗为政治教化，而词为声色娱乐。"以诗为词"的实质就是让词与诗同样具备抒情言志的功能。为了促进词体功能的转变，采用必要的手段，即将诗之题材内容引入词之领域，以作诗的手法作词，开拓新词境，提高词之格调。

"以诗为词"的创作何时发生。显然，要在词体独立之后。自词体产生之始，不可避免与诗体产生混淆，故而受到诗体影响是必然的。王重民《敦煌曲子词集》收录作品161首，集中表现了曲子词的初始风貌，并作《叙录》云："今兹所获，有边客游子之呻吟，忠臣义士之壮语，隐君子之怡情悦志，少年学子之热望与失望，以及佛子之赞颂，医生之歌诀，莫不入调。其言闺情与花柳者，尚不及半。"② 多数研究者引用此叙述，是为了证明词在民间时期或初始阶段内容题材是非常开阔

---

① 诸葛忆兵．"以诗为词"辨［J］．北京大学学报（哲学社会科学版），2011，48（1）：71-79.

② 王重民，辑．敦煌曲子词集［M］．上海：商务印书馆，1954：8.

的，与诗歌所反映的内容题材无异，认为是最初的“以诗为词”情况。然而，当时词体还未独立，也就是说那时人们并没有明确的“词体”概念，“以诗为词”也就无从说起。文人词的产生应该要比民间词晚，较早记录见于中唐时期，刘禹锡《忆江南》之自注：“和乐天春词，依《忆江南》曲拍为句。”① 就此，笔者认为，中唐时期是文人开始有意为词的时代，据林大椿《唐五代词》统计，与刘禹锡、白居易同时代的文人词就有不少，例如，韦应物《三台》二首、《调笑》二首；刘长卿《谪仙怨》；窦弘余及康骈的《广谪仙怨》；张志和《渔父》五首及他人和词十余首；王建《宫中调笑》四首；韩翃夫妇《章台柳》；等等。然而，中唐时期，填词范围还比较小，不成气候，词体依旧如同诗体，还不具备词体的独特特征，更何况此阶段填词的大多是中唐著名诗人，以诗歌创作经验填词是不可避免的。故而，笔者在追溯“以诗为词”渊源时，不将“敦煌曲子词”与中唐诗人之词列为考察范围。直至晚唐时期，冠冕后代之温庭筠“离诗而有意为词”②，其词之创作奠定了词体本质特征，词体脱离诗体而完全独立，“以诗为词”的创作也随即产生，故而“以诗为词”的源头应从花间派词人开始追溯。

第一节　诗客曲子词

杨海明《唐宋词史》曰：“最初的文人作词，基本上走的便是‘由诗入词’的道路，即一方面，利用近体诗的格律加以增减以趁歌拍；

① 刘禹锡．刘禹锡集笺证：外集卷四［M］．瞿蜕园，笺证．上海：上海古籍出版社，1989：1255.

② 唐圭璋．词学论丛［M］．上海：上海古籍出版社，1986：896.

另一方面，又是用写诗的技巧和方法来学写词的。"① 最早介入词体创作的都是诗人，即便至晚唐，依旧如此。温庭筠、韦庄等都是著名诗人。欧阳炯为第一部文人词总集《花间集》作序云："因集近来诗客曲子词五百首，分十卷。以炯粗预知音，辱请命题，仍为叙引。昔郢人有歌《阳春》者，号为绝唱，乃命之为《花间集》。"② 欧阳炯在此把花间词人称作"诗客"，说明作词之人都是诗人，"诗客曲子词"即是以诗人之身份和诗性之感觉来创作可歌之词。由此可知，从花间词人的创作中就可以寻觅出"以诗为词"的痕迹。陈振孙称："叔原词在诸名胜中，独可追逼花间，高处或过之。"③ 晏几道"追逼花间"亦体现在其"以诗为词"追随花间词人"以诗为词"的足迹。花间词人"以诗为词"体现在三个层面，即题材由诗入词、词调由诗改创、创作借鉴诗法。

一、题材由诗入词

"以诗为词"的首要表现就是将诗歌题材引入词之领域。《花间集》最主要的题材是男女情爱，这是不争的事实。然而《花间集》内容题材并不是只有艳体词，还包括边塞词、怀古词、隐逸词、宗教词、田园词、科举词、民俗风土词等丰富的非艳体词作。无论是艳情题材还是非艳情题材，其源头都是诗，尽管词体特征当时已经确立，但诗客们仍还是把诗歌内容转移到词体创作中。

---

① 杨海明．唐宋词史［M］，南京：江苏古籍出版社，1987：73.

② 欧阳炯．花间集序［M］//赵崇祚，编．花间集校注．杨景龙，校注．北京：中华书局，2015：2.

③ 陈振孙，撰．直斋书录解题：卷二十一［M］．徐小蛮，顾美华，点校．上海：上海古籍出版社，2015：618.

（一）艳情题材由诗入词

《花间集》中占大多数的艳体词，是晚唐五代诗歌的爱情意识向词体的渗入。晚唐处于衰世之时，政治形势严峻无望，城市经济畸形发展，但享乐文化却甚为发达，士人们唯有沉浸于艳情风流与自哀自吟中，才能找到心灵的慰藉。故此时期诗作被称作“晚唐哀思之音”①，哀思之音的表现之一就是柔靡的郑卫之音，即男欢女爱之诗，晚唐乃此类诗作创作的高峰期，杜牧、李商隐、温庭筠等著名文人皆染指其间，正因艳体诗的大量创作，致使学者普遍认为“晚唐诗绮靡乏风骨”②。这种说法实有贬义，在“发乎情，止乎礼义”的温柔敦厚的传统诗教束缚下，绮情艳思本不应该由诗抒发，然而晚唐诗却普遍出现了艳情题材，这当然为正统文人所不耻。因近体诗四平八稳、整齐划一的体制形态，难以切合文人波澜起伏的内心情感，所以文人们需要寻找另一种文学体裁，既能够自由传达心曲，又能够摆脱形式束缚以及诗教责难，这就是句式多变、音律和谐的词，而词体之创作正在此时兴起。秦恩复《元草堂诗余跋》称：“晚唐五季，柔曼绮靡之音，化为侧艳，一时文人学士，竞撰新声。”③《刻正续花间集自序》亦云：“抑知唐自一二百年内，桎梏格律，几于人人自厌，诗法不能别开生面……以新声破之。”④ 这些都是对晚唐“词代诗兴”现象的说明。《花间集》的艳体词有两个明显的诗歌源头，即以晚唐温庭筠、李商隐为代表的艳体诗以及五代香奁诗，以下分别阐述。

其一，以温庭筠、李商隐为代表的艳体诗。这类诗歌刻画女子的行

① 俞文豹，撰．吹剑录全编［M］．张宗祥，校订．上海：古典文学出版社，1958：32.

② 罗大经，撰．鹤林玉露［M］．王瑞来，点校．北京：中华书局，1983：236.

③ 秦恩复．元草堂诗余跋［M］//丛书集成新编：第 80 册．台北：新文丰出版社，1984：546.

④ 金介山．刻正续花间集［M］．康熙十七年（1678）刻本．

止，描摹真诚的闺怨，捕捉细微的心思，乃是唐朝爱情诗的最高成就，也开启了文人词之创作道路。钟人杰叙《花间草堂合集》曰：“《花间》柔艳婉约，自是温、韦和李诸才子香奁中物。”① 即《花间》词类似温庭筠、韦庄、李商隐的艳体诗。李商隐虽不作词，但他的诗作已接近词。缪钺在《论李义山诗》中指出：“义山虽未尝作词，然其诗实与词有意脉相通之处。盖词之所以异于诗者，非仅表面之体裁不同，而尤在内质及作法之殊异。词之特质，在于取资于精美之事物，而造成要眇之意境。义山之诗，已有极近于词者。”② 即李商隐之诗无论从题材、风格还是写法上都与词相通。而“花间鼻祖”温庭筠既是晚唐五代香艳词风的开拓者，又是晚唐绮艳诗风的代表人，其诗风与词风的关系可见一斑。唐圭璋以为温词出于温诗曰：“其词因亦受诗之影响，雕绘艳丽，纂组纷纭。”③ 诗词皆咏艳情就是造成其诗词风格趋同的重要原因。温诗有半数与艳情有关，主要描写女子生活和男女离情别怨，且从其题序来看，多为酒席间应歌而作，这实与《花间集》词之创作动机无二，遂导致其诗词题材的相似。如依乐府旧题所作的情诗《织锦词》《江南曲》《西州曲》等，皆是表达男女相爱与相思之情。陆时雍曰：“深着语，浅着情，乃温家本色。”④ 描写的客观化以及风格的绮艳化是温词的主要特色，同样，也是其乐府诗的主要特色。其七言乐府诗《湖阴词》序云：“由是乐府有《湖阴曲》而亡其词，因作而附之。”⑤ 胡仔将该诗比为其词《更漏子·玉炉香》称：“工于造语，极为绮靡，《花

① 赵崇祚．花间集校注［M］．杨景龙，校注．北京：中华书局，2015：1648.
② 缪钺．诗词散论［M］．西安：陕西师范大学出版社，2008：28.
③ 唐圭璋．词学论丛［M］．上海：上海古籍出版社，1986：896.
④ 陆时雍．唐诗镜［M］//纪昀，永瑢，等．景印文渊阁四库全书：第1411册．台北：台湾商务印书馆，1986：854.
⑤ 温庭筠．温飞卿诗集笺注：卷二［M］．曾益，等笺注．上海：上海古籍出版社，1998：23.

间集》可见矣。”[1] 即无论绮艳题材，还是精工造境都与其《更漏子·玉炉香》[2] 相近。又例如，其另一首七言乐府《春愁曲》：

红丝穿露珠帘冷，百尺哑哑下纤绠。远翠愁山入卧屏，两重云母空烘影。凉簪坠发春眠重，玉兔煴香柳如梦。锦叠空床委堕红，飔飔扫尾双金凤。蜂喧蝶驻俱悠扬，柳拂赤阑纤草长。觉后梨花委平绿，春风和雨吹池塘。[3]

这是一首表现闺中春愁的诗，对女主人公的相貌行为刻画细腻，与自然景物相映成趣，其取象造境，与温词均极相似。“红丝”句与其词“露珠清晓簟”[4]（《归国遥》）相似，借露珠沾帘或沾席，流露出凉意，暗示女子心中凄凉。“远翠”二句与“小山重叠金明灭，鬓云欲度香腮雪”[5]（《菩萨蛮》）皆取屏风之境烘托女子之美。“玉兔”句同“暖香惹梦鸳鸯锦，江上柳如烟”[6]（《菩萨蛮》）均是借缭绕弥漫的香烟营造女子之梦境。“飔飔”句类似“翠翘金缕双鸂鶒”[7]（《菩萨蛮》），“双金凤”“双鸂鶒”既是描写女子的金缕首饰，又借成双成对的鸟儿象征爱情。末四句类似其词“以景结语”，借景衬托女子的美丽和孤寂。许学夷云：“庭筠七言古声调婉媚，尽入诗余。”[8] 便是就其

① 胡仔，纂集．苕溪渔隐丛话（后集）：卷十七［M］．廖德明，校点．北京：人民文学出版社，1962：125.

② 赵崇祚．花间集校注［M］．杨景龙，校注．北京：中华书局，2015：104.

③ 温庭筠．温飞卿诗集笺注：卷二［M］．曾益，等笺注．上海：上海古籍出版社，1998：48.

④ 赵崇祚．花间集校注：卷一［M］．杨景龙，校注．北京：中华书局，2015：114.

⑤ 赵崇祚．花间集校注：卷一［M］．杨景龙，校注．北京：中华书局，2015：3.

⑥ 赵崇祚．花间集校注：卷一［M］．杨景龙，校注．北京：中华书局，2015：17.

⑦ 赵崇祚．花间集校注：卷一［M］．杨景龙，校注．北京：中华书局，2015：32.

⑧ 许学夷．诗源辩体［M］．北京：人民文学出版社，1987：288，290.

七言古诗题材风格与词趋同而言。其五言诗也是如此，如描写宫妓之诗《禁火日》有句云：“舞衫萱草绿，春鬟杏花红。”词亦有句曰：“萱草绿，杏花红。”①（《定西番》）以描绘新妆少女。又如，诗《咏春幡》有句：“玉钗风不定，香步独徘徊。”② 词亦有句：“双鬓隔香红，玉钗头上风。”③（《菩萨蛮》）都描摹了女子行步时，钗随之而动的情态。正因为温诗中多“淫艳”语，故被王夫之斥为：“一钟馗傅粉耳。”可见温庭筠的创作是词之艳体题材由诗浸入的最好例证。

其二，五代香奁诗。五代时期，以韩偓为代表的“香奁体”风靡一时，此是严羽就韩偓《香奁集》所提出的诗体概念，并自注道：“韩偓之诗，皆裾裙脂粉之语。”即描摹女子形态以及男女情爱的艳体诗。此类题材较温李爱情诗对女子情态雕琢得更加细致，并且进一步发现此时诗与词题材的一致性。韩偓曾为其《香奁集》作序：“咀五色之灵芝，香生九窍；咽三危之瑞露，美动七情。如有责其不经，亦望以功掩过。”在他看来，“香艳”的诗风，即使是“不经”，即背离传统的，却还是“有功”于诗的。因此，这种绮艳诗风便很自然地被引入词中。若将《花间集》序与《香奁集》序进行对照：“则有绮筵公子，绣幌佳人……不无清绝之词，用助娇娆之态。自南朝之宫体，扇北里之倡风，何止言之不文，所谓秀而不实。有唐以降，率土之滨，家家之香径春风，宁寻越艳；处处之红楼夜月，自锁嫦娥。”序中承认《花间集》词乃是“自南朝之宫体，扇北里之娼风”，即上承南朝宫体诗之传统，下扬晚唐五代之“娼风”。《隋书·经籍志》确切评价了宫体诗：“清辞巧制，止乎衽席之间；雕琢蔓藻，思极闺闱之内。”④ 将《花间集》词比

---

① 赵崇祚. 花间集校注：卷一［M］. 杨景龙，校注. 北京：中华书局，2015：133.

② 温庭筠. 温飞卿诗集笺注：卷三［M］. 曾益，等笺注. 上海：上海古籍出版社，1998：68.

③ 赵崇祚. 花间集校注：卷一［M］. 杨景龙，校注. 北京：中华书局，2015：17.

④ 魏徵，令狐德棻. 隋书：卷三十五［M］. 北京：中华书局，1973：1090.

作宫体诗亦是闺闱题材由诗入词的证明，吴熊和因此称之“齐梁诗风下的《花间集》”①。而晚唐五代“娼风”当指温、李艳体诗与香奁诗，这是《花间集》最直接的源头。《花间集》同香奁诗一样，都是为“绣幌佳人”而作，以描绘其“娇娆之态”，内容狭深，风格绮丽。张侃《拙轩词话》曰：“《香奁集》，唐韩偓用此名所编诗，南唐冯延巳亦用此名所制词，又名《阳春》。偓之诗淫靡，类词家语。前辈或取其句，或剪其字，杂于词中。”② 由此可见香奁诗到词的过渡。王国维曾辑录13首《香奁词》，其间有10首与《香奁集》相同，这也从一个侧面反映了《香奁集》与词的密切关系。例如，《香奁集》中塑造的女性相貌有“袅娜腰肢澹薄妆”③（《袅娜》）、“眉如半月云如鬟”④（《寄远》）；描绘她们华贵而精致的装饰与居室有“碧阑干外绣帘垂，猩色屏风画折枝”⑤（《已凉》）、“碧桐阴静隔帘栊，扇拂金鹅玉簟烘”⑥（《昼寝》）等。她们披金戴银，服饰华丽，物质生活虽然丰裕，但是精神生活较为匮乏，她们深陷于刻骨相思无法自拔，以致“咽不下玉粒金莼噎满喉”，亦类似《花间集》词之“绮怨”。还有对各种细微感觉的描写，例如，写听觉曰“玉钗敲着枕函声”⑦（《闻雨》），写视觉云“凝酥光透猩猩血”⑧（《密意》），而“手香江橘嫩，齿软越梅酸”⑨（《幽窗》）是触觉与味觉的结合，这些细致的描写均使人身临

① 吴熊和．唐宋词通论［M］．上海：上海古籍出版社，2010：170.

② 张侃．拙轩词话［M］//唐圭璋．词话丛编：第1册．北京：中华书局，2005：194.

③ 韩偓．韩偓集系年校注：卷四［M］．吴在庆，校注．北京：中华书局，2015：928.

④ 韩偓．韩偓集系年校注：卷四［M］．吴在庆，校注．北京：中华书局，2015：814.

⑤ 韩偓．韩偓集系年校注：卷四［M］．吴在庆，校注．北京：中华书局，2015：741.

⑥ 韩偓．韩偓集系年校注：卷四［M］．吴在庆，校注．北京：中华书局，2015：829.

⑦ 韩偓．韩偓集系年校注：卷四［M］．吴在庆，校注．北京：中华书局，2015：736.

⑧ 韩偓．韩偓集系年校注：卷四［M］．吴在庆，校注．北京：中华书局，2015：841.

⑨ 韩偓．韩偓集系年校注：卷四［M］．吴在庆，校注．北京：中华书局，2015：707.

其境。这些与《花间集》中刻画的女子，表达的闺情，展现出的意境相似。宋末林景熙《胡汲古乐府序》早就指出：“唐人《花间集》，不过香奁组织之辞，词家争慕效之。粉泽相高，不知其靡，谓乐府体固然也。”① 而朱晞颜《跋周氏埙篪乐府引》将艳体诗与词的关系阐述得很明确：“富艳流丽，动荡心目，其源盖出于王建宫词，而其流则韩偓《香奁》、李义山《西昆》之余波也。”② 清人田同之再次强调：“大历、元和后，温、李、韦、杜渐入《香奁》，遂启词端。”③ 这些论断都揭示了艳词的发端实则源于艳诗，即诗之艳情题材向词转移。

（二）其他题材未狭于诗

艳体词当之无愧是花间词的主流，然而《花间集》亦有别调，若就总题材来说，《花间集》的取材范围与历代诗歌基本一致，并不显得特别狭隘。可从诗词同题与“花间”别调两方面讨论。

其一，诗词同题。同一位作者用诗与词两种不同文体以表现同一事件或情境可称为“诗词同题”。使词如诗一样成为抒发自我情感的工具，正是诗词同题的重要因素。这种现象在韦庄的创作中体现得较为明显，韦庄是词史上较早以词抒己情的文人。罗宗强先生在论述唐末文学思想时，特别指出：“他（韦庄）入蜀后的词风，在入蜀前的诗中已表现出来了。”④ 据考证，韦庄词中所描写的内容，同他的诗一样，多为其真实生活和个人经历的写照。例如，其《喜迁莺》以及诗《放榜日作》都表露了韦庄金榜题名的喜悦：

---

① 林景熙．霁山集：卷五［M］．北京：中华书局，1960：132.

② 朱晞颜．瓢泉吟稿：卷五［M］//景印文渊阁四库全书：第1213册．台北：台湾商务印书馆，1986：424.

③ 田同之．西圃词说［M］//唐圭璋．词话丛编：第2册．北京：中华书局，2005：1452.

④ 罗宗强．隋唐五代文学思想史［M］．北京：中华书局，1999：403.

街鼓动，禁城开，天上探人回。凤衔金榜出云来，平地一声雷。 莺已迁，龙已化，一夜满城车马。家家楼上簇神仙，争看鹤冲天。①

一声开鼓辟金扉，三十仙材上翠微。葛水雾中龙乍变，缑山烟外鹤初飞。邹阳暖艳催花发，太皞春光簇马归。回首便辞尘土世，彩云新换六铢衣。②

《唐才子传》称韦庄：“乾宁元年，苏俭榜进士，释褐校书郎。”③夏承焘先生推测韦氏两首诗词同咏此及第之事。不仅从内容上看二者几乎相同，其所用的辞藻与所描绘的意境亦相似。簪花游街，众人争睹，扬扬自得，踌躇满志。诗词皆以“登仙”喻“登第”，黄周星认为其诗“此乐何异登仙”④。李冰若赞其词：“虽涉神仙，究指及第而言。”⑤ 诗词同题，表现手法亦同。又例如，其以诗与词两种形式悼念亡姬，其诗《悼亡姬》曰：

凤去鸾归不可寻，十洲仙路彩云深。若无少女花应老，为有姮娥月易沉。竹叶岂能销积恨，丁香空解结同心。湘江水阔苍梧远，何处相思弄舜琴。⑥

---

① 赵崇祚．花间集校注：卷三［M］．杨景龙，校注．北京：中华书局，2015：426.
② 韦庄．韦庄集笺注［M］．聂安福，笺注．上海：上海古籍出版社，2002：40.
③ 傅璇琮．唐才子传校笺：第四册［M］．北京：中华书局，1990：325.
④ 黄周星．唐诗快：十六卷选诗前后诸咏一卷：卷一二［M］．刻本．［出版地不详：出版社不详］清康熙三十二年（1693）刻本。
⑤ 李冰若．花间集评注：卷三［M］．北京：人民文学出版社，1993：75.
⑥ 赵崇祚．花间集校注：卷三［M］．杨景龙，校注．北京：中华书局，2015：391-392.

其词《谒金门》曰：

空相忆，无计得传消息。天上嫦娥人不识，寄书何处觅。

新睡觉来无力，不忍把伊书迹。满院落花春寂寂，断肠芳草碧。①

两部作品都为亡姬所作，共同表达了诗人对亡姬的思念和哀悼。词中“天上”二句与诗“若无”二句语意类似。其另一词《荷叶杯》“碧天无路信难通，惆怅旧房栊”② 与诗意亦同。其另外两首《悼亡姬》与《虚席》《旧居》皆为悼亡姬所作。而《谒金门》《荷叶杯》2首词与其5首悼亡诗在情感的真挚深切以及任情感自由流淌且无斧凿之痕的写法上亦是一致的。例如，诗云“惆怅起来山月斜”③（《含山店梦觉》），词有“惆怅梦余山月斜”④（《浣溪沙》）；诗有“与君俱是异乡人”⑤（《江上别李秀才》），词云“如今俱是异乡人”⑥（《荷叶杯》）；诗曰：“请看京与洛，谁在旧香闺？”⑦（《赠姬人》），词曰：“不忍别君后，却入旧香闺。”⑧（《望远行》）。或许我们难以为韦词编年，但是根据韦氏诗词内容的共通性，我们仍可以推测出某些韦词的创作背景。谭献评价韦词曰：“亦填词中《古诗十九首》，即以读《十九首》心眼读之。”也就是说韦词之词心类似《古诗十九首》之诗心，词中包含有浓重的主观感情与诗相同。近人夏敬观直接表明韦庄诗词创作

① 韦庄．韦庄集笺注［M］．聂安福，笺注．上海：上海古籍出版社，2002：376-377.
② 赵崇祚．花间集校注：卷二［M］．杨景龙，校注．北京：中华书局，2015：366.
③ 韦庄．韦庄集笺注［M］．聂安福，笺注．上海：上海古籍出版社，2002：187.
④ 赵崇祚．花间集校注：卷二［M］．杨景龙，校注．北京：中华书局，2015：311.
⑤ 韦庄．韦庄集笺注［M］．聂安福，笺注．上海：上海古籍出版社，2002：383.
⑥ 赵崇祚．花间集校注：卷二［M］．杨景龙，校注．北京：中华书局，2015：369.
⑦ 韦庄．韦庄集笺注［M］．聂安福，笺注．上海：上海古籍出版社，2002：381.
⑧ 赵崇祚．花间集校注：卷二［M］．杨景龙，校注．北京：中华书局，2015：384.

的趋同：“由诗入词，渐开后来诸派，此时代使然也。”可见，韦庄诗词同题渐开“以诗为词”之风气，花间词其他词人亦有诗词同题之作，只是不若韦庄频繁。

其二，“花间”别调。花间词艳情题材虽占大部分，但不能称之狭隘，因为花间词不只写艳情。除韦词题材多样之外，他人亦有“别调”。例如，被卓人月称作“盛唐诸公《塞下曲》”的牛峤之词《定西番》（紫塞月明千里）、毛文锡《甘州遍》（秋风紧）、孙光宪《酒泉子》（空碛无边）等边塞题材之词，意象、风格、情调等方面皆与唐朝边塞诗几无差别，将诗中征战戍边、思妇征夫等表现内容引入词，拓展了词之题材。又例如，韦庄《河传》（何处）被称为“最有骨”① 之词，具有“周道《黍离》之感”② 的鹿虔扆《临江仙》（金锁重门荒苑静），还有欧阳炯《江城子》（晚日金陵岸草平）等作品，都属于咏史怀古词，此类题材亦是从诗歌而来。再如，李珣《南乡子》十首、欧阳炯《南乡子》八首等词皆是描写南国独具特色的风土人情，郑文焯称此类词作“皆纪岭海风土，语义与《竹枝》为近”③。《竹枝》是一种诗体，由古代巴蜀民歌演变而来，吟咏风土是其主要内容，故郑氏之言肯定了风土词出自风土诗。俞陛云亦称风土词：“为词家特开新采。”④ 再如，隐逸题材之词作，身处乱世，祸福难料，高士文人多有隐逸之意愿，这种意愿常用诗歌抒发，《花间集》词人亦把此引入词作，和凝《渔父》（白芷汀寒立鹭鸶）、顾敻《渔歌子》（晓风清）、孙光宪与李珣《渔歌子》组词等皆表达了词人无功无名、逍遥快活的人

---

① 陈廷焯．云韶集辑评：卷一［M］//葛渭君．词话丛编补编：第 3 册．北京：中华书局，2013：1407.

② 俞陛云．唐五代两宋词选释［M］．上海：上海古籍出版社，2011：68.

③ 郑文焯．大鹤山人词话［M］//唐圭璋．词话丛编：第 5 册．北京：中华书局，2005：4356.

④ 俞陛云．唐五代两宋词选释［M］．上海：上海古籍出版社，2011：59.

生志趣，已非花间艳词所能拘束。故夏承焘赞曰：“波斯估客醉巫山，一棹悠然泊水湾。唱到玄真渔父曲，数声清越出花间。”① 再如，孙光宪《风流子》（茅舍槿篱溪曲）属于田园词，李冰若称之曰：“词境至此，已扩放多矣。”②

总之，《花间集》词的取材范围与历代古诗词基本一致，并不显得特别狭隘，且无论是艳情题材还是非艳情题材的词作，都是由诗转入词。这是从词体独立以来，相伴而产生的“以诗为词”创作表现之一。

二、体式由近体诗演化

《花间集》中多小令，小令多是由近体诗发展而来。从字数上来看，小令以 58 字为上限，四种近体诗即五绝、七绝、五律、七律，其字数均在此范围内。在近体诗的基础上发展出来的小令是《花间集》的主流体式，所谱成的词调为诗客们频繁填制。戴表元《题陈强甫乐府》认为《花间集》词作：“其体去五七言律诗不远。”③ 故而序文称《花间集》词“声声字字”皆“合歌谐律”。笔者将近体诗与《花间集》词调之关系分为三类讨论。

其一，完全沿用近体诗体式。《花间集》中没有沿用五绝体式的词牌。完全沿用七绝、五律、七律的词调共 8 种，约占《花间集》使用词调总数 75 种的 10.7%，具体如表 1-1。

---

① 夏承焘．瞿髯论词绝句［M］//夏承焘集：第 2 册．杭州：浙江古籍出版社，浙江教育出版社，1997：519.

② 李冰若．花间集评注：卷三［M］．北京：人民文学出版社，1993：193.

③ 戴表元．戴表元集［M］．陈晓冬，黄天美，点校．杭州：浙江古籍出版社，2014：396.

表 1-1 《花间集》词调与近体诗关系表

词调	与近体诗关系	举例
杨柳枝（又作柳枝）	七言绝句	宜春苑外最长条，闲袅春风伴舞腰。正是玉人肠绝处，一渠春水赤栏桥（温庭筠）
浪淘沙	七言绝句	滩头细草接疏林，浪恶罾舡半欲沉。宿鹭眠鸥飞旧浦，去年沙觜是江心（皇甫松）
采莲子	七言绝句	船动湖光滟滟秋，贪看年少信船流。无端隔水抛莲子，遥被人知半日羞（皇甫松）
八拍蛮	七言绝句	孔雀尾拖金线长，怕人飞起入丁香。越女沙头争拾翠，相呼归去背斜阳（孙光宪）
竹枝	七言绝句	门前春水白苹花，岸上无人小艇斜。商女经过江欲暮，散抛残食饲神鸦（孙光宪）
醉公子	五言律诗	漠漠秋云澹，红藕香侵槛。枕倚小山屏，金铺向晚扃。 睡起横波慢，独望情何限。衰柳数声蝉，魂销似去年（顾敻）
生查子	五言律诗	烟雨晚晴天，零落花无语。难话此时心，梁燕双来去。 琴韵对熏风，有恨和情抚。肠断断弦频，泪滴黄金缕（魏承班）
玉楼春	七言律诗	春早玉楼烟雨夜，帘外樱桃花半谢。锦屏香冷绣衾寒，怊怅忆君无计舍。 侵晓鹊声来砌下，鸾镜残妆红粉罢。黛眉双点不能描，留待玉郎归日画（欧阳炯）

这些词调句式之字数以及句式之句数均与绝句、律诗相同，所押之韵脚较近体诗稍宽，平仄对仗也较近体诗宽，节奏相似基本符合五字句三二，七字句四三。

其二，由绝句、律诗增减字而成。花间词人作词，不仅直接运用近体诗 4 种体式，而且根据需要自由添字减字，从而组合成有别于近体诗的新词调。以下归纳了《花间集》由近体诗派生而成的词调，见表

1-2。

表 1-2　《花间集》词调与近体诗关系表

词调	与近体诗关系	举例
南歌子	五绝增 3 字	手里金鹦鹉，胸前绣凤凰。偷眼暗形相，不如从嫁与，作鸳鸯（温庭筠）
渔父	七绝第三句改成 2 个三字句	白芷汀寒立鹭鸶，苹风轻剪浪花时。烟幂幂，日迟迟，香引芙蓉惹钓丝（和凝）
天仙子	七绝增 2 个三字句	晴野鹭鸶飞一只，水荭花发秋江碧。刘郎此日别天仙，登绮席，泪珠滴，十二晚峰高历历（皇甫松）
杨柳枝（另一体，又作添声杨柳枝）	七绝每句添 3 字	秋夜香闺思寂寥，漏迢迢。鸳帏罗幌麝烟销，烛光摇。　正忆玉郎游荡去，无寻处。更闻帘外雨潇潇，滴芭蕉（顾敻）
玉蝴蝶	五律首句改六字句	秋风凄切伤离，行客未归时。塞外草先衰，江南雁到迟。　芙蓉凋嫩脸，杨柳堕新眉。摇落使人悲，断肠谁得知（温庭筠）
玉蝴蝶（又一体）	五律第一、五句各变为 2 个三字句	春欲尽，景仍长，满园花正黄。粉翅两悠飏，翩翩过短墙。　鲜飙暖，牵游伴，飞去立残芳。无语对萧娘，舞衫沉麝香（孙光宪）
赞浦子	五律颈联改为 2 个六字句	锦帐添香睡，金炉换夕熏。懒结芙蓉带，慵拖翡翠裙。　正是柳夭桃媚，那堪暮雨朝云。宋玉高唐意，裁琼欲赠君（毛文锡）
醉花间	五律首句改为 2 个三字句	休相问，怕相问，相问还添恨。春水满塘生，鸂鶒还相趁。　昨夜雨霏霏，临明寒一阵。偏忆戍楼人，久绝边庭信（毛文锡）
菩萨蛮	五律首联改为 2 个七字句	玉楼明月长相忆，柳丝袅娜春无力。门外草萋萋，送君闻马嘶。　画罗金翡翠，香烛销成泪。花落子规啼，绿窗残梦迷（温庭筠）

续表

词调	与近体诗关系	举例
生查子（另一体）	五律第一、五句改为2个三字句	相见稀，喜相见，相见还相远。檀画荔枝红，金蔓蜻蜓软。　鱼雁疏，芳信断，花落庭阴晚。可惜玉肌肤，消瘦成慵懒（张泌）
生查子（又一体）	五律第五句变为2个三字句	春山烟欲收，天澹星稀小。残月脸边明，别泪临清晓。　语已多，情未了，回首犹重道：记得绿罗裙，处处怜芳草（牛希济）
巫山一段云	五律第三、七句改为七字句	雨霁巫山上，云轻映碧天。远风吹散又相连，十二晚峰前。　暗湿啼猿树，高笼过客船。朝朝暮暮楚江边，几度降神仙（毛文锡）
浣溪沙	七律减一联	夜夜相思更漏残，伤心明月凭阑干，想君思我锦衾寒。　咫尺画堂深似海，忆来惟把旧书看，几时携手入长安（韦庄）
山花子	七律第四、八句改为三字句	莺锦蝉縠馥麝脐，轻裾花草晓烟迷。鸂鶒战金红掌坠，翠云低。　星靥笑偎霞脸畔，蹙金开襜衬银泥。春思半和芳草嫩，碧萋萋（和凝）
木兰花	七律第三句改为2个三字句	独上小楼春欲暮，愁望玉关芳草路。消息断，不逢人，却敛细眉归绣户。　坐看落花空叹息，罗袂湿斑红泪滴。千山万水不曾行，魂梦欲教何处觅（韦庄）
木兰花（又一体）	七律第一、三句各改为2个三字句	小芙蓉，香旖旎，碧玉堂深清似水。闭宝匣，掩金铺，倚屏拖袖愁如醉。　迟迟好景烟花媚，曲渚鸳鸯眠锦翅。凝然愁望静相思，一双笑靥嚬香蕊（魏承班）
临江仙	七律第二、六句变为六字句	海棠香老春江晚，小楼雾縠空濛。翠鬟初出绣帘中，麝烟鸾佩惹苹风。　碾玉钗摇鸂鶒战，雪肌云鬟将融。含情遥指碧波东，越王台殿蓼花红（和凝）

由表1-2可见，从律诗绝句之体式稍加改动的词调共17种约占总调数75种的22.7%。尤其是律诗对花间词词调形成影响较大，这类词调基本满足押韵规则，有平仄，有对仗，可以比较清晰地反映近体诗向词之演变轨迹。其实，小令与近体诗在体式上的近似早已被词学家提出，宋人胡仔称：“唐初歌辞，多是五言诗或七言诗，初无长短句。自中叶以后，至五代，渐变成长短句。及本朝则尽为此体。今所存止《瑞鹧鸪》《小秦王》二阕，是七言八句诗，并七言绝句诗而已。”① 即唐代由于近体诗入乐成为歌辞，而后齐言句逐渐演变为长短句，发展成了词体。故而，词体形成初期摆脱不了诗歌体式之影响。清人李渔将此情况叙述得更加明了：“但有名则为词，而考其体段，按其声律，则又俨然一诗，欲觅相去之垠而不得者。如《生查子》前后两段与两首五言绝句何异。《竹枝》第二体、《柳枝》第一体、《小秦王》《清平调》《八拍蛮》《阿那曲》与一首七言绝句何异。《玉楼春》《采莲子》，与两首七言绝句何异。《字字双》亦与七言绝同，只有每句叠一字之别。《瑞鹧鸪》即七言律，《鹧鸪天》亦即七言律，惟减第五句之一字。”② 也就是说这几类词体与诗体并无太大区别，只不过字数由近体诗增减，押韵由押平韵改为平仄通押，对偶较近体诗灵活。《四库全书总目提要》则直言其词调由近体诗改创：“《渔父词》《杨柳枝》《浪淘沙》诸调，唐人仍载入诗集，盖诗与词之转变在此数调故也。”③ 并指出了明显由诗转变而来的词调，这些词调都是较早时期诗客们所喜用的词调。即便是用韵也大都由诗而来，《毛氏唐词通韵说》即称：“唐词多守诗

① 胡仔，纂集．苕溪渔隐丛话（后集）：卷三十九［M］．廖德明．校点．北京：人民文学出版社，1962：323.

② 李渔．窥词管见［M］//唐圭璋．词话丛编：第1册．北京：中华书局，2005：549.

③ 永瑢，纪昀等．四库全书总目：卷199［M］．北京：中华书局，1965：1823.

韵，然亦有通别韵，用之略如宋词韵者。”①

其三，以五言句或七言句为主。这类词调对近体诗做了更大改动，其长度已为近体诗四个体式所限，且句间字数的变换也更加频繁。然而，由于五言、七言句在词调中占总句数的一半以上（含一半），故仍与五言、七言诗有着较密切的关系。

表 1-3 《花间集》以五、七言句为主的词调归纳

词调	每句字数
女冠子	46355，5553
应天长	7777，5665
虞美人	75773，75773
酒泉子（毛文锡体）	4773，7773
纱窗恨	7373，7743
月宫春	7575，7765
南乡子（三体）	47737；47727；337737
采桑子	7447，7447
望梅花	777575
黄钟乐	76577，76577
后庭花	7474，7474
望远行（李珣体）	7677，33677

这类词调共 12 种约占《花间集》词调总数 75 种的 16%，亦是近体诗的衍生物，七言为主的词调明显偏多，从中亦可见七言诗对词之影响远远超过了五言诗。

以上三大类词调占《花间集》总词调的比重约 49. 3%，说明诗客

① 冯金伯. 词苑萃编：卷十九［M］//续修四库全书：第 1733 册. 上海：上海古籍出版社，2002：612.

作词时很大程度是借近体诗发挥创造。且花间词人使用最多的词调为《浣溪沙》57首，其次是《菩萨蛮》41首，都可以明显地看到七律与五律诗演变的痕迹。即使非五言、七言为主的词调，结构亦大都匀称，例如，以三言句为主的《更漏子》上下结构工整，以六言为主的《西江月》亦如此。故而，此可称为形式节奏上的“以诗为词”。而后，晏几道正是抓住令词由近体诗改创的特点，直接将词谓为“五七字语”，亦多作含五言、七言之词句，其“以诗为词”不可忽视花间词这个源头。

三、以诗歌技法作词

花间词人以诗客的身份作词，有意无意地将诗歌技法贯穿于词之创作。他们常用的诗歌技法有白描与比兴。

其一，白描手法的运用。白描即用简单的笔墨，无须藻饰，勾勒出栩栩如生的艺术形象，是传统诗歌的经验。这种表现手法韦庄使用得最为频繁。唐圭璋称赞韦庄之词曰：“接受了《诗经》以来民歌中传统的白描手法，尤其是《古诗十九首》中文人诗运用语言方面的成功范例……做到以‘明白吐露’见长，从而也开启了文人词以白描手法直抒其情的新的发展道路。”① 例如，其名篇《菩萨蛮》曰：

红楼别夜堪惆怅，香灯半卷流苏帐。残月出门时，美人和泪辞。　　琵琶金翠羽，弦上黄莺语。劝我早归家，绿窗人似花。②

这首词平铺直叙描写别离的时间、地点以及话别时的情景与言语，

① 唐圭璋，潘君昭．唐宋词学论集［M］．济南：齐鲁书社，1985：33.

② 赵崇祚．花间集校注：卷二［M］．杨景龙，校注：北京：中华书局，2015：321.

并无丝毫雕琢的痕迹，语淡情深，故而张德瀛《词徵》称其如《诗经》：“《匪风》怨也。”《匪风》是一首表达游子思乡之诗，朱熹称之曰：“赋也。”[①] 赋乃《诗经》表现手法，即铺陈直叙，把思想感情及其相关事物客观地叙述。此诗语言直白，末句“谁将西归，怀之好音”与韦词末句有异曲同工之妙，直抒游子思归之情。将韦词与此诗相比，说明韦词之白描手法从诗而来。谭献又将该词比作“填词中《古诗十九首》”。陈廷焯称该词：“深情苦调，意婉词直，屈子《九章》之遗。”均是就其言辞浅白、直抒胸臆而评价。韦庄之词大都如此，因其诗学元稹、白居易，以平易浅近为宗，而其将诗之创作经验运用于填词，故而其词清淡自然。周济称之“淡妆也”[②]，准确把握了韦词的特征。当然，其他花间词人亦有白描之作，例如，徐士俊曾评价张泌与孙光宪之两首《浣溪沙》曰：“‘早是出门’一联与葆光‘早是销魂’一联，皆似香山律句。”[③] 此二联原句为“早是出门长带月，可堪分袂又经秋”以及“早是销魂残烛影，更愁闻着品弦声”，此二联清晰地表现出男女主人公分别时的惆怅与无奈，将之视为“香山律句”一则言其对仗似律句较为工整，二则称其言辞明白如话，情感真实。白居易于《新乐府序》中提出作诗的要求即：“其辞质而径，欲见之者易谕也；其言直而切，欲闻之者深诫也；其事核而实，使采之者传信也；其体顺而肆，可以播于乐章歌曲也。”[④] 其中“质而径”说明语言通俗质朴，“直而切”强调议论应直接恳切，“核而实”即叙事抒情真实可信，“顺而肆”则指表达形式顺畅流利。也就是说此二词如白诗既有真情实感，

---

① 朱熹．诗集传：卷七［M］．赵长征，点校．中华书局，2011：112.

② 周济．介存斋论词杂著［M］．顾学颉，校点．北京：人民文学出版社，1998：7.

③ 卓人月．古今词统：卷三［M］．徐士俊，参评．谷辉之，点校．沈阳：辽宁教育出版社，2000：119.

④ 白居易．白居易诗集校注：卷三［M］．谢思炜，校注．北京：中华书局，2017：267.

又通俗易懂，且合律合乐。这便是花间词人以诗歌白描技法入词的又一例证。还如，“多质朴语”的顾夐词、“词笔清俊，尤善白描”① 的牛希济词等风格大都类似韦庄，亦以白描见长。

其二，比兴的使用。比兴手法源于《诗经》，是古诗常用的技巧。朱熹对此解释较为准确：“兴者，先言他物以引起所咏之词也……比者，以彼物比此物也。”② 这种手法被花间词人广泛使用于词。民国华钟彦称《花间集》中“不无美人香草，托物寓言，取迳甚微，陈义至广”③，更具体地阐明花间词之比兴技法。“美人香草”源于王逸《离骚序》：“《离骚》之文，依诗取兴，引类譬喻，故善鸟香草，以配忠贞，……灵修美人，以譬于君。”④ 实质就是比兴手法，只不过王逸此解更偏向于以比兴之法表现忠君爱国之情。明温博《花间集补序》云：“众女蛾眉，芳兰杜若，骚人之意，各有所托也。”⑤ 沈际飞称《花间集》：“借美人以喻君，借佳人以喻友，其旨远，其讽微。”⑥ 亦与此解暗合，皆言其“香草美人”有所寄托。然《花间集》之比兴之义较忠君爱国广泛得多，故又曰：“陈义至广。”⑦ 使用此法最为突出的乃是“酝酿最深”的温庭筠词。詹安泰云：“飞卿多比兴，端己间用赋体。”⑧ 温庭筠笔下的女子带有其隐秘心思的投射，以美色比喻才华，以女子不偶比喻怀才不遇。词人才高累身，沉沦卜位，心中郁郁不得志之感无以

---

① 唐圭璋．词学论丛［M］．上海：上海古籍出版社，1986：873.

② 朱熹．诗集传：卷一［M］．赵长征，点校．北京：中华书局，2011：2，6.

③ 华钟彦．花间集注［M］．郑州：中州书画社，1983：1.

④ 王逸．楚辞章句［M］//景印文渊阁四库全书：第 1062 册．台北：台湾商务印书馆，1986：3.

⑤ 温博．花间集补［M］．陈红彦，校点．沈阳：辽宁教育出版社，1998：91.

⑥ 沈际飞．序草堂诗余四集［M］//镌古香岑批点草堂诗余四集．明末二截楼刊本．

⑦ 华钟彦．花间集注［M］．郑州：中州书画社，1983：1.

⑧ 詹安泰．无盦说词［M］//詹安泰．詹安泰全集：第 5 册．上海：上海古籍出版社，2011：59.

抒泄，遂有意无意地将情感渗入词中的女子，符合创作主体的心理。张惠言就常以比兴之义诠释温词，将其《菩萨蛮》视为“感士不遇”①之作，刘毓盘持论相同，并径引之，曰：“细味之良然。”② 例如，温庭筠《菩萨蛮》（蕊黄无限当山额）下片：“翠钗金作股，钗上蝶双舞。心事竟谁知，月明花满枝。”③ 就明显运用了比兴之法，“翠钗”二句托物起兴，由眼前之钗触发情感，在兴之中又有比之义，即将钗上双蝶比喻情人，引发离别之哀，“心事”二句由《越人歌》脱化“山有木兮木有枝，心悦君兮君不知”，展现了女为悦己者容的心理，同时借此表达自身难逢知己，怀才不遇之感。温诗《山中与诸道友夜坐闻边防不宁因示同志》中亦云：“心许故人知此意，古来知者竟谁人。”④ 实与此词意同，温词比兴之义可见。汤显祖将其《杨柳枝》数章比之于刘禹锡、白居易之《杨柳枝》云：“皆感物写怀，言不尽意，真托咏之名匠也。”⑤ 即温词托物以言其志，此亦是对其词比兴之义的陈述。例如，《杨柳枝》其二：“南内墙东御路傍，须知春色柳丝黄。杏花未肯无情思，何事行人最断肠。”⑥ 词咏御路之柳，以柳丝比情思，表现行人伤别之意，然言外或另有寓托之意，顾学颉与刘范弟以为此词作于其贬谪之时，故飞卿寄寓下第贬谪之愤懑于此，不仅表面上的伤春伤别而已。陈廷焯亦将其《更漏子》（柳丝长）、（星斗稀）、（玉炉香）三章称为

---

① 张惠言. 词选：卷一［M］. 北京：中华书局，1957：12.

② 刘毓盘. 词史［M］. 北京：商务印书馆，2015：34.

③ 赵崇祚. 花间集校注：卷一［M］. 杨景龙，校注. 北京：中华书局，2015：27.

④ 温庭筠. 温飞卿诗集笺注：卷四［M］. 曾益，等笺注. 上海：上海古籍出版社，1998：105-106.

⑤ 赵崇祚. 汤显祖，评. 花间集［M］. 曹明刚，点校. 上海：上海古籍出版社，2018：9.

⑥ 赵崇祚. 花间集校注：卷一［M］. 杨景龙，校注. 北京：中华书局，2015：141.

“绝唱”①，并认为此三章乃“思君之词，托于弃妇”②。亦是遵循男女君臣、比兴寄托之思路，以释其微言大义。皇甫松亦擅用比兴之法，李冰若认为其比兴寄托之处“非温尉所能企及”③，例如，其作《浪淘沙》二首，其一以比兴寄慨“桑田沧海”之变，其二以比兴寄其“忧谗畏讥”之意。鹿虔扆仅存六首词时有比兴义，《历代诗余》谓之：“国亡不仕，词多感慨之音。”④ 张德瀛将其词比于李商隐《无题》诗，称其“寄托深远”⑤。宋张炎《词源》称《花间集》词“出于雅正”⑥，明无暇道人跋汤评本《花间集》曰花间词：“可兴、可观、可群、可怨。”⑦ 清郑文焯跋《花间集》云之：“意内而言外……起源出于变风、小雅。”⑧ 大都是就花间词运用《诗经》之比兴手法表明微言大义而言。由此可见，比兴之法乃花间词人“以诗为词”之利器。

此外，花间词人有时会点化诗句或使用典故入词，但是这种现象比较少，例如，温词《菩萨蛮》（竹风轻动庭除冷）之“珠帘月上玲珑影”⑨ 点化李白《玉阶怨》诗句：“却下水精帘，玲珑望秋月。”⑩ 韦庄词句“绿树藏莺莺正啼”⑪（《浣溪沙》）本自王涯《闺人赠远》诗句

---

① 陈廷焯．白雨斋词话：卷一［M］//孙克强．白雨斋词话全编．北京：中华书局，2013：1166.
② 陈廷焯．大雅集：卷一［M］// 陈廷焯．词则．上海：上海古籍出版社，1984：22.
③ 李冰若．花间集评注：卷三［M］．北京：人民文学出版社，1993：45.
④ 沈辰垣，等．历代诗余：卷一百一十三［M］．上海：上海书店，1985：1346.
⑤ 张德瀛．词徵［M］//唐圭璋．词话丛编：第5册．北京：中华书局，2005：4149.
⑥ 张炎．词源注［M］．夏承焘，校注．北京：人民文学出版社，1981：9.
⑦ 赵崇祚．汤显祖，评．花间集［M］．曹明刚，点校．上海：上海古籍出版社，2018：163.
⑧ 郑文焯．大鹤山人词话［M］//唐圭璋．词话丛编：第5册．北京：中华书局，2005：4334.
⑨ 赵崇祚．花间集校注：卷一［M］．杨景龙，校注．北京：中华书局，2015：77.
⑩ 李白．李太白全集：卷五［M］．王琦，注．北京：中华书局，2015：350.
⑪ 赵崇祚．花间集校注：卷二［M］．杨景龙，校注．北京：中华书局，2015：314.

“啼莺绿树深”[①]。又如，温词《杨柳枝》“织锦机边莺语频”[②] 用“苏惠织锦回文”典事，韦庄“刘阮不归春日曛”[③]。(《天仙子》) 运用“刘阮天台遇仙”之典故。由于此两种诗歌技法于《花间集》词中不多见，偶有用之，不成气候，多是无心所为，故此处不赘述。

总之，“以诗为词”与词体的确立相伴而生，花间词人有意无意地将诗歌技法移植入词，已开了“以诗为词”的先河。

第二节 变伶工之词为士大夫之词

在五代时期，还形成了与西蜀花间词派并峙的南唐词派。南唐词派的代表人物是南唐二主李璟、李煜以及宰相冯延巳。最初的南唐词亦沿袭《花间集》词，乃是在酒席间所作的歌词，其创作目的是满足统治者“娱宾遣兴”的需要。北宋初年陈世修为《冯延巳集》作序称：“金陵盛时，内外无事，朋僚亲旧，或当燕集，多运藻思为乐府新词，俾歌者倚丝竹而歌之，所以娱宾而遣兴也。”[④] 而后，风衰俗怨，世乱时危，南唐词更多地嵌入了词人个人情怀以及家国之思，使词逐渐走出“艳情”范围。故而，王国维就南唐词人这类词作而言：“冯正中词虽不失五代风格，而堂庑特大，开北宋一代风气。”[⑤] 又称：“词至李后主而眼界始大，感慨遂深，遂变伶工之词而为士大夫之词。”[⑥] 所谓“堂庑特

① 中华书局编辑部．全唐诗：卷三百四十六［M］．北京：中华书局，1960：3875.
② 赵崇祚．花间集校注：卷一［M］．杨景龙，校注．北京：中华书局，2015：156.
③ 赵崇祚．花间集校注：卷三［M］．杨景龙，校注．北京：中华书局，2015：420.
④ 陈世修．阳春集序［M］//吴讷．百家词：上册（阳春集）．天津：天津古籍出版社，1992：149.
⑤ 王国维．校注人间词话：卷上［M］．徐调孚，校注．北京：中华书局，2003：8.
⑥ 王国维．校注人间词话：卷上［M］．徐调孚，校注．北京：中华书局，2003：7.

大”与“眼界始大”，最终都落实到“士大夫之词”，即在词中反映士大夫的一己之情，这恰恰体现了诗歌的本质——抒情言志。尽管此种情况皆因社会背景与其身世使然，并非有意为之，但我们仍然可以称之为“以诗为词”。毛晋为《小山词》作跋称：“晏氏父子，真足追配李氏父子。”① 某种程度上，晏殊、晏几道“以诗为词”亦可“追配”李璟、李煜。南唐词人“以诗为词”是晏几道“以诗为词”的又一渊源。南唐词人“以诗为词”主要体现在词情的开拓上，词情的开拓主要体现在亡国之前君臣的忧患意识，以及亡国之后李煜的亡国之恨两方面。

一、忧患意识的流露

若说花间词人大多是落魄文人，南唐派代表却是帝王将相，虽然同处五代，然而其家国之忧却要比花间词人深远得多，语境哀婉萧索，即便在“艳情”词中亦多忧患意识。李清照评价南唐词称：“独江南李氏君臣尚文雅，故有‘小楼吹彻玉笙寒’‘吹皱一池春水’之词，语虽奇甚，所谓‘亡国之音哀以思’也。”② 即以文雅的语言表达哀思之情。南唐词在亡国之前，已流露出了隐隐的忧患意识，这是南唐词与花间词相异之处。

李璟（916—961）为南唐第二代国君，其传世的词作甚少，但每一首词都隐含着感时伤乱的慨叹，渗透着对国事风雨飘摇的忧虑，最典型的是其两首《浣溪沙》，词云：

手卷真珠上玉钩。依前春恨锁重楼。风里落花谁是主，思悠悠。　青鸟不传云外信，丁香空结雨中愁。回首绿波三楚暮，接

① 毛晋．宋六十名家词［M］．上海：上海古籍出版社，1989：105.

② 胡仔，纂集．苕溪渔隐丛话（后集）：卷三十三［M］．廖德明，校点．北京：人民文学出版社，1962：254.

天流。

菡萏香销翠叶残。西风愁起绿波间。还与容光共憔悴，不堪看。　细雨梦回鸡塞远，小楼吹彻玉笙寒。多少泪珠何限恨，倚阑干。①

前一首词咏春恨，后一首词谈秋愁，“愁”与“恨”二字在两首词中交替出现。李璟在词中有意无意地运用了古代诗歌传统的“比兴”手法，以哀景衬悲情，借思妇之幽怨以寄托自己更深更广的情思。王世贞激赏前首词云：“非律诗俊语乎？”② 直接将该词提升至诗的格调。王国维认为后首词“菡萏”二句：“大有‘众芳芜秽’‘美人迟暮’之感。”③ 也可视为是南唐王朝即将倾倒的暗示。詹安泰云：“可能是李璟当南唐受周威胁得很厉害的时候，借这样的小词来寄托自己的遭遇和怀抱的。”④ 这两首词虽然仍属于“艳情”题材范围，却包含了浓郁的忧患意识。

冯延巳（903—960），字正中，仕于南唐烈祖、中主二朝，官至宰相，其词风类似于李璟。其词作之空间境界比较开阔，例如，“楼上春山寒四面”⑤（《鹊踏枝》）、“归鸿飞，行人去，碧山边”⑥（《酒泉

---

① 李璟，李煜．南唐二主词笺注［M］．王仲闻，校订．陈书良，刘娟，笺注．北京：中华书局，2013：10-11、17.

② 王世贞．弇州四部稿：卷一百五十二［M］．台北：伟文图书出版社有限公司，1976：6925.

③ 王国维．校注人间词话：卷上［M］．徐调孚，校注．北京：中华书局，2003：6.

④ 李璟，李煜．李璟李煜词校注［M］．詹安泰，校注．上海：上海古籍出版社，2015：10.

⑤ 冯延巳．阳春集［M］．谷玉，校点．上海：上海古籍出版社，1988：1.

⑥ 冯延巳．阳春集［M］．谷玉，校点．上海：上海古籍出版社，1988：13-14.

子》）、“将远恨，上高楼。寒江天外流”①（《更漏子》）等都体现了其将柔情纳入广阔的空间中的特点，这是对花间词的超越，某种程度上，也是将词之狭深的境界扩大，使之更接近诗，这是其“以诗为词”的一方面体现。其“以诗为词”更重要的表现是其善用比兴的寄托手法，将浓郁的忧患意识融于“艳情”之中，王国维称之“堂庑特大”就基于此。

冯延巳之祖孙冯煦为《阳春集》作序云：“俯仰身世，所怀万端，缪悠其辞，若显若晦，揆之六义，比兴为多。”又云：“周师南侵，国势岌岌……翁负其才略，不能有所匡救，危苦烦乱之中，郁不自达者，一于词发之。其忧生念乱，意内而言外。”② 明确将其词比于诗，从比兴、六义方面评议其词，并认为这些寄托又多是其忧患意识的流露。这是冯延巳“以诗为词”最突出的贡献，其忧世之词又以《鹊踏枝》十四阕最具代表。王鹏运评价其曰：“冯正中《鹊踏枝》十四阕，郁伊惝恍，义兼比兴。”③ 他认为冯延巳《鹊踏枝》组词借比兴手法反映其忧国情怀。如《鹊踏枝》其三云：

> 秋入蛮蕉风半裂。狼籍池塘，雨打疏荷折。绕砌蛩声芳草歇，愁肠学尽丁香结。　　回首西南看晚月，孤雁来时，塞管声呜咽。历历前欢无处说，关山何日休离别。

这首词以萧索的秋景起兴，引发悲秋之情，从“前欢”“离别”等

---

① 冯延巳．阳春集［M］．谷玉，校点．上海：上海古籍出版社，1988：32.
② 冯煦．阳春集序//王鹏运．四印斋所刻词：上册［M］．上海：上海古籍出版社，1989：331.
③ 王鹏运．半塘定稿：丁稿鹜翁集［M］．刻本［出版地不详：出版社不详］清光绪三十二年（1906）.

用语可知该词亦是传统的相思离别题材，游子他乡作客，思妇独守空房。然而，冯延巳想要表达的愁怨不仅是游子、思妇般的情结。“风半裂，雨折荷”象征着风雨飘摇的国家，不禁让一国宰相悲慨。这首词实与前文列举的李璟两首《浣溪沙》有异曲同工之妙。陈秋帆称：“玩味其意，多凭吊凄怆之慨。”① 就是对于冯词忧患意识的诠释。又例如，王国维称赞其《鹊踏枝》（几日行云何处去）中名句云：“‘终日驰车走，不见所问津’，诗人之忧世也。‘百草千花寒食路，香车系在谁家树’似之。”②“终日”二句出自陶渊明《饮酒》诗，“百花”二句就出自本词，此二句可称之为词人之忧世。陈廷焯点评“浓睡觉来莺语乱，惊残好梦无寻处”（《鹊踏枝》）称：“忧谗畏讥，思深意苦。”③ 可见，陈廷焯亦认同冯词包含着深厚的忧患意识，并就《鹊踏枝》组词云：“情词悱恻，可群可怨。”④ “群、怨”出自《论语·阳货》，孔子云：“诗，可以兴，可以观，可以群，可以怨。”⑤ 陈氏将其词与《诗经》媲美，认为冯词同《诗经》一样，有联结统治阶级、讽怨时政的功能，其言实则将冯词提升至诗的高度。张惠言持论相同，只不过将冯词与《楚辞》相参照：“忠爱缠绵，宛然《骚》《辩》之义。”⑥ “骚、辩”当指《楚辞》中的《离骚》与《九辩》两篇抒情诗，这两首长诗都表现了诗人忠君爱国之情，也流露出了对国事衰落的担忧。可见，在冯延巳对于词之内容的开拓方面，为世人所认同。

---

① 冯延巳．阳春集笺［M］．陈秋帆，笺注．南京：南京书店，1933：2.

② 王国维．校注人间词话：卷上［M］．徐调孚，校注．北京：中华书局，2003：12.

③ 陈廷焯．白雨斋词话：卷一［M］// 孙克强．白雨斋词话全编．北京：中华书局，2013：1167.

④ 陈廷焯．白雨斋词话：卷一［M］// 孙克强．白雨斋词话全编．北京：中华书局，2013：1167.

⑤ 程树德．论语集释：卷三十五［M］．程俊英，蒋见元，点校．北京：中华书局，1990：1212.

⑥ 张惠言．词选：卷一［M］．北京：中华书局，1957：29.

当然，除了冯延巳《鹊踏枝》组词，冯氏的其他词作，同样寄寓了深刻的忧患意识。近代词曲大家吴梅径引陈廷焯之言评冯词，并云："他如《归国谣》《抛球乐》《采桑子》《菩萨蛮》等，亦含思凄惋，蔼然动人，俨然温、韦之意也。"[①] 也就是说"可群可怨"的不仅14首《鹊踏枝》，还有冯延巳的其他更多词作，比如，《采桑子》曰：

画堂昨夜愁无睡，风雨凄凄。林鹊单栖，落尽灯花鸡未啼。
年光往事如流水，休说情迷。玉箸双垂，只是金笼鹦鹉知。[②]

孙人和《阳春词校正》称该词："此殆《诗·郑风·风雨》之思乎?"并对此加以分析："愁无寐"者，忧思难眠也；"风雨凄凄"者，浊乱之世也；"林鹊争栖"者，小人当道也；"落尽灯花"者，国垂亡也；"鸡未啼"者，不见君子也；"年光往事如流水"者，前功尽弃也；"情迷"者，忠君之诚也；"玉箸双垂"者，志未遂而悲伤也；"只是金笼鹦鹉知"者，国人莫我知也。可谓自信而不疑矣。[③] 孙先生的见解应该是十分独到的，因为奸臣当道，世事混乱，冯延巳担心国之将亡，却无力回天，故将满腹幽怨诉诸词中。再如，刘永济称《谒金门》（风乍起）："讥讽其政务措施。"[④] 词中暗含讽意，亦是体现了其对国事的忧心忡忡。

李璟与冯延巳在小词中传达出"艳情"之外的士大夫情感境界，最主要的是忧患意识，这与词作者的身份地位、胸怀与学识密切相关。到了亡国之君李煜手中，这种忧患意识变成了更加沉痛的亡国之恨，尤

① 吴梅．词学通论［M］// 词曲论著四种．北京：商务印书馆，2010：367.
② 冯延巳．阳春集［M］．谷玉，校点．上海：上海古籍出版社，1988：32.
③ 温庭筠，韦庄，冯延巳．温韦冯词新校［M］．曾昭岷，校订．上海：上海古籍出版社，1988：281.
④ 刘永济．唐五代两宋词简析：微睇室说词［M］．北京：中华书局，2010：31.

其是李煜入宋之后的词作，肆意抒写身世家国之感，使小词完全褪尽了脂粉气，做到了诗词同调。

二、亡国之恨的抒写

李煜（937—978），字重光，号钟隐、莲峰居士，南唐最后一位国君。北宋建隆二年（961）继位，为保江山社稷，李煜“尊事中原，不惮卑屈”①。然而，宋太祖不依不饶，拘禁其弟李从善，并举兵入侵。开宝八年（975），李煜兵败降宋，被俘至汴京。李煜词作以亡国为界，亡国前期未摆脱花间词的藩篱，甚至鲜有父辈词中所蕴含的忧患意识。亡国之后，由一国之君沦为阶下囚，国破家亡的沉痛，昔盛今衰的悲叹，使之词风由旖旎柔婉变为沉郁顿挫。词之创作技法也由父辈常用的比兴寄托变为直抒胸臆。李煜将伶工之词进一步引向士大夫之词的发展道路，使词成为像诗一样抒情言志的工具。

在李煜之前的士大夫多是运用诗文抒写亡国之痛，而李煜不仅以诗抒写亡国之恨，还以词为之，此举扩大了词的表现领域，是其“以诗为词”的重要表现。其亡国之恨包括对往昔富贵生活的追怀、对故国的思念、对亡国的忏悔、对身世落差的悲叹、对世事无常的了悟等。不少学者将李煜亡国之词比之于亡国之诗。例如，贺裳《皱水轩词筌》称：“南唐主《浪淘沙》曰：‘梦里不知身是客，一晌贪欢。’至宣和帝《燕山亭》则曰：‘无据，和梦也有时不做。’情更惨矣。呜呼，此犹《麦秀》之后有《黍离》也。”② 《麦秀》是现存最早的文人诗，《史记·宋微子世家》载：“箕子朝周，过故殷墟，感宫室毁坏，生禾黍，

① 陆游．南唐书：卷三［M］//丛书集成新编：第115册．台北：新文丰出版股份有限公司，1985：306.

② 贺裳．皱水轩词筌［M］//唐圭璋．词话丛编：第1册．北京：中华书局，2005：702-703.

箕子伤之，欲哭则不可，欲泣为其近妇人，乃作《麦秀之诗》以歌咏之。其诗曰：‘麦秀渐渐兮，禾黍油油。彼狡童兮，不与我好兮！’所谓‘狡童’者，纣也。”① 此诗于寥寥十数字中，将亡国惨状和亡国缘由全盘托出，表现出了诗人对商朝亡国之痛。《黍离》出于《诗经》，是《国风·王风》里的一首诗，《毛诗序》说：“《黍离》，闵宗周也。周大夫行役，至于宗周，过故宗庙宫室，尽为禾黍。闵周室之颠覆，彷徨不忍去，而作是诗也。”② 同样是一首表现故国之思的诗作。贺裳将李煜《浪淘沙》（帘外雨潺潺）与《麦秀》《黍离》二诗相提并论，显然认同了李煜词对亡国之恨的抒写，开拓了词境，将其词提升至诗的高度。又如，陈廷焯批点《子夜歌》，认为其与诗歌相类，词曰：“人生愁恨何能免，销魂独我情何限。故国梦重归，觉来双泪垂。高楼谁与上，长记秋晴望。往事已成空，还如一梦中。”③ 引用了两个诗句即“回首可怜歌舞地”与“悠悠苍天，此何人哉”，前一句出自杜甫《秋兴八首》其六：“瞿唐峡口曲江头，万里风烟接素秋。花萼夹城通御气，芙蓉小苑入边愁。朱帘绣柱围黄鹄，锦缆牙樯起白鸥。回首可怜歌舞地，秦中自古帝王州。”④ 这首诗作于安史之乱之后，将曲江昔日繁华与今日荒凉对比，抒发故国之思。后一句出自《黍离》。陈廷焯同样从抒发故国之思这一角度，将李煜词与诗并称。再如，尤侗《延露词序》中评价李煜《虞美人》（春花秋月何时了）云：“诗何以‘余’哉？‘小楼昨夜’，《哀江头》之余也……诗以‘余’亡，亦以‘余’

① 司马迁．史记：卷三十八［M］．北京：中华书局，1959：1620-1621.

② 毛亨．毛诗注疏：卷六［M］//景印文渊阁四库全书：第69册．台北：台湾商务印书馆，1986：269.

③ 李璟，李煜．南唐二主词笺注［M］．陈书良，刘娟，笺注．北京：中华书局，2013：17.

④ 杜甫．杜诗详注：卷十七［M］．仇兆鳌，注．北京：中华书局，1979：1493.

存。”①《哀江头》同样是安史之乱后，杜甫忧思故国的诗作。可见李煜亡国之词确可与《麦秀》《黍离》以及杜甫安史之乱后所创作的表达国破家亡之深哀巨恸的诗作匹敌。当然，我们不能忽视以李煜本人的亡国诗为参照，其诗《渡中江望石城泣下》就是首典型的亡国诗，曰：

江南江北旧家乡，三十年来梦一场。吴苑宫闱今冷落，广陵台殿已荒凉。云笼远岫愁千片，雨打归舟泪万行。兄弟四人三百口，不堪闲坐细思量。②

这首诗作于李煜被俘至汴京途中，其带亡国之旧恨，且奔于离途，感慨南唐三十年风雨，对自己前途十分渺然无助，不禁泪下沾裳。家已不是家，国已不是国，往昔繁华如梦，唯有悔恨留在心里。阮阅《诗话总龟》引《翰府名谈》曰：“李煜暮岁乘醉书于牖云‘万古到头归一死，醉乡葬地有高原。’醒而见之大悔，不久谢世。”③ 而后主一首囚居之词《乌夜啼》（昨夜风兼雨）末句曰：“醉乡路稳宜频到，此外不堪行。”一诗一词或是作于同时，都点出了其归隐醉乡的渴望，反映了其处境的艰难困苦，然欲避不得，终含恨而死。

李煜亡国之词境界之阔大，气势之磅礴，使之更倾向诗之豪迈风格。其本为一国之君，帝王的身份使其具有较广阔的视野，词境更为扩大。又由于从万人之上的君主变为宋朝的俘虏和囚徒，其身世的巨大落差促成其跌宕的用笔。如其名篇《浪淘沙令》，词云：

---

① 彭孙遹．延露词［M］//丛书集成新编：第208册．台北：新文丰出版公司，1989：731.

② 中华书局编辑部．全唐诗：卷八［M］．北京：中华书局，1960：72.

③ 阮阅．诗话总龟：前集卷三十三［M］．周本淳，校点．北京：人民文学出版社，1987：330.

帘外雨潺潺，春意阑珊，罗衾不暖五更寒。梦里不知身是客，一饷贪欢。 独自莫凭阑，无限关山，别时容易见时难。流水落花春去也，天上人间。①

蔡绦《西清诗话》描述了此词的创作背景，曰：“南唐李后主归朝后，每怀江国，且念嫔妾散落，郁郁不自聊，尝作长短句云‘帘外雨潺潺……’含思凄惋，未几下世。”② 本词通过对比手法，将梦中身为帝王时的欢乐与醒时实为囚徒的凄惨形成对比，又以天上与人间形容亡国前后境遇之悬殊，抒发了李煜难以排遣的失落感，以及对故国的深切眷念。谭献称其：“雄奇幽怨，乃兼二难。后起稼轩，稍伧父矣。”③“雄奇”就其壮阔的词境而言，“幽怨”就其抒发的亡国之恨而言，“伧父”原意是南人讥讽北人粗鄙，这里是指李煜词豪放的一面，故认为其豪迈之风是辛弃疾一派词人的前驱。王国维《人间词话》云：“词至李后主而眼界始大，感慨遂深……‘自是人生长恨水长东’‘流水落花春去也，天上人间’，《金荃》《浣花》，能有此气象耶?”④ 其眼界之大，故而词之境界阔大，又由于国亡，故而忧恨之深远。温庭筠、韦庄既不是帝王又没有深入骨髓的亡国之痛，所以《金荃集》《浣花集》之气象远不如李煜词之阔大。又例如，其《虞美人》（春花秋月何时了）被唐圭璋称之为“诚《天问》之遗”⑤。王逸《天问序》云：“屈原放逐，忧心愁悴，彷徨山泽，经历陵陆，嗟号旻旻，仰天叹息……因书其

① 李璟，李煜．南唐二主词笺注［M］．王仲闻，校订．陈书良，刘娟，笺注．北京：中华书局，2013：65.

② 蔡绦．西清诗话［M］//景印文渊阁四库全书：第 880 册．台北：台湾商务印书馆，1986：474.

③ 谭献．复堂词话［M］//唐圭璋．词话丛编：第 4 册．北京：中华书局，2005：3993.

④ 王国维．校注人间词话：卷上［M］．徐调孚，校注．北京：中华书局，2003：7.

⑤ 唐圭璋．唐宋词简释［M］．上海：上海古籍出版社，1981：43.

壁，呵而问之，以渫愤懑，舒泻愁思。”[①] 李煜作词是追维往事，痛不欲生；满腔恨血，喷薄而出。可见其感情分量之巨大，抒情气势之汹涌，足以与屈子之诗相匹。再如，谭献称《乌夜啼》（林花谢了春红）作：“濡染大笔。”[②] 陈廷焯评其《望江梅》（闲梦远）曰：“寥寥数语，括多少景物在内。”[③] 可见，后世学者大都认同李煜之词包罗万象，无怪乎后人称赞后主之词“足当太白诗篇，高奇无匹”[④]。

李煜创作亡国之词时，有意无意地运用典故，点化他人诗句，援引典故入词。其运用典故的目的不是为了卖弄学问，仅是因为抒情需要。比如，其《望江南》（多少恨）之名句“车如流水马如龙”[⑤]，直接袭用了唐苏颋之诗《夜宴安乐公主新宅》：“车如流水马如龙，仙史高台十二重。天上初移衡汉匹，可怜歌舞夜相从。”[⑥] 然而后人大都只知李词，而不知苏诗。其实，此名句再往前还可以追溯至南朝宋范晔所撰《后汉书·明德马皇后纪》，其中有一句话：“前过濯龙门上，见外家问起居者，车如流水，马如游龙。”[⑦] 应当为该句之祖。李煜以此追怀曾经繁华的南唐都城，反衬今日国破家亡的孤凄，贴切得当。俞平伯《读词偶得》谈及其词：“林花谢了春红，太匆匆。常恨朝来寒雨晚来

---

① 王逸．楚辞章句：卷三［M］//景印文渊阁四库全书：第1062册．台北：台湾商务印书馆，1986：25.

② 谭献．复堂词话［M］//唐圭璋．词话丛编：第4册．北京：中华书局，2005：3993.

③ 陈廷焯．别调集：卷一［M］// 陈廷焯．词则．上海：上海古籍出版社，1984：556.

④ 谭献．复堂词话［M］．唐圭璋．词话丛编：第4册．北京：中华书局，2005：3993.

⑤ 李璟，李煜．南唐二主词笺注［M］．王仲闻，校订．陈书良，刘娟，笺注．北京：中华书局，2013：24.

⑥ 彭定求，等编．全唐诗：卷七十四［M］．北京：中华书局，1960：815.

⑦ 范晔．后汉书：卷十［M］．李贤，等注．北京：中华书局，1965：411.

风。胭脂泪，留人醉，几时重。自是人生常恨水长东。”① （《乌夜啼》）曰：“此词全用杜诗‘林花着雨胭脂湿’，却分作两片，可悟点化成句之法。”② 以自然中风雨凋零的“林花”比喻破碎的江山，以及其漂泊的身世，感叹盛衰无常；以“泪”和“恨”展现其深入骨髓的悲痛。李煜把杜诗深意与一己之情相融合，真实感人。又如，李煜词中比较集中援引典故的是其《破阵子》，词云：

四十年来家国，三千里地山河。凤阁龙楼连霄汉，玉树琼枝作烟萝，几曾识干戈。 一旦归为臣虏，沈腰潘鬓消磨。最是仓皇辞庙日，教坊犹奏别离歌，垂泪对宫娥。③

这首词使用的典故有“凤阁”“龙楼”“玉树琼枝”“沈腰”“潘鬓”。唐武则天光宅元年（684）改中书省为“凤阁”，“龙楼”是汉代太子宫门名，《汉书·成帝纪》载：“上尝急召，太子出龙楼门，不敢绝驰道，西至直城门，得绝乃度，还入作室门 。”④ 李煜以“凤阁龙楼”指代华丽的皇宫。“玉树”“琼枝”皆出自神话传说。《淮南子》曰：“掘昆仑虚以下地，中有增城九重……珠树、玉树、璇树、不死树在其西。”⑤ 例如《楚辞·离骚》：“溘吾游此春宫兮，折琼枝以继

① 李璟，李煜．南唐二主词笺注［M］．王仲闻，校订．陈书良，刘娟，笺注．北京：中华书局，2013：32.

② 俞平伯．俞平伯全集：第4卷［M］．石家庄：花山文艺出版社，1997：34.

③ 李璟，李煜．南唐二主词笺注［M］．王仲闻，校订．陈书良，刘娟，笺注．北京：中华书局，2013：63.

④ 班固．汉书：卷十［M］．颜师古，注．北京：中华书局，1962：301.

⑤ 刘文典．淮南子鸿烈集解：卷四［M］．冯逸，乔华，点校．北京：中华书局，1989：133.

佩。”① 以神话中的仙树比喻皇宫精美的布景，突出亡国之前南唐皇宫的富丽堂皇。“沈腰”运用了沈约之典故，《梁书·沈约传》记载沈约与徐勉的对话，沈约自叹老病：“百日数旬，革带常应移孔，以手握臂，率计月小半分。以此推算，岂能支久?”② 后以此代称身体消瘦。“潘鬓”则与潘岳相关，潘岳作有《秋兴赋》，其序言称：“余春秋三十有二，始见二毛。”③ 后以此表示未老先衰，双鬓初白。“沈腰潘鬓”暗示了李煜身为“臣虏”的困顿生活，以及饱受身体的摧残和心理的煎熬，形象生动。李煜于此词中较繁密的用典，丰富了词之内涵，深刻地反映了从“天上”到“人间”的身世落差，以及亡国的忏悔与沉痛。又例如，“金锁已沉埋，壮气蒿莱”④（《浪淘沙》）暗用了“铁锁沉江”之典故，《晋书·王濬传》载王浚破东吴之事：“太康元年正月，濬发自成都……吴人于江险碛要害之处，并以铁锁（铁链）横截之，又作铁锥长丈余，暗置江中，以逆距船……濬乃作大筏数十，亦方百余步，缚草为人，被甲持杖，令善水者以筏先行，筏遇铁锥，锥辄著筏去。又作火炬……遇锁，然（燃）炬烧之，须臾，融液断绝，于是船无所碍。”⑤ 南唐与东吴皆以金陵（今南京）为国都，开宝七年（974）九月宋师进攻南唐，在与宋太祖对抗时，李煜同样运用了“以守为攻”的战略，屯粮练兵，固守城池。马令《南唐书·后主书》详细记录了后主的御敌策略：“八年（975）春，阅民为师徒……（节）凡一十三

---

① 汤炳正，李大明，李诚，等注．楚辞今注［M］．上海：上海古籍出版社，2012：24.

② 姚思廉．梁书：卷十三［M］．北京：中华书局，1973：236.

③ 潘岳．潘黄门集［M］//丛书集成三编：第 36 册．台北：新文丰出版股份有限公司，1997：646.

④ 李璟，李煜．南唐二主词笺注［M］．王仲闻，校订．陈书良，刘娟，笺注．北京：中华书局，2013：51.

⑤ 房玄龄，等．晋书：卷四十二［M］．北京：中华书局，1974：1209.

等，皆使扞敌守把……大军史以十有一月乙未破城……左右以谓坚垒如此，天象无变，岂可计日取降……"① 城池坚固如此，宋军攻打了一年还未攻下。即使在宋军将要破城之际，诸将还认为城池"坚垒"，不需乞降。但是毕竟国力悬殊，再坚固的防守亦无力回天，终究不敌宋师的强势进攻，李煜战败投降。其遭遇与东吴相似，引发李煜同病相怜之感，故而其信手拈来此典，寄托亡国之恨。还如"秦女弄玉与箫史""高唐云雨""鱼雁传书"等典故在李煜词中也偶有出现。

以上对李煜"以诗为词"做了比较详细的论述。在李煜之后，北宋词人开始有意识地将词进一步与诗靠拢，以词抒发士大夫情怀，扩大词境，雅化词体，提升词体地位。然而，李煜对于身世落差的嗟叹到北宋中期晏几道这里才得到继承与发展，而对于亡国之恨的抒写要到北宋末年才被重新拾起。

第三节 北宋前期词人雅化词体

在晚唐五代，"诗尊词卑"的观念并不突出。这种观念到宋代才根深蒂固。尽管北宋词体日益成熟，但词体地位却没有得到认同。北宋文人在观念上轻视词体，认为词是"方之曲艺，犹不逮焉""文章豪放之士鲜不寄意于此者，随亦自扫其迹，曰谑浪游戏而已也"②。大臣钱惟演甚至公然自称："上厕则阅小辞。"③ 可见，词之地位是多么卑贱。诗文和词体在北宋时期分工尤为明显，即以诗文述志，以词体娱情。然

① 马令．南唐书：卷五［M］//丛书集成新编：第115册．台北：新文丰出版股份有限公司，1985：252.

② 胡寅．斐然集：卷十九［M］//景印文渊阁四库全书：第1137册．台北：台湾商务印书馆，1986：547.

③ 欧阳修．归田录［M］．李伟国，点校．北京：中华书局，1981：24.

而，北宋纵情享乐风气盛行，官僚阶层“多积金，市田宅，以遗子孙，歌儿舞女，以终天年”①。普通市民“新声巧笑于柳陌花衢，按管调弦于茶坊酒肆”②。酒筵歌席中“聊佐清欢”③ 之词，为上下层社会广泛需求。这种情况下，北宋文人虽在观念上“轻词”，但在实际创作中却又乐而为词。所以调和这种矛盾的最佳手段就是雅化词体，使词向诗歌贴近，而非所谓“妇人语”。晏几道尝言：“先公平日小词虽多，未尝作妇人语也。”④ 说明晏几道认可父辈们对于词体的雅化，使词一定程度上摆脱“俗艳柔媚”之风而更像诗。从这个意义来说，雅化词体可视为“以诗为词”的另一种说法。北宋词人对词体雅化可从三个层面理解，即题材的多样化、抒情的自我化以及风格的典雅化。后两方面对于晏几道“以诗为词”的影响颇深。

一、题材的多样化

如果说花间词之题材不单一，是文人们的无心之举，是“由诗入词”的必经之路，那么宋人拓展词之题材则是有心之措。在宋朝成立之初，约半个世纪，词作者很少，作品也仅存 30 多首，王灼感叹道：“国初平一宇内，法度礼乐，浸复全盛，而士大夫乐章顿衰于前日。”⑤ 然就仅存的宋初词作少有描写“艳情”者。例如，王禹偁《点绛唇·感兴》（雨恨云愁）借景抒情的典型词作；苏易简《越江吟》（神仙神仙瑶池宴）类似游仙词；寇准《阳关引》（塞草烟光阔）是一首送别友人之词；潘阆《酒泉子》组词展现西湖、钱塘江等地方风物；丁谓

① 脱脱，等．宋史：卷二百五十［M］．北京：中华书局，1977：8810.
② 孟元老．东京梦华录笺注［M］．伊永文，笺注．北京：中华书局，2007：1.
③ 欧阳修．欧阳修词笺注［M］．黄畬，笺注．北京：中华书局，1986：1.
④ 赵与时．宾退录［M］．齐治平，校点．上海：上海古籍出版社，1983：2.
⑤ 王灼．碧鸡漫志校正：卷二［M］．岳珍，校正．北京：人民文学出版社，2015：24.

《凤栖梧》（十二层楼春色早）是歌谀君主之词；等等。可知宋初词之题材已经朝着多样化发展，开始词体雅化之路，并成为北宋“以诗为词”创作的先声。其中，潘阆成就较高，潘阆的创作实践是在其词学观念指导下的实践。宋真宗时期，他提出诗词“理且一焉”之观点。其《逍遥集》附记曰：

> 然诗家之流，古自尤少，间代而出，或谓比肩。当其用意欲深，放情须远，变风雅之道，岂可容易而闻之哉？其所要《酒泉子》曲子十一首，并写封在宅内也。若或水榭高歌、松轩静唱，盘泊之意，缥缈之情，亦尽见于兹矣。其间作用，理且一焉。①

潘阆认为，诗词“理且一焉”，词也能承续《诗经》风雅传统，为诗之所为，它在一定程度上引导着词沿着吸收诗学经验的方向发展。也正是在这一理论潜移默化的影响下，范仲淹、晏殊、张先、柳永、欧阳修、王安石等文人相继登上词坛，进一步开拓词之题材，使词之表现领域愈加近于诗。

其一，军旅边塞。这时期边塞题材词有范仲淹《渔家傲》、欧阳修《渔家傲》等。范仲淹之边塞词《渔家傲》（塞上秋来风景异）是此时期边塞题材的经典词作。范氏的《渔家傲》曾被欧阳修讥笑为“穷塞主词”，《东轩笔录》载：“范文正公守边日，作《渔家傲》乐歌数阕，皆以‘塞下秋来’为首句，颇述边镇之劳苦，欧阳公尝呼为穷塞主之词。及王尚书素出守平凉，文忠亦作《渔家傲》一词以送之，其断章曰：‘战胜归来飞捷奏，倾贺酒，玉阶遥献南山寿。’顾谓王曰：‘此真

① 潘阆．逍遥集［M］//王鹏运．四印斋所刻词：上册．上海：上海古籍出版社，1989：708.

元帅之事也。’”[①] 然而，范仲淹此词所蕴含的情感张力与社会内涵，实较晚唐五代同类题材的词作，甚至欧阳修之边塞词，都要深厚得多。贺裳针对欧阳修之嘲讽予以驳斥曰：“范词如‘长烟落日孤城闭，羌管悠悠霜满地，将军白发征夫泪’，令‘绿树碧帘相掩映，无人知道外边寒’者听之，知边庭之苦如是，庶有所警触。此深得《采薇》《出车》《杨柳》《雨雪》之意。若欧词止于谀耳，何所感耶?”[②] 范仲淹结合驻守边关的经历，于边塞词中融入了政治家的身份以及对家国的责任感，较真实地展现了军旅生活之艰辛、报国立功之壮志、久戍思乡之情，开辟了新词境，这样的词与盛唐边塞诗无异。此种境界，并非居庙堂之上的欧阳修所能企及。贺裳将之比于唐代吴融的咏史诗《华清宫》，《诗经》中的战争诗《采薇》与《出车》是很有道理的，这客观上认同了范仲淹“以诗为词”的特点。

其二，咏史怀古。咏史怀古词是词在题材上的又一创新。例如，范仲淹《剔银灯·与欧阳公席上分题》是一首较早的怀古词，感慨三国之事。柳永《双声子》（晚天萧索）望着三吴风光感叹：“验前经旧史，嗟漫载、当日风流。斜阳暮草茫茫，尽成万古遗愁。”[③] 郑文焯批语曰：“只数语，便抵得无数怀古伤高之致。”[④] 言其怀古词境界高远，情感深邃，这个评价较为中肯。李冠《六州歌头》（凄凉绣岭）、《六州歌头》（秦亡草昧）分别回顾安史之乱与楚汉相争这两段历史，尤其后一首，颇为人称道，陈师道云其“道刘、项事，慷慨雄伟”。程大昌《演繁

① 魏泰．东轩笔录：卷十一［M］．李裕民，点校．北京：中华书局，1983：126.

② 贺裳．皱水轩词筌［M］//唐圭璋．词话丛编：第 1 册．北京：中华书局，2005：707.

③ 柳永．乐章集校笺：卷中［M］．陶然，姚逸超，校笺．上海：上海古籍出版社，2016：326.

④ 郑文焯．大鹤山人词话续编［M］//葛渭君．词话丛编补编：第 5 册．北京：中华书局，2013：3139.

露》称：“《六州歌头》，本鼓吹曲也，近世好事者倚其声为吊古词。如‘秦亡草昧，刘项起吞并’者是也。音调悲壮，又以古兴亡事实之，闻其歌使人怅慨，良不与艳辞同科，诚可喜也。”① 都认为此吊古词雄阔苍劲，不与艳词同调。欧阳修《浪淘沙》（五岭麦秋残）② 就杨贵妃喜食荔枝，唐玄宗命人从岭南、西蜀驰驿进献一事，抒发感慨。王安石《桂枝香》（登临送目）也是这一时期怀古词的代表，宋人大多对此词很是激赏，曰：“至荆公《桂枝香》词，子瞻称之，此老真野狐精也。诗词各一家，惟荆公备众作……”③ 虽然提出“诗词各一家”，但凭借这首词称赞其诗词俱妙，显然视此词如诗。王安石尝言：“古之歌者，皆先有词，后有声，故曰：‘诗言志，歌永言，声依永，律和声’。如今先撰腔子，后填词，却是‘永依声’也。”④ 显然不认同词仅是一种“倚声”之作，其曾读“倚声之祖”晏殊之词时曰：“为宰相而做小词，可乎？”⑤ 换言之，王安石是有意识地拒绝于词之创作中涉入艳情，将词与诗同一而论。王安石之怀古词还有《南乡子》（自古帝王州）、《浪淘沙令》（伊吕两衰翁）等。

其三，赠别酬唱。诗和词的重要区别还在于诗有实用性功能。文人雅士日常交际中一般只用诗来赠别酬唱。这种惯例被张先打破了。日本学者村上哲见认为：“在张子野以前很难找到和韵词作……郑獬和张子

---

① 程大昌．演繁露：卷十六［M］//景印文渊阁四库全书：第852册．台北：台湾商务印书馆，1986：199-200.

② 欧阳修．欧阳修词校注［M］．胡可先，徐迈，校注．上海：上海古籍出版社，2015：316.

③ 赵师岍．吕圣求词序［M］//景印文渊阁四库全书：第1487册．台北：台湾商务印书馆，1986：383.

④ 赵令畤．侯鲭录：卷七［M］．孔凡礼，点校．北京：中华书局，2002：184.

⑤ 魏泰．东轩笔录：卷五［M］．李裕民，点校．北京：中华书局，1983：52.

野的倡和之作，就成了现存和韵词原作的最早作品。”① 张先大量使用词来赠别酬唱，如其赠别词有《转声虞美人·霅上送唐彦猷》《玉联环·送临淄相公》《雨中花令·赠胡楚草》等，和韵词有《少年游·渝州席上和韵》《木兰花·和孙公素别安陆》《定风波令·再次韵送子瞻》等。这些词扩大了词体日常实用功能。在这些词中反映士大夫日常往来的场景，展现真情，表达祝福，或表示对友人政绩、人品等方面的赞颂，拓展了五代以来词体的应用领域，无怪乎陈廷焯称其词为“古今一大转移也”②。此时期其他文人也偶有赠答酬唱之作，例如，尹洙《水调歌头·和苏子美》、欧阳修《朝中措·送刘仲原甫出守维扬》《渔家傲·与赵康靖公》、韩维《踏莎行·次韵范景仁寄子华》、王安石《诉衷情·和俞秀老鹤词》等，然这些酬唱赠答词的数量远不能和张先相比。从以诗唱和到以词唱和，是北宋文人雅士推尊词体的又一表现。

其四，记游述行。记述自己一生行藏是诗歌的重要题材，文人墨客每到一处行旅，都喜欢以诗记录其行程，吟咏此处风物。北宋前期，这一题材已比较广泛地应用于词中。柳永现存词作 200 多首，羁旅行役词就占了 60 多首，陈振孙称其：“尤工于羁旅行役。”③ 意谓柳永羁旅行役词精工，对之予以肯定。严有翼《艺苑雌黄》评价《乐章集》曰：“大概非羁旅穷愁之词，则闺门淫媟之语。”④ 亦可证柳永羁旅词数量之庞大，这与柳永一生“游宦成羁旅”密切相关。欧阳修的仕途不像柳

---

① 村上哲见．唐五代北宋词研究［M］．杨铁婴，译．西安：陕西人民出版社，1987：175.

② 陈廷焯．白雨斋词话：卷一［M］// 孙克强．白雨斋词话全编．北京：中华书局，2013：1169.

③ 陈振孙．直斋书录解题：卷二十一［M］．徐小蛮，顾美华，点校．上海：上海古籍出版社，2015：616.

④ 胡仔，纂集．苕溪渔隐丛话（后集）：卷三十九［M］．廖德明，校点．北京：人民文学出版社，1962：319.

永那么坎坷，但也不顺利，曾于多地任职或游赏。其《采桑子》数阕歌咏颍州西湖之词作就记叙其居颍的生活与游乐，其《西湖念语》道出《采桑子》创作动机：“况西湖之盛概，擅东颍之佳名。”① 展现了西湖的风物，亦呈现士大夫的日常生活情态。王琪《望江南》组词描写江南风物。还如张先《木兰花·邠州作》《熙州慢》（武林乡）等都描绘了地方风景，记游述行词已成为北宋文人津津乐道的题材。

其五，宗教哲理。谈佛论道亦是士大夫日常生活的一部分，而文人对于佛道之理解亦多探讨于诗，东晋“玄言诗”就是这类题材的代表，盛唐王维许多诗作亦“却入禅宗”②。而完成宗教题材向词转移的是王安石。王安石仅存的诗中，有三分之一涉及佛理。他与喜谈佛理的俞秀老、俞清老兄弟交情甚厚，互相谈佛论道，并写入诗词。《石林诗话》载：“王荆公居钟山，秀老数相往来，尤爱重之，每见于诗。”③ 其词《诉衷情·和俞秀老鹤词》与《诉衷情·又和秀老》都蕴含佛理；其《望江南·归依三宝赞》四首词更是诠释甚至宣扬佛法的经典之作④。还如，道家南宗初祖张伯端以《西江月》组词大肆宣扬修行之道与炼丹之法。

其六，都市生活。宋代城市经济十分繁荣，市井生活相当丰富，反映都市生活题材的词作兴起。柳永因仕途失意，长期流连街坊酒巷，对都市生活体验颇深，他叙述过当时汴京、益州、洛阳、会稽、扬州、杭州、金陵等城市风光，如《望海潮》（东南形胜）、《瑞鹧鸪》（吴会风流）、《看花回》（玉城金阶舞舜干）等。北宋中期文人黄裳对柳永这类词大加赞叹，云：“予观柳氏乐章，喜其能道嘉祐中太平气象，如观杜

① 欧阳修．欧阳修词校注［M］．胡可先，徐迈，校注．上海：上海古籍出版社，2015：1.

② 胡应麟．诗薮［M］．上海：上海古籍出版社，1979：119.

③ 叶梦得．石林诗话［M］．逯铭昕，校注．北京：人民文学出版社，2011：149.

④ 唐圭璋．全宋词［M］．中华书局，1988：206-207.

甫诗，典雅文华，无所不有。是时予方为儿，犹想见其风俗，欢声和气洋溢道路之间，动植咸若。令人歌柳词，闻其声，听其词，如丁斯时，使人慨然有感。呜呼，太平气象，柳能一写于乐章，所谓词人盛事之黼藻，其可废耶?”① 竟然把柳永词与杜甫诗媲美，或有过誉之嫌，但柳永词之升平气象，其词之包罗万象，其词之风靡程度，可见一斑。同时期张先、欧阳修、韩琦等人也有些反映都市题材的词作，例如，《破阵乐·钱塘》（四堂互映）展现杭州都市生活；《木兰花·乙卯吴兴寒食》记载湖州市井习俗；《望海潮·上太原知府王君贶尚书》反映并州都市生活；《望江南·淮扬好》展示扬州世俗生活；等等。

除了以上几种题材，还有书写乡村田园之词作，比如，晏殊《破阵子》（燕子来时新社）描写春日乡村生活情趣；描写季节时令之词，例如，欧阳修《渔家傲》十二月令词展现了十二月风物民俗；咏物词，如晏殊《菩萨蛮》（秋花最是黄葵好）、柳永《黄莺儿》（园林晴昼春谁主）、张先《蝶恋花》（移得绿杨栽后院）、欧阳修《渔家傲》（叶有清风花有露）、王安石《西江月·红梅》（梅好惟嫌淡伫）等，或呈现所咏之物的百态千姿，或借所咏之物寄托情感，象征人格。可见，这一时期词之题材已经达到前所未有的广度，然而造成题材多样性的根本原因就是抒情的自我化。

二、抒情的自我化

在宋人把作词视为游戏的同时，也在不断地提升词体的地位，而雅化推尊词体的实质就是抒情的自我化，使词不仅是酒宴上演唱的歌词，且成为如诗一样反映士大夫独特个性的抒情文体。顾随称：“正中、大

---

① 黄裳．演山集：卷三十五［M］//景印文渊阁四库全书：第1120册．台北：台湾商务印书馆，1986：239-240.

晏、六一作品皆是个性流露……盛唐诸公之诗个个不同，词在北宋、曲在元初亦然。”① 此论将北宋词与唐诗同认为是文人“个性流露”，说明宋人于词体创作实践中以诗的精神为旨归。尽管更多的词作还是局限于艳情的写作，但其在艳词中抒发的情感已不是普泛化的男欢女爱，而是透露了文人独特的情思。其于非艳情题材的创作中，更是直接展现士大夫独特的精神风貌。

其一，非艳情之词坦露士大夫的胸怀。范仲淹曾经戍边西北，以抵抗西夏入侵，其诗《城大顺回道中作》：“三月二十七，羌山始见花。将军了边事，春老未还家。”② 就是作于其戍边之时，与其边塞词《渔家傲》：“浊酒一杯家万里，燕然未勒归无计，羌管悠悠霜满地。人不寐，将军白发征夫泪。”③ 境界与情感都极其相似，可见其边塞词反映出他的亲身经历如其诗，故而真实动人。而范仲淹《剔银灯·与欧阳公席上分题》和《定风波·自前二府镇穰下营百花洲亲制》两词则借读史、咏景抒发自己的人生感悟。柳永的羁旅行役词实质是他的夫子自道，展现了他四处宦游的无奈与人生的落魄失意，如“展转翻成无寐，因此伤行役”④（《六么令》）、“迢迢匹马西征”⑤（《引驾行》）、“冒征尘、匹马驱驱，愁见水遥山远”⑥（《阳台路·楚天晚》）等都直接抒发宦游的艰辛，他的词向读者坦露的是他自己真实的精神世界。又

① 顾随．顾随诗话［M］//顾随．顾随全集：第 3 册．石家庄：河北教育出版社，2000：68.

② 范仲淹．范仲淹集［M］．薛正兴，点校．南京：凤凰出版社，2019：76.

③ 范仲淹．范仲淹集［M］．薛正兴，点校．南京：凤凰出版社，2019：497.

④ 柳永．乐章集校笺：卷下［M］．陶然，姚逸超，校笺．上海：上海古籍出版社，2016：605.

⑤ 柳永．乐章集校笺：卷下［M］．陶然，姚逸超，校笺．上海：上海古籍出版社，2016：569.

⑥ 柳永．乐章集校笺：卷中［M］．陶然，姚逸超，校笺．上海：上海古籍出版社，2016：330.

如，其有关科举成败的词作，年少所作的《长寿乐》呈现了对自己信心满满、追求功名的态度，即“对天颜咫尺，定然魁甲登高第”①。而《鹤冲天》则展现了科考失利后的自我解脱：“且恁偎红倚翠，风流事，平生畅。青春都一饷。忍把浮名，换了浅斟低唱。”②《柳初新》表现了进士及第时的喜悦：“杏园风细，桃花浪暖，竞喜羽迁鳞化。”③ 再如，其都市风光之词《瑞鹧鸪·吴会风流》《木兰花慢》（古繁华茂苑）、《临江仙》（鸣珂碎撼都门晓）等多为干谒所作，但其一方面真实反映了市井生活，且从另一方面体现了柳永五六十岁还在干谒献词，表现出其为仕途四处奔波的无奈。张先以词抒写“心中事，眼中泪，意中人”④（《行香子》），这实为晏几道《小山词·自序》之言“不独叙其所怀，兼写一时杯酒间闻见所同游者意中事”的最初蓝本。例如，其名作《天仙子》（水调数声持酒听）表伤春之情；《青门引》（乍暖还轻冷）被沈际飞称为“怀则自触，触则愈怀，未有触之至此也”⑤，触景伤怀之意可见；“香生色真，真佳人如是”⑥ 的《醉落魄》（云弱柳轻）描摹了俊巧佳人的腰肢体态，这些词都贴切地反映了“三中”。且在张先的100多首词中，约半数作品使用了题序，交代词作写作时间、地点、创作动机和缘起，而缘题赋词保证了词中所营造场景的真实性，

---

① 柳永．乐章集校笺：卷下［M］．陶然，姚逸超，校笺．上海：上海古籍出版社，2016：515.

② 柳永．乐章集校笺：卷下［M］．陶然，姚逸超，校笺．上海：上海古籍出版社，2016：725.

③ 柳永．乐章集校笺：卷上［M］．陶然，姚逸超，校笺．上海：上海古籍出版社，2016：124.

④ 张先．张先集编年校注［M］．吴熊和，沈松勤，校注．上海：上海古籍出版社，2012：238.

⑤ 顾从敬，类选．沈际飞，评正．草堂诗余正集：卷一［M］//顾从敬，等．沈际飞，评．镌古香岑批点草堂诗余．刻本．［出版地不详：出版社不详］，1368-1644.

⑥ 顾从敬，类选．沈际飞，评正．草堂诗余正集：卷二［M］//顾从敬，等．沈际飞，评．镌古香岑批点草堂诗余．刻本．［出版地不详：出版社不详］，1368-1644.

以及作者在词中所抒发情感的真实性。王兆鹏称从张先开始"词的题材取向开始由远离创作主体的普泛化情事转向贴近创作主体的日常生活环境"①，最突出的表现就是使用题序。苏东坡称："微词宛转，盖诗之裔。"② 正因为张先词反映士大夫真实的生活情状，才能得到苏轼如此高的评价。又如，欧阳修在《朝中措》（平山栏槛倚晴空）曰："文章太守，挥毫万字，一饮千钟。"③ 既是描写刘敞，又是表现自身才情，这是一种士大夫的豪情。王国维认为欧阳修的创作"以其写之于诗者，不若写之于词者之真也"④，意谓欧词中展现出的个人胸怀甚至比欧诗更加真实。苏舜钦《水调歌头·沧浪亭》则抒发其"丈夫志"，即"当景盛，耻疏闲"⑤，王安石佛道词，往往歌咏归隐，忘却俗世之乐，涉及佛理旨趣，融入了词人自我的人生体验和感受。

其二，艳情之作寄寓士大夫的情思。因为柳永有仕途失意，而流连红翠以求心灵慰藉的亲身经历，所以其描写世俗女子的情感是非常真实的，是"了解之同情"基础上的纪实抒写。若表现男子相思的词作，亦反映其"好狎游"与"重功名"矛盾冲突的切身体验，这远比以旁观者的身份对香闺进行客观的描摹，带有更多的真情实感。从某种意义上说，与歌女们的爱恋是其理想生活的象征，故而其抒写相思恋情的同时，也展现了自身的人生价值取向，这与后来的晏几道是相同的。晏殊、欧阳修在政治上地位相当，在艳体词创作上，风格亦相似，均承袭

① 王兆鹏．论宋词的发展历程［J］．暨南学报（哲学社会科学），2000（6）：15.
② 苏轼．苏诗文集［M］．孔凡礼，点校．北京：中华书局，1986：1943.
③ 欧阳修．欧阳修词校注［M］．胡可先，徐迈，校注．上海：上海古籍出版社，2015：31.
④ 王国维．人间词话：删稿［M］．徐调孚，周振甫，校注．北京：人民文学出版社，1960：223.
⑤ 苏舜钦．苏舜钦集［M］．沈文倬，校点．北京：中华书局，2011：220.

南唐宰相冯延巳，故刘熙载有“晏同叔得其俊，欧阳永叔得其深”① 之言。晏、欧词将理性精神寄寓于艳情，展示出士大夫文人对社会人生的理性思考，体现了词体向诗体言志功能的靠拢。如晏殊词有“往事旧欢何限意，思量如梦寐”②（《谒金门》）、“劝君看取利名场。今古梦茫茫”③（《喜迁莺》）等表现了人生如梦的感慨。欧阳修则有“人间自是有情痴，此恨不关风与月”④（《玉楼春》）、“十年前是尊前客，月白风清。忧患凋零。老去光阴速可惊”⑤（《采桑子》）等表达对岁月流逝的咏叹。也许这都是富贵闲愁，但呈现了上层文人对自我精神与人生现世的关注，此与诗之精神是一致的。

三、风格的典雅化

北宋词人对词体的雅化不仅体现在对词境的开拓上，还在手法上有意识地借鉴诗法，促进词风的典雅化。晏殊、欧阳修、张先词风之典雅世所公认，例如，李之仪《跋吴思道小词》称：“晏元献、欧阳文忠、宋景文则以其余力游戏，而风流闲雅超出意表，又非其类也。”⑥ 即其闲雅之词风，已经打破了词原本绮靡之风格。魏际瑞《钞所作诗余序》

---

① 刘熙载．词曲概［M］// 袁津琥，注．艺概注稿：卷四．北京：中华书局，2009：494.

② 晏殊，晏几道．二晏词笺注［M］．张草纫，校笺．上海：上海古籍出版社，2008：13.

③ 晏殊，晏几道．二晏词笺注［M］．张草纫，校笺．上海：上海古籍出版社，2008：64.

④ 欧阳修．欧阳修词校注［M］．胡可先，徐迈，校注．上海：上海古籍出版社，2015：223.

⑤ 欧阳修．欧阳修词校注［M］．胡可先，徐迈，校注．上海：上海古籍出版社，2015：30.

⑥ 李之仪．姑溪居士文集：卷四十［M］//丛书集成新编：第62册．台北：新文丰出版公司，1985：260.

将欧阳修词比作唐诗，云：“宋词如唐诗者，永叔一人而已。”① 显然视欧词如唐诗般格雅韵高。陈廷焯认为张先之词不让于“子昂高古”②，将张先词与初唐陈子昂诗媲美，以示张先词之高雅古朴。而被士大夫所诟病的柳永词，亦有典雅的一面。时常以柳永俗词为靶子的苏轼，却赞叹其“渐霜风凄惨，关河冷落，残照当楼”③（《八声甘州》）之高雅，曰：“此语于诗句，不减唐人高处。”④ 清人彭孙遹《金粟词话》亦云：“柳七亦自有唐人妙境，今人但从浅俚处求之……”⑤ 彭氏对于后人只知道柳词写“俗情”与“俗事”颇为不满，肯定了柳词如唐诗般高雅的一面。故而词体风格崇尚典雅是词坛的普遍现象。词人主要通过用典、化用、对偶等手段促进词风雅化。

其一，用典。用典本是诗歌的独特技法，从宋代开始，词人有意于词中用典以促进词风的雅化。晏、欧词用事典较少，语典多；而柳永、张先于词中用典较晏、欧相对更多。柳永善于在慢词中适当地引用经、史、子、集各类典故，形式较多样。郑文焯认为柳永作词有着深厚的文学积累，能够融百家为已用，谓之“取字至博”⑥，又以其词为“学人之词”⑦，可见郑文焯对柳永词推崇备至，亦可知柳永词用典广博。例

---

① 魏际瑞．魏伯子文集：卷一［M］//《清代诗文集汇编》编纂委员会．清代诗文集汇编：第 70 册．上海：上海古籍出版社，2010：432.

② 陈廷焯．白雨斋词话足本校注：卷十［M］．屈兴国，校注．济南：齐鲁书社，1983：728.

③ 柳永．乐章集校笺：卷下［M］．陶然，姚逸超，校笺．上海：上海古籍出版社，2016：578.

④ 赵令畤．侯鲭录：卷七［M］．孔凡礼，点校．北京：中华书局，2002：183.

⑤ 彭孙遹．金粟词话［M］//唐圭璋．词话丛编：第 1 册．北京：中华书局，2005：723.

⑥ 郑文焯．郑文焯致朱祖谋书［M］//词学：第 7 辑．上海：华东师范大学出版社，1989：213.

⑦ 郑文焯．大鹤山人词话续编［M］//葛渭君．词话丛编补编：第 5 册．北京：中华书局，2013：3134.

如，"爱揾了双眉，索人重画"[①]（《洞仙歌·嘉景》），用"张敞画眉"的典故；"楚峡云归，高阳人散"[②]（《倾杯》），用的是"巫山云雨"之典；"乌龙未睡定惊猜，鹦鹉能言防漏泄"[③]（《玉楼春·阆冈歧路连银阙》）运用"鹦鹉告事"与"乌龙救主"的典故；其《女冠子》（淡烟飘薄）下片连用《淮南子》《楚辞》《风赋》《论语》、曹丕以及《老子》六典，表现其在炎炎夏日中，迎风消暑与以文会友的闲情雅趣。典故的使用扩展了其词意，促使其词之豪气古雅格调的形成。据某学者统计，张先用典之词占其全部词作的45%。有用神话传说之典，例如，"牛星织女年年别"[④]（《菩萨蛮》）运用"牛郎织女相会"之典；"愿身不学相思树"[⑤]（《怨春风》）典源为《搜神记》，大概情节是宋康王夺韩凭妻，韩凭夫妇反抗不得而双双自杀，坟作相思树，魂化鸳鸯鸟。还有历史故实类典故如"昭君出塞""金屋藏娇"等。张惠言《词选目录叙》中谈道："宋之词家，号为极盛，然张先、苏轼、秦观、周邦彦、辛弃疾、姜夔、王沂孙、张炎，渊渊乎文有其质焉。"[⑥] 其中，唯有张先为北宋初期词家，可知张先对宋词的贡献。正是用典增加了张先词的深度，使其"渊渊乎文有其质"，给他的部分词作带来了类似诗的厚重典雅之气格。

---

① 柳永．乐章集校笺：卷下［M］．陶然，姚逸超，校笺．上海：上海古籍出版社，2016：700.

② 柳永．乐章集校笺：卷下［M］．陶然，姚逸超，校笺．上海：上海古籍出版社，2016：718.

③ 柳永．乐章集校笺：卷上［M］．陶然，姚逸超，校笺．上海：上海古籍出版社，2016：155-156.

④ 张先．张先集编年校注［M］．吴熊和，沈松勤，校注．上海：上海古籍出版社，2012：216.

⑤ 张先．张先集编年校注［M］．吴熊和，沈松勤，校注．上海：上海古籍出版社，2012：182.

⑥ 张惠言．词选笺注［M］．姜亮夫，笺注．台北：北新书局，1933：24.

其二，化用。化用前人诗文是北宋初中期词人善用的手段，几乎没有哪位词家能“幸免”。据唐红卫统计，晏殊140首词中115次化用了前人诗文，李调元曾情不自禁地击节赞叹：“晏殊《珠玉词》极流丽，而以翻用成语见长。”① 不仅借鉴前人诗文，晏殊亦时常以自己的诗句入词，其大量借鉴诗文的填词方法，对晏几道的创作产生重要影响。柳永极善融化前人的诗句入词，譬如，“人面桃花，未知何处，但掩朱扉悄悄”②（《满朝欢》）借用了唐崔护名句“人面不知何处在，桃花依旧笑春风”③。又例如，其《望远行》明显地袭用郑谷诗《雪中偶题》：“乱飘僧舍茶烟湿，密洒歌楼酒力微。江上晚来堪画处，渔人披得一蓑归。”④ 柳词为：“乱飘僧舍，密洒歌楼，迤逦渐迷鸳瓦。好是渔人，披得一蓑归去，江上晚来堪画。”⑤ 似有剽窃之嫌。因而，黄苏既称赞柳永之化用使词“清雅不俗”，又批评其化用多沿袭而少出新，曰：“第以用前人意思多，总觉少独得之妙句耳。”⑥ 张先亦善于化用诗句入词，例如，“不知商妇为谁愁，一曲行人留晚发”⑦ 化用杜牧名句“商女不知亡国恨，隔江犹唱后庭花”⑧，与白居易诗句“忽闻水上琵琶声，主人忘归客不

---

① 李调元．雨村词话：卷三［M］//唐圭璋．词话丛编：第2册．北京：中华书局，2005：1406.

② 柳永．乐章集校笺：卷上［M］．陶然，姚逸超，校笺．上海：上海古籍出版社，2016：99.

③ 中华书局编辑部．全唐诗：卷三百六十八［M］．北京：中华书局，1960：4148.

④ 郑谷．郑谷诗集笺注［M］．严寿澂，黄明，赵昌平，笺注．上海：上海古籍出版社，1991：213.

⑤ 柳永．乐章集校笺：卷下［M］．陶然，姚逸超，校笺．上海：上海古籍出版社，2016：573.

⑥ 黄苏．蓼园词评［M］//唐圭璋．词话丛编：第4册．北京：中华书局，2005：3087.

⑦ 张先．张先集编年校注［M］．吴熊和，沈松勤，校注．上海：上海古籍出版社，2012：14.

⑧ 杜牧．樊川诗集注［M］．冯集梧，注．上海：上海古籍出版社，1978：274.

发"[①]；"天不老，情难绝"[②] 化用李贺《金铜仙人辞汉歌》"天若有情天亦老"[③]；等等。张先运用此技法，提升了词作内涵，雅化了词体。王安石不仅借鉴诗句入词，还尚有多首集句词之作。集句原本是诗之一体，以集句的方式填词，亦是"以诗为词"的表现。据台湾学者王伟勇《王安石〈临川先生歌曲〉借鉴唐诗之探析——两宋"集唐诗入词"风气之开启》一文统计，王安石《临川先生歌曲》共29阕，集句词有7阕，并采用截取、檃栝、化用、袭用、典故等创作技巧。借鉴唐诗，对苏轼、晏几道、黄庭坚、贺铸、周邦彦等"集唐诗入词"的风气颇有影响。

其三，对偶。词是长短句，许多地方不适宜对仗，凡前后两句字数相同，才有对仗的可能，故在词中对仗是有难度的。但北宋前期词人却不约而同地突破限制使用对偶句，显然是有意使词诗化。苏颂喜爱晏殊与欧阳修之词，曰："以为有骚雅之风，而不古不俗，尤爱声韵谐偶。"[④]"声韵谐偶"即谓声律和谐，这很大程度是因为运用了对偶。这些对偶的运用使词章呈现富雅工整之气。尤其是晏殊，其140首词中有120首使用了对句，这对晏几道大量使用对句的影响甚大。柳永喜欢于慢词中运用对仗，日本学者宇野直人在《柳永的对句法》中称："慢词的句式字数长短错杂，大多不适宜于对句的表现……但在柳词中，有不少例子，即使连接着的两句字数不同，也能通过所谓'领字'的手法，来使对句表现得以成立。如'继梦得文章，乐天惠爱'（《木兰花慢》），'触处青蛾画舸，红粉朱楼'（《瑞鹧鸪》其二）是以前句开头

① 白居易．白居易诗集校注：卷四［M］．谢思炜，校注．北京：中华书局，2017：961.
② 张先．张先集编年校注［M］．吴熊和，沈松勤，校注．上海：上海古籍出版社，2012：196.
③ 李贺．李贺诗歌集注［M］．王琦，等注．上海：上海人民出版社，1977：94.
④ 苏象先．丞相魏公谭训：卷四［M］//王云五，四部丛刊三编：第370册．台北：台湾商务印书馆，1936：55.

一字或二字来统领起一组对句的形式。”① 其对柳永对偶的使用技巧大为嘉奖。夏敬观评张先词曰：“后来涩体，炼词炼句，师其法度，方能近古。”② “炼句”既包括一句之工巧，也含有句与句对仗工整之意，如“过雨小桃红未透，舞烟新柳青犹弱”③（《满江红》）、“浮世欢会少，劳生怨别多”④（《南歌子》）等对仗比较工整，只不过张先之对仗较同时代的其他词人相对少些。

综上所述，词体独立之后，“以诗为词”的创作相伴而生，诗体的教化功能与词体原本的娱乐功能相互作用，使词体的娱乐功能不断削弱。从花间词人到南唐帝相，变伶工之词为士大夫之词，后又经过北宋前期词人的雅化，词体已然同诗一样具备了抒情言志的功能。在前辈们的指引下，晏几道在“以诗为词”的道路上做出了更大的尝试，宋代第一篇由词人为自己的词集所作的序正是他的《小山词·自序》，并尽可能地将序中提出的创作理想、创作视野和创作态度贯穿于其创作实践。

---

① 宇野直人．柳永论稿［M］．张海鸥，羊昭红，译．上海：上海古籍出版社，1998：99-102.

② 夏敬观．吷庵词评［M］//葛渭君．词话丛编补编：第5册．北京：中华书局2013：3443.

③ 张先．张先集编年校注［M］．吴熊和，沈松勤，校注．上海：上海古籍出版社，2012：244.

④ 张先．张先集编年校注［M］．吴熊和，沈松勤，校注．上海：上海古籍出版社，2012：161.

第二章

晏几道对词情的开拓

所谓“词情”，就是词所展现的个体生命情怀。晏几道追随前人的步伐，朝着抒情的自我化方向进一步开拓，这就是他“以诗为词”的实质。此与其词学观念密切相关。晏几道《小山词·自序》是现存的宋代第一篇词人为自己词集所作的序，其中明确地反映了其词学观念。序云：

> 《补亡》一编，补乐府之亡也。叔原往者浮沉酒中，病世之歌词不足以析酲解愠，试续南部诸贤绪余，作五、七字语，期以自娱。不独叙其所怀，兼写一时杯酒间闻见所同游者意中事。尝思感物之情，古今不易，窃以谓篇中之意，昔人所不遗，第于今无传尔。故今所制，通以《补亡》名之。始时沈十二廉叔、陈十君龙家有莲、鸿、苹、云，品清讴娱客。每得一解，即以草授诸儿，吾三人持酒听之，为一笑乐。已而君龙疾废卧家，廉叔下世，昔之狂篇醉句，遂与两家歌儿酒使俱流转于人间。自尔邮传滋多，积有串易。七月己巳，为高平公缀辑成编。追惟往昔过从饮酒之人，或垅木已长，或病不偶，考其篇中所记悲欢合离之事，如幻如电，如昨

梦前尘，但能掩卷怃然，感光阴之易迁，叹境缘之无实也。①

从中可归纳出词体的两种功能，即娱人娱己与叙怀抒情。娱人娱己，是词体的传统功能；叙怀抒情，则是诗体创作的传统。诸葛忆兵称诗词之辨："最终落实到题材和功能的层面上。"②"以诗为词"的核心就是把诗的题材内容移植于词，使词具有同诗一样的抒情言志功能。晏几道虽然承认其《小山词》之娱乐功能，但是更注重其词的叙怀抒情功能。显然，其词学观念实以诗的精神和趣味为旨归，称之"以诗为词"，合情合理。自古诗歌就有"言志"与"言情"传统。《毛诗序》云："诗者，志之所之也。在心为志，发言为诗，情动于中而行于言。"③ 在此，"情"和"志"，很多情况下含义并无大不同。陆机《文赋》中云："诗缘情而绮靡。"④"言情"和"言志"成了两个并行不悖的诗歌创作主流，抒发真性情是诗歌的本质特征。《小山词》就是晏几道真性情的流露。而"情"因"感物"而起，此又涉及"物感说"的诗学理论。此说最早见于《礼记·乐记》："凡音之起，由人心生也。人心之动，物使之然也。感于物而后动，故形于声。"⑤ 即人心感于外物，而后形成文学艺术。刘勰《文心雕龙·明诗》："人秉七情，应物斯感，感物吟志，莫非自然。"⑥ 明确了感物而兴情，情兴而吟诗是自

---

① 晏几道．小山词［M］// 朱祖谋．彊村丛书：第1册．扬州：广陵书局，2005：174.

② 诸葛忆兵．"以诗为词"辨［J］．北京大学学报（哲学社会科学版），2011，48（1）：74.

③ 毛亨．毛诗注疏：卷六［M］//景印文渊阁四库全书：第69册．台北：台湾商务印书馆，1986：116.

④ 陆机．陆士衡文集校注［M］．刘连好，校注．南京：凤凰出版社，2007：22.

⑤ 王梦鸥，注译．礼记今注今译：卷十九［M］．台北：台湾商务印书馆，1979：489.

⑥ 刘勰．增订文心雕龙校注：卷二［M］．黄叔琳，注．李详，补注．杨明照，校注拾遗．北京：中华书局，2012：64.

然形成的创作规律。钟嵘《诗品序》云：“气之动物，物之感人，故摇荡性情，形诸舞咏……四候之感诸诗也，嘉会寄诗以亲，离群托诗以怨……凡斯种种，感荡心灵，非陈诗何以展其义？非长歌何以骋其情？故曰：诗，可以群，可以怨，使穷贱易安，幽居靡闷，莫尚于诗矣。”①将所感之“物”分为自然景物与人事际遇两类，无论是自然还是人事，都能使诗人心灵受到冲击，引发各种无法遏抑的情感。而这些情感通过诗歌抒发，可以疏导情绪，安抚心灵。晏几道称“感物之情，古今不易”，正是对“感物—兴情—吟诗”创作模式的默认，意谓自己的词作也遵循这种创作规律，与诗歌并无二致。故而，晏几道将其词称“补乐府之亡”，或有自比“感于哀乐，缘事而发”古乐府诗之意。由此可见，其词具有纪实性，真实反映其亲身经历与内在情志。同时，晏几道强调其词“昔人所不遗，第于今无传尔”的“篇中之意”，即其“篇中之意”是其独一无二的人生经历与生命意识的真实写照，是具有独特个性的，而非千篇一律，缺乏真性的“病世之歌词”。这种独特的人生历程与生命情怀就是晏几道独特的词情。本章从以下几个层面论述其对词情的开拓。

第一节　身世落差的嗟叹

晏几道（1038—1110），字叔源，出生于富贵之家。其父晏殊官至宰相，其几位兄长与姐夫富弼、杨察，皆先后步入仕途。他年轻时过着锦衣玉食的风流生活，随着至和二年（1055）父亲去世，家族地位日渐衰微。熙宁五年（1072）其姐夫富弼致仕家境稍宽。然熙宁七年

① 钟嵘．诗品译注［M］．周振甫，译注．北京：中华书局，1998：15-21.

(1074)，晏几道受“郑侠案”的牵连被捕下狱，后得神宗皇帝赏识被释放。几经波折，晏几道家境每况愈下，他不得不为生计四处奔波。家境的衰落，身世的落差，使其词充满着悲凉。其挚友黄庭坚称《小山词》：“士大夫传之，以为有临淄之风耳，罕能味其言也。”① 认为《小山词》有士大夫们所不能体会的言语韵味，不同于其父晏殊之词风。夏敬观将《小山词》之韵味阐释得比较明晰，曰：“叔原以贵人暮子，落拓一生，华屋山丘，身亲经历，哀丝豪竹，寓其微痛纤悲，宜其造诣又过于父。”② 即对“贵人暮子”却“落拓一生”的嗟叹。而这种身世落差为晏几道所特有的生命历程，他亲身走过了这段生命历程，产生了“华屋山丘”的盛衰无常之感，“华屋山丘”语出曹植《箜篌引》：“生存华屋处，零落归山丘。”③ 他将这种经历与情怀写入词中，是其“以诗为词”观念下的创作。

一、家境落差：从“钟鸣鼎食”到“家徒四壁”

晏几道出身于“钟鸣鼎食”之家，丰衣足食，年少时为翩翩佳公子，多见歌舞升平之象，故而其词作如其父，充满“富贵气象”，甚至有过之而无不及。《青箱杂记》记载：“晏元献公虽起田里，而文章富贵，出于天然……每吟咏富贵，不言金玉锦绣，而唯说其气象。若‘楼台侧畔杨花过，帘幕中间燕子飞’‘梨花院落溶溶月，杨柳池塘淡淡风’之类是也。故公自以此句语人曰：‘穷儿家有这景致也无?’”④ 也就是说“富贵气象”是天然形成的，只有家境殷实的贵族子弟，才

① 黄庭坚．黄庭坚全集：正集卷十五［M］．刘琳，李勇先，王蓉贵，校点．成都：四川大学出版社，2001：413.

② 夏敬观．吷庵词评［M］//葛渭君．词话丛编补编：第5册．北京：中华书局，2013：3450.

③ 曹植．曹植集校注［M］．赵幼文，校注．北京：人民文学出版社，1984：460.

④ 吴处厚．青箱杂记：卷五［M］．李裕民，点校．北京：中华书局，1985：46-47.

能有此气象。晏几道是“含着金汤匙”出生，自然免不了“家风”的影响，并将此很好地贯穿于其文学创作。王铚称叔原：“尽见升平气象，所得者人情物态。”① 王国维亦称之：“矜贵有余。”② 其华贵之词是其早年生活的真实写照。比如，其名作《鹧鸪天》：“彩袖殷勤捧玉钟，当年拚却醉颜红。舞低杨柳楼心月，歌尽桃花扇底风……”③ 就能体现出这个“钟鸣鼎食”之家的盛况。《王直方诗话》引黄庭坚的评论，称此语“定非穷儿家语”④，言外之意是唯有富贵之家才能作此丽语。《雪浪斋日记》将其比作六朝宫体诗，谓之：“不愧六朝宫掖体。”⑤ “宫体诗”以宫廷生活为描写对象，语言精工华丽，以“宫体诗”比喻晏几道词，指出了晏几道词绮丽华贵的特点，这正是其贵族生活所致。而黄苏则认为：“‘舞低’二句，比白香山‘笙歌归院落，灯火下楼台’更觉浓至。惟愈浓情愈深，今昔之感，更觉凄然。”⑥ 白居易“笙歌”二诗句曾被晏殊称作“此善言富贵者也”⑦，而黄苏认为小晏之词胜于白诗，知其荣华富贵不亚于白氏。再如，“旖旎仙花解语，轻盈春柳能眠。玉楼深处绮窗前……沉水浓熏绣被，流霞浅酌金船……”⑧（《临江仙》）、“白纻春衫杨柳鞭，碧蹄骄马杏花鞯，落英

① 王铚．默记：卷下［M］．朱杰人，点校．北京：中华书局，1981：46.

② 王国维．人间词话：删稿［M］．徐调孚，周振甫，注．王幼安，校订．北京：人民文学出版社，1960：204.

③ 晏殊，晏几道．二晏词笺注［M］．张草纫，笺注．上海：上海古籍出版社，2008：310.

④ 魏庆之．诗人玉屑：卷十［M］．王仲闻，校勘．上海：上海古籍出版社，1959：224.

⑤ 胡仔，纂集．苕溪渔隐丛话（后集）：卷三十三［M］．廖德明，校点．北京：人民文学出版社，1962：253.

⑥ 黄苏．蓼园词评［M］//唐圭璋．词话丛编：第4册．北京：中华书局，2005：3042.

⑦ 欧阳修．归田录［M］．李伟国，点校．北京：中华书局，1981：21.

⑧ 晏殊，晏几道．二晏词笺注［M］．张草纫，校笺．上海：上海古籍出版社，2008：280.

飞絮冶游天。南陌暖风吹舞榭，东城凉月照歌筵，赏心多是酒中仙。”①（《浣溪沙》）等词句，都反映其年轻时的富贵生活。

然而，好景不长，随着父亲去世，家道中落，姐夫富弼又因反对变法与王安石政见不合而被免官，自己亦被“郑侠案”牵连，甚至如黄庭坚所云：“家人饥寒，而面有孺子之色。”其当时的生活清贫与困窘可想而知。晏几道之诗《戏作示内》亦反映了其拮据生活，《墨庄漫录》载：

> 晏叔原聚书甚多，每有迁徙，其妻厌之，谓叔原有类乞儿搬漆碗。叔原戏作诗，云：“生计唯兹碗，般擎岂惮劳。造虽从假合，成不自埏陶。阮杓非同调，颜瓢庶共操。朝盛负余米，暮贮籍残糟。幸免播间乞，终甘泽畔逃。挑宜筇作杖，捧称葛为袍。傥受桑间饷，何堪井上螬。绰然真自许，呼尔未应饕。世久轻原宪，人方逐子敖。愿君同此器，珍重到霜毛。”②

此诗虽为晏几道戏作，但真实展现了晏几道生计之艰辛。箪瓢屡空，残羹剩饭，仅能幸免乞讨；粗布麻衣，穷得唯书是命。末句云：“愿君同此器，珍重到霜毛”是无奈的自慰，他坦言家无所有，只有妻子与书籍值得他珍惜。贫困如此，亦可见其词，可见诗词在晏几道心中本自同源，诗体之表现领域亦能延伸至词体。

从“钟鸣鼎食”到“家徒四壁”，家业由兴转衰，今非昔比，这种转变在词中频有体现。如其《鹧鸪天》二首，词云：

---

① 晏殊，晏几道．二晏词笺注［M］．张草纫，校笺．上海：上海古籍出版社，2008：433.

② 张邦基．墨庄漫录：卷三［M］．孔凡礼，点校．北京：中华书局，2002：103.

斗鸭池南夜不归，酒阑纨扇有新诗。云随碧玉歌声转，雪绕红琼舞袖回。　　今感旧，欲沾衣，可怜人似水东西。回头满眼凄凉事，秋月春风岂得知。①

梅蕊新妆桂叶眉，小莲风韵出瑶池。云随绿水歌声转，雪绕红绡舞袖垂。　　伤别易，恨欢迟，惜无红锦为裁诗。行人莫便消魂去，汉渚星桥尚有期。②

将两首词对照来看，同样是上片叙述当年富贵盛宴，下片感叹今日的不如意。其中“云随”二句，两词相似，可猜测小晏追怀的是同一场欢会，然而昔日“酒阑纨扇有新诗”，今日却“惜无红锦为裁诗”，“纨”与“锦”都是名贵的绢织品，当时任意挥霍，今日连像样的绢纸都拿不出，可知晏几道的家境已大不如前。当年的繁华不在，昔日的伴侣也各奔东西，身世落差感使其发出“满眼凄凉”的嗟叹，而这种凄凉除了亲身经历的他，没有人能体会。又如，《清平乐》二首，曰：

波纹碧皱，曲水清明后。折得疏梅香满袖，暗喜春红依旧。
归来紫陌东头，金钗换酒消愁。柳影深深细路，花梢小小层楼。③

春云绿处，又见归鸿去。侧帽风前花满路，冶叶倡条情绪。

① 晏殊，晏几道．二晏词笺注［M］．张草纫，校笺．上海：上海古籍出版社，2008：317.
② 晏殊，晏几道．二晏词笺注［M］．张草纫，校笺．上海：上海古籍出版社，2008：314.
③ 晏殊，晏几道．二晏词笺注［M］．张草纫，校笺．上海：上海古籍出版社，2008：366.

红楼桂酒新开，曾携翠袖同来。醉弄影娥池水，短箫吹落残梅。①

同样是冶游词，折射出的情感却大不相同。曾经桂酒新炮制，便携美姬共饮，无忧无虑，不在乎春花秋月。而今却只能“金钗换酒”，此语出自元稹《遣悲怀》诗，云：“顾我无衣搜荩箧，泥他沽酒拔金钗。”② 形容贫困潦倒，须典当金钗换酒，饮酒的目的却是“消愁”，亦可见晏几道生活窘迫，今昔反差之大。还如，《六幺令》（日高春睡）下片曰：“常记东楼夜雪，翠幕遮红烛。还是芳酒杯中，一醉光阴促。曾笑阳台梦短，无计怜香玉。此欢难续。乞求歌罢，借取归云画堂宿。”③ “无计”即没有办法，即晏几道没有足够的钱财狎妓，甚至于“乞求借宿”。此与曾经“买断青楼，莫放春闲却”④（《醉落魄》）那种千金买笑的豪气相左。再例如，“题破香笺小研红，诗篇多寄旧相逢。西楼酒面垂垂雪，南苑春衫细细风”⑤（《鹧鸪天》）与“南苑垂鞭路冷，西楼把袂人稀。庭花犹有鬓边枝，且插残红自醉”⑥（《西江月》）对照，昔日宾朋满座，诗酒风流；今日人去楼空，独酌自醉。昔盛今衰之感可见一斑。

---

① 晏殊，晏几道．二晏词笺注［M］．张草纫，校笺．上海：上海古籍出版社，2008：365.
② 元稹．元稹集校注：卷九［M］．周相录，校注．上海：上海古籍出版社，2011：248-249.
③ 晏殊，晏几道．二晏词笺注［M］．张草纫，校笺．上海：上海古籍出版社，2008：458.
④ 晏殊，晏几道．二晏词笺注［M］．张草纫，校笺．上海：上海古籍出版社，2008：568.
⑤ 晏殊，晏几道．二晏词笺注［M］．张草纫，校笺．上海：上海古籍出版社，2008：319.
⑥ 晏殊，晏几道．二晏词笺注［M］．张草纫，校笺．上海：上海古籍出版社，2008：573.

晏几道还借自然界的变化来暗喻家势之变，如“莲开欲遍，一夜秋声转。残绿断红香片片，长是西风堪怨”①（《清平乐》）、“留春不住，恰似年光无味处。满眼飞英，弹指东风太浅情”②（《减字木兰花》）、“海棠风横，醉中吹落，香红强半”③（《留春令》）等皆用春去秋来、花开花谢的变化，比喻家道由兴旺转变为衰落。可知晏几道词字里行间贯穿着身世落差之感。

二、身份落差：从“富贵闲人”到“天涯倦客”

“富贵闲人”本是《红楼梦》中薛宝钗送给贾宝玉的号，薛宝钗解释此词云：“天下难得的是富贵，又难得的是闲散，这两样再不能兼有，不想你兼有了。”④晏几道出生富贵之家，不慕名利，不求仕途，年轻时过着逍遥自在的风流公子生活，以此来称晏几道也不为过。“天涯倦客”意为漂泊他乡而对羁旅生活厌倦之人，晏几道家道中落，由于生计所迫，不得不奔波仕途，身心俱疲，故称之“天涯倦客”。从“富贵闲人”到“天涯倦客”，身份地位的转变亦被其写入词中。

不同时期，不同身份，词作所反映的生活与情感均不相同。例如，其为“富贵闲人”时，作《生查子》词云：

红尘陌上游，碧柳堤边住。才趁彩云来，又逐飞花去。　　深

---

① 晏殊，晏几道．二晏词笺注［M］．张草纫，校笺．上海：上海古籍出版社，2008：375.

② 晏殊，晏几道．二晏词笺注［M］．张草纫，校笺．上海：上海古籍出版社，2008：390.

③ 晏殊，晏几道．二晏词笺注［M］．张草纫，校笺．上海：上海古籍出版社，2008：554.

④ 曹雪芹，高鹗．红楼梦［M］．北京：人民文学出版社，2005：490.

深美酒家，曲曲幽香路。风月有情时，总是相思处。①

该词描绘晏几道早年为富贵公子时无忧无虑的风流生活，“红尘”“碧柳”“彩云”“飞花”“美酒”“幽香”，良辰美景赏心乐事，每次于烟花巷陌中的“游”与“住”“来”与“去”，都是那么快乐，尽管末句“相思”有点淡淡的愁怨，但只是一种“富贵闲愁”，终不改变全词欢快烂漫的情感基调。而当其沦为“天涯倦客”时，其词《鹧鸪天》所描写的陌上景象就与《生查子》大为不同：

陌上蒙蒙残絮飞，杜鹃花里杜鹃啼。年年底事不归去，怨月愁烟长为谁。　　梅雨细，晓风微，倚楼人听欲沾衣。故园三度群花谢，曼倩天涯犹未归。②

“残絮”“杜鹃”“怨月”“愁烟”“梅雨”，一派残春之景。晏几道感叹离家三载仍不能归去，羁旅愁思萦绕心头，全词的情感基调是悲伤落寞的。两首词都是在“陌上游”，心情好坏却有天壤之别，身份的落差感由此可见。王国维《人间词话》曰：“有我之境，以我观物，故物皆着我之色彩。”③ 小山词中处处“有我”，即抒情的自我化，是“以诗为词”的本质。又如，《虞美人》曰：“闲敲玉镫隋堤路，一笑开朱户。素云凝淡月婵娟，门外鸭头春水木兰船。”④ 与《少年游》（西楼

① 晏殊，晏几道．二晏词笺注［M］．张草纫，校笺．上海：上海古籍出版社，2008：344.

② 晏殊，晏几道．二晏词笺注［M］．张草纫，校笺．上海：上海古籍出版社，2008：327.

③ 王国维．校注人间词话［M］．徐调孚，校注．北京：中华书局，2003：1.

④ 晏殊，晏几道．二晏词笺注［M］．张草纫，校笺．上海：上海古籍出版社，2008：508.

别后)：“飞鸿影里，捣衣砧外，总是玉关情。王孙此际，山重水远，何处赋西征。”① 对比，同样是出行，前一首表现年轻时骑马游赏观光的闲适风流，后一首则展现其为了仕途策马西征的无奈，身份之差一览无余。再如，《采桑子》(芦鞭坠遍杨花陌) 下片：“应怜醉落楼中帽，长带歌尘。试拂香茵，留解金鞍睡过春。”② 与《浣溪沙》(午醉西桥夕未醒) 下片：“衣化客尘今古道，柳含春意短长亭，凤楼争见路旁情。”③ 将两首词进行对比，亦可见身份差距。“歌尘”形容经常听歌，可知其富贵时生活情况，“客尘”表示异乡漂泊途中的尘土，可见其为仕途奔波的辛苦。“凤楼”指女子居所，晏几道曾为富贵公子时，常在“凤楼”中寻欢作乐，而沦为“天涯倦客”，却感叹“凤楼”中人根本就不明白路人的艰难。看似矛盾的感叹中，蕴含着身世落差的凄怆。再有，晏几道身为富贵公子时，喜用“美少年”“锦衣才子”等充满富贵气象的词语自称，如“多情美少年，屈指芳菲近”④“金鞭美少年，去跃青骢马”⑤“锦衣才子西征”⑥ 等。而流落他乡时，多用“征人”“行子”“倦客”等具有伤感色彩的词语自比，如“征人归路许多长”⑦

① 晏殊，晏几道．二晏词笺注［M］．张草纫，校笺．上海：上海古籍出版社，2008：505.

② 晏殊，晏几道．二晏词笺注［M］．张草纫，校笺．上海：上海古籍出版社，2008：520.

③ 晏殊，晏几道．二晏词笺注［M］．张草纫，校笺．上海：上海古籍出版社，2008：441.

④ 晏殊，晏几道．二晏词笺注［M］．张草纫，校笺．上海：上海古籍出版社，2008：351.

⑤ 晏殊，晏几道．二晏词笺注［M］．张草纫，校笺．上海：上海古籍出版社，2008：338.

⑥ 晏殊，晏几道．二晏词笺注［M］．张草纫，校笺．上海：上海古籍出版社，2008：374.

⑦ 晏殊，晏几道．二晏词笺注［M］．张草纫，校笺．上海：上海古籍出版社，2008：322.

“行子惜流年”① “倦客红尘”② 等。自称的转变，亦可见其身份转变。

在同一首词中，也时常隐含着两种身份的对比。如《泛清波摘遍》词云：

> 催花雨小，着柳风柔，都似去年时候好。露红烟绿，尽有狂情斗春早。长安道，秋千影里，丝管声中，谁放艳阳轻过了。倦客登临，暗惜光阴恨多少。　　楚天渺，归思正如乱云，短梦未成芳草。空把吴霜鬓华，自悲清晓。帝城杳，双凤旧约渐虚，孤鸿后期难到。且趁朝花夜月，翠尊频倒。③

此词应作于其宦游长安时，表现对汴京的思念以及作为“天涯倦客”的孤寂。词中描写了长安城中的人们早春行乐的热闹场景，反衬自己独处异乡的客愁，他年轻时也是如此寻欢作乐。将此对照其《菩萨蛮》（个人轻似低飞燕）曰：“长留青鬓住，莫放红颜去。占取艳阳天，且教伊少年。”④ 曾经“占取艳阳天”，如今“放艳阳轻过而登高怀远”，那时年少“青鬓长住”，如今取而代之的是“吴霜鬓华”。为了仕途，南去北来今渐老，归思缭乱，然而无奈归途路远且归期无定。曾经锦衣玉食的贵家公子，如今却有家难回，其身份地位落差可见一斑，而家道中落是其身份转变的重要原因。

① 晏殊，晏几道．二晏词笺注［M］．张草纫，校笺．上海：上海古籍出版社，2008：478.

② 晏殊，晏几道．二晏词笺注［M］．张草纫，校笺．上海：上海古籍出版社，2008：535.

③ 晏殊，晏几道．二晏词笺注［M］．张草纫，校笺．上海：上海古籍出版社，2008：392.

④ 晏殊，晏几道．二晏词笺注［M］．张草纫，校笺．上海：上海古籍出版社，2008：397.

值得指出的是，晏几道在嗟叹身世的同时，也明白了盛衰无常的道理，晏家的盛衰只在短短二十几年间，故其有诗《依公仪招观画》云：“真花既不能长艳，画在霜纨更好看。”① 即真花不能长久，不如把它画在画中犹能保存。言外之意是荣华富贵不能长久，把他写在诗词中或还能回忆。其词也有类似句子如：“狂花顷刻香”②“花易落，月难圆”③等都以花盛极必落比喻人事盛衰的必然性。所以郑骞《成府谈词》指出：“小山词伤感中见豪迈，凄凉中有温暖……多写高堂华烛、酒阑人散之空虚。”④ 虽然美好极易消逝，但回忆永久，曾经拥有的美好是晏几道心中永远的温暖。此亦符合了其自序所言：“感光阴之易迁，叹境缘之无实也。”⑤

后人评论《小山词》也时常关注到其身世，王灼称：“叔原词，如金陵王、谢子弟，秀气胜韵，得之天然，殆不可学。”⑥ 此论大有深意。虽然是评价其词，但也可以联系到他的身世。他贵为宰相之子，“金陵王、谢子弟”足以当之。刘禹锡《乌衣巷》诗曰：“旧时王谢堂前燕，飞入寻常百姓家。”⑦ 其家世落败后，作为一位曾经贵为豪门子弟现今陆沉下位的故家公子，其心境之落差不难想象。王灼其实在此论中，暗示了《小山词》对其身世落差的感叹。周之琦云：“宣华宫本少人和，

---

① 晏殊，晏几道．二晏词笺注［M］．张草纫，校笺．上海：上海古籍出版社，2008：595.

② 晏殊，晏几道．二晏词笺注［M］．张草纫，校笺．上海：上海古籍出版社，2008：349.

③ 晏殊，晏几道．二晏词笺注［M］．张草纫，校笺．上海：上海古籍出版社，2008：332.

④ 郑骞．成府谈词［M］//词学：第 10 辑．上海：华东师范大学出版社，1992：148.

⑤ 晏殊，晏几道．二晏词笺注［M］．张草纫，校笺．上海：上海古籍出版社，2008：602.

⑥ 王灼．碧鸡漫志校正：卷二［M］．岳珍，校正．北京：人民文学出版社，2015：26.

⑦ 刘禹锡．刘禹锡集笺证［M］．瞿蜕园，笺证．上海：上海古籍出版社，1989：710.

珠玉传家有此儿。道得红罗亭上语，后来惟有小山词。”① “宣华宫” 代指陈后主陈叔宝，“红罗亭” 代指李后主李煜，两位都是亡国之君，且都经历了从国君到俘虏的身世落差，陈后主诗中展示其奢靡的宫廷生活，晏几道于词中亦可见昔日荣华富贵；李后主词中常有昔盛今衰的哀叹，晏几道词中亦因抚今追昔而嗟叹。陈、李乃 “国亡”，晏几道仅是 “家败”，他所经历的身世落差是其独特的生命体验，这就是晏几道对词情最主要的开拓。

第二节 失落旧情的追寻

黄庭坚称晏几道乃 “情痴” 曰：“人百负之而不恨，已信人，终不疑其欺己，此又一痴也。”② 又有诗称：“晏子与人交，风义盛激昂。”③ 也就是说晏几道无论是对朋友还是恋人都是真心相待，即便明知是枉费深情。他将满腹深情抒写于词中，无怪乎陈廷焯称：“北宋晏小山工于言情，出元献、文忠之右。”④ 尤其在家境衰败后，歌儿舞女流散，亲朋好友亦各奔东西，而晏几道仍在苦苦寻觅那往日的情义。这些情义是晏几道与特定的人交往而产生的，并不是宽泛的滥情，而是他独特的爱恨情愁。

---

① 周之琦．心日斋十六家词录：附题［M］．天津图书馆藏清道光二十四年（1844）刻本．

② 黄庭坚．黄庭坚全集：正集卷十五［M］．刘琳，李勇先，王蓉贵，校点．成都：四川大学出版社，2001：413.

③ 黄庭坚．黄庭坚全集：外集卷二［M］．刘琳，李勇先，王蓉贵，校点．成都：四川大学出版社，2001：890.

④ 陈廷焯．白雨斋词话：卷一［M］//陈廷焯．孙克强，赵瑾，张海涛，等辑校．白雨斋词话全编．北京：中华书局，2013：1168.

一、怀旧心理

晏几道怀旧心理表现在对昔日恋情与友情的追怀，而于怀旧中寻求现实的补偿与心灵的安慰是其产生怀旧心理的原因。

其一，怀旧心理的表现。晏几道的怀旧心理表现在他对特定的人、事、物之怀念，其展现最多的是对旧识歌女的怀念。晏几道与众多歌儿舞女产生过恋情，随着歌儿舞女流转人间，其怀念之情并没有停歇。如《临江仙》云：

斗草阶前初见，穿针楼上曾逢。罗裙香露玉钗风。靓妆眉沁绿，羞脸粉生红。　　流水便随春远，行云终与谁同。酒醒长恨锦屏空。相寻梦里路，飞雨落花中。①

表现了晏几道对一位家姬的怀念，回忆起她的妆容笑貌，关注她的命运归宿，分别后希望在梦中能够寻觅到她的踪迹。又如，“记得春楼当日事，写向红窗夜月前，凭谁寄小莲”②（《破阵子》）、“记得小苹初见，两重心字罗衣”③（《临江仙》）、“云鸿相约处，烟雾九重城”④（《临江仙》）是对友人家妓莲、鸿、苹、云的怀念以及相见的渴望。晏几道寓诸妓之名于词中以回忆昔日相处的点滴，可知《小山词》有

① 晏殊，晏几道．二晏词笺注［M］．张草纫，校笺．上海：上海古籍出版社，2008：273.

② 晏殊，晏几道．二晏词笺注［M］．张草纫，校笺．上海：上海古籍出版社，2008：491.

③ 晏殊，晏几道．二晏词笺注［M］．张草纫，校笺．上海：上海古籍出版社，2008：282.

④ 晏殊，晏几道．二晏词笺注［M］．张草纫，校笺．上海：上海古籍出版社，2008：275.

明确的、特定的思恋对象，而非泛泛而谈。郭麐评《小山词》曰："盖其寄托如此，其所称莲、鸿、苹、云者，词中往往见之。"① 其怀旧心理也是独特的，是对特定的人、事、物之怀念。如对西楼歌女的追怀之词《采桑子》曰：

> 别来长记西楼事，结遍兰襟。遗恨重寻，弦断相如绿绮琴。
> 何时一枕逍遥夜，细话初心。若问如今，也似当时着意深。②

从回忆旧日相好，到借琴声寻觅失落的爱情，"弦断"暗示旧情难以修复，故遗恨重重，然而晏几道仍苦恋着对方，盼望还有相逢之日，并希望对方也如同自己一样初心未改。这首词是晏几道对失落旧情的寻觅之典型词作。上述例子之外"钿筝曾醉西楼，朱弦玉指梁州"③（《清平乐》）、"南苑吹花，西楼题叶……佳期在，归时待把，香袖看啼红"④（《满庭芳》）、"谁堪共展鸳鸯锦，同过西楼此夜寒"⑤（《鹧鸪天》）等都表现出晏几道对西楼歌女的一往情深。再有表现对其他歌女的追忆之词，"梦魂惯得无拘检，又踏杨花过谢桥"⑥（《鹧鸪

① 郭麐．灵芬馆词话：卷二［M］//唐圭璋．词话丛编：第2册．北京：中华书局，2005：1529.

② 晏殊，晏几道．二晏词笺注［M］．张草纫，校笺．上海：上海古籍出版社，2008：539.

③ 晏殊，晏几道．二晏词笺注［M］．张草纫，校笺．上海：上海古籍出版社，2008：364.

④ 晏殊，晏几道．二晏词笺注［M］．张草纫，校笺．上海：上海古籍出版社，2008：549.

⑤ 晏殊，晏几道．二晏词笺注［M］．张草纫，校笺．上海：上海古籍出版社，2008：313.

⑥ 晏殊，晏几道．二晏词笺注［M］．张草纫，校笺．上海：上海古籍出版社，2008：323.

天》）是对歌女玉箫的追恋；“紫骝认得旧游踪，嘶过画桥东畔路”①（《木兰花》）马犹记路，人何以堪，亦是对某一位旧识歌女的思念；“但莫使，情随岁华迁，便杳隔秦源，也须能到”②（《洞仙歌》）是对小梅的思念。诸如此类，皆向我们展示了一位痴情公子的形象，怀恋之人是特定的，可见其恋情之纪实性。

晏几道之交友可考者较少，然其词作也有关乎友情者，表现对友人的思怀。例如，其几首赠别词《临江仙》（身外闲愁空满）、《鹧鸪天》（清颍尊前酒满衣）、《鹧鸪天》（绿橘梢头几点春）等皆是回忆彼此昔日友谊，并表达良好祝愿。又如其与郑侠的友情，既展现在其赠郑侠的诗中，又表现在词中。郑侠有《晏十五约重阳饮患无登高处》诗云：“道义相欢胜饮醪，况添流雪见承糟。卧篱一醉陶家宅，不是龙山趣也高。”③ 据晏几道年谱记载，此诗作于神宗熙宁六年（1073）重阳节，记叙了晏几道邀请郑侠登高饮酒之事。晏几道有首词《武陵春》云：“九日黄花如有意，依旧满珍丛。谁似龙山秋兴浓，吹帽落西风。
年年岁岁登高节，欢事旋成空。几处佳人此会同，今在泪痕中。”④ 情境表述与郑诗相似，很可能是追怀与郑侠重阳节的那次相会。再如，“绛唇青鬓，渐少花前侣。对花又记得、旧曾游处。门外垂杨未飘絮”⑤

① 晏殊，晏几道．二晏词笺注［M］．张草纫，校笺．上海：上海古籍出版社，2008：379.

② 晏殊，晏几道．二晏词笺注［M］．张草纫，校笺．上海：上海古籍出版社，2008：394.

③ 郑侠．西塘集：卷九［M］//景印文渊阁四库全书：第1117册．台北：台湾商务印书馆，1986：502.

④ 晏殊，晏几道．二晏词笺注［M］．张草纫，校笺．上海：上海古籍出版社，2008：575.

⑤ 晏殊，晏几道．二晏词笺注［M］．张草纫，校笺．上海：上海古籍出版社，2008：429.

（《归田乐》）、“绿鬓旧人皆老大，红梁新燕又归来。尽须珍重掌中杯”①（《浣溪沙》）皆回忆其与玩伴们年少时的嬉游，而今虽都年岁已高，但愿友情不变。还如，“还有当年闻笛泪，洒东风”②（《愁倚阑令》）、“东野亡来无丽句，于君去后少交亲。追思往事好沾巾”③（《临江仙》）等，应当是作于“已而君龙疾废卧家，廉叔下世”④之时，表示对他们的思怀。《愁倚阑令》借用“向秀闻笛思念嵇康”等故友之典故，以表达自己怀念故友；《临江仙》化用唐诗以示对沈廉叔逝世的哀悼，以及对陈君龙患疾的问候。《诉衷情》（小梅风韵最妖娆）曰：“枝欲附春信，长恨陇人遥。”⑤又，《蝶恋花》（千叶早梅夸百媚）曰：“横玉声中吹满地，好枝长恨无人寄。”⑥皆是借“陆凯折梅寄友”的故事，期待寻回旧日的友情。

其怀旧心理还表现在对故乡的思念。这种情感在他沦为“天涯倦客”后最为明显。如《望仙楼》云：

小春花信日边来，未上江楼先坼。今岁东君消息，还自南枝

---

① 晏殊，晏几道．二晏词笺注［M］．张草纫，校笺．上海：上海古籍出版社，2008：452.

② 晏殊，晏几道．二晏词笺注［M］．张草纫，校笺．上海：上海古籍出版社，2008：471.

③ 晏殊，晏几道．二晏词笺注［M］．张草纫，校笺．上海：上海古籍出版社，2008：284.

④ 晏殊，晏几道．二晏词笺注［M］．张草纫，校笺．上海：上海古籍出版社，2008：602.

⑤ 晏殊，晏几道．二晏词笺注［M］．张草纫，校笺．上海：上海古籍出版社，2008：486.

⑥ 晏殊，晏几道．二晏词笺注［M］．张草纫，校笺．上海：上海古籍出版社，2008：299.

得。　　素衣染尽天香，玉酒添成国色。一自故溪疏隔，肠断长相忆。①

这首词通过描写梅花的绽放，来表达其思乡之情。晏几道看见眼前绽放着如“国色”“天香”般的梅花，回忆起故乡梅花盛开的景象，进而引发出思乡之情。“肠断长相忆”将离乡之切肤之痛与对故乡绵长的思念推向了情感最高潮，思念故乡亦是对曾经“富贵闲人”生活的追忆。又如，“故园欢事重重”②（《满庭芳》）、“人情似故乡”③（《阮郎归》）、“凭觞静忆去年秋，桐落故溪头”④（《诉衷情》）、“红尘自古长安道，故人少”⑤（《秋蕊香》）等都表达其对故乡的眷恋。

其二，产生怀旧心理的原因。一方面，借助对旧情的追忆建构出与现实相反的情感世界，以排遣现实的愁闷。另一方面，以追忆的美好反衬对现实的不满与批判，既能一吐为快，又不获罪于人。晏几道家道中落，倍感世态炎凉，那些趋炎附势之徒不会再相帮于他，连其父门客韩维都以一句：“愿郎君捐有余之才，补不足之德，不胜门下老吏之望。”⑥冷冷地将其拒之门外，而不施以援助。那些逢场作戏的歌儿舞女亦不会再与之相好。其词中多次直接提到人情淡漠，如“旧香残

① 晏殊，晏几道．二晏词笺注［M］．张草纫，校笺．上海：上海古籍出版社，2008：569.

② 晏殊，晏几道．二晏词笺注［M］．张草纫，校笺．上海：上海古籍出版社，2008：549.

③ 晏殊，晏几道．二晏词笺注［M］．张草纫，校笺．上海：上海古籍出版社，2008：425.

④ 晏殊，晏几道．二晏词笺注［M］．张草纫，校笺．上海：上海古籍出版社，2008：485.

⑤ 晏殊，晏几道．二晏词笺注［M］．张草纫，校笺．上海：上海古籍出版社，2008：560.

⑥ 邵博．邵氏闻见后录［M］．刘德权，李剑雄，点校．北京：中华书局，1983：151.

粉似当初，人情恨不如"①（《阮郎归》）、"绿柱频移弦易断，细看秦筝，正似人情短"②（《蝶恋花》）、"双星旧约年年在，笑尽人情改"③（《虞美人》）等皆是如此。晏几道不禁感叹"怅恨不逢如意酒，寻思难值有情人"④（《浣溪沙》），可见因世事之不如意，情爱也早已流失，唯有在旧梦中才能寻求满足。其对现实社会越来越不满，对世俗伦理之反叛逐步加深，他的怀旧心理也随之越演越烈，并终成其思想感情的最后归宿和幸福源泉。他憎恨官场的明争暗斗，又困扰于世事艰难。他怀才不遇，孤芳自赏，又感叹年华虚度。他既想为社稷与百姓尽己所能，但又仕宦连蹇，不肯依傍权贵之门，更不肯写阿谀奉承或歌功颂德的文字以谋取一官半职。所以，他与上流社会即士大夫阶层是格格不入的。这种格格不入便造成了一种人生的孤独。这种孤独致使他常常有着激情无可泄、怨言无可吐、悲哀无可宣的精神苦闷。他虽看破了红尘浊世的倾轧愁苦，却无法摆脱世俗和封建礼教对自己的压抑束缚。当他对仕途产生了深深的厌倦之后，便想逃避现实，寻求一个能给自己带来欢乐和庇护的家园，这一切又在他多情气质的发酵下，使他选择了充满回忆的瑶台路。他解释说："尝思感物之情，古今不易。窃以谓篇中之意，昔人所不遗，第于今无传尔。故今所制，通以补亡名之。"⑤（《自序》）他认为感物之情，古今之人都一样。正因为外物使其感动，才

---

① 晏殊，晏几道．二晏词笺注［M］．张草纫，校笺．上海：上海古籍出版社，2008：424.

② 晏殊，晏几道．二晏词笺注［M］．张草纫，校笺．上海：上海古籍出版社，2008：292.

③ 晏殊，晏几道．二晏词笺注［M］．张草纫，校笺．上海：上海古籍出版社，2008：513.

④ 晏殊，晏几道．二晏词笺注［M］．张草纫，校笺．上海：上海古籍出版社，2008：444.

⑤ 晏殊，晏几道．二晏词笺注［M］．张草纫，校笺．上海：上海古籍出版社，2008：602.

有了他的文字，他认为对这种感情应不断咏叹下去，并把这作为一项“补亡”事业加以继承。从最初的恣意妄为、风流倜傥到对旧人旧事故地的朝思暮想、魂牵梦萦。这都是其身世落差使然，因为失去才会回忆，因为回忆才有今非昔比的伤感。其为人“疏于顾忌”①，而其为词却“风流蕴藉”“情致宛转”②，其词风与性情似乎有所偏离，表现出他对现实的软弱无力和无可奈何，唯有借怀旧寄托其身世，并影射现实之不尽如人意，尽可能不获罪于人。郑骞说：“小山词境，清新凄婉，高华绮丽之外表，不能掩其苍凉寂寞之内心。”③ 回忆越美好，越能反衬出现实的残忍，晏几道产生怀旧心理的实质是被现实激起的愤懑，故而其词心是悲凉的，称之“古之伤心人”④，无愧也。

然而，逃避现实也罢，抗争现实也罢，怀旧的最终结果仍是悲凉和失望。如其词所言“欲将沉醉换悲凉，清歌莫断肠”⑤（《阮郎归》）、“自古悲凉是情事，轻如云雨”⑥（《解佩令》），他欲解脱而解脱不得，悲凉更甚，此悲凉又寄托在情事中，然往日深情却烟消云散，其只有寻求另一种解脱，即佛与道。

二、因情悟道

晏几道无数次地寻觅失落的旧情，然终是无功而返。例如，《御街

---

① 黄庭坚．黄庭坚全集：正集卷十五［M］．刘琳，李勇先，王蓉贵，校点．成都：四川大学出版社，2001：413.

② 方岳．秋崖集：卷三十八［M］//景印文渊阁四库全书：第1182册，台北：台湾商务印书馆，1986：602.

③ 郑骞．成府谈词［M］//词学：第10辑．上海：华东师范大学出版社，1992：148.

④ 冯煦，编．宋六十一家词选［M］．石印本．［出版地不详：冶城山馆］，清光绪十三年（1887）.

⑤ 晏殊，晏几道．二晏词笺注［M］．张草纫，校笺．上海：上海古籍出版社，2008：425.

⑥ 晏殊，晏几道．二晏词笺注［M］．张草纫，校笺．上海：上海古籍出版社，2008：577.

行》（街南绿树春饶絮）描写其故地重游寻觅曾经的相好，而结果却是人去楼空："落花犹在，香屏空掩，人面知何处。"① 又如，《诉衷情》（凭觞静忆去年秋）追忆故溪往事，并题诗寄远，然而依旧无果："雁书不到，蝶梦无凭，漫倚高楼。"② 即便是在梦中追寻旧情亦不得，《蝶恋花》云："梦入江南烟水路，行尽江南，不与离人遇。"③ 又称："一枕江风梦不圆。"④（《采桑子》）一次次地失败后，晏几道终于明白，失落的旧情再也找不回来了，他终于悬崖勒马，对佛、道之真谛有了深刻的领悟。这与前辈于词中阐释佛、道之教义道理不同，他的"悟"属于一种亲身经历"华屋山丘"的"了悟"。

其《小山词·自序》云："考其篇中所记悲欢合离之事，如幻如电，如昨梦前尘，但能掩卷怃然，感光阴之易迁，叹境缘之无实也。"⑤"如幻如电"源于《金刚经》中一句重要偈子："一切有为法，如梦幻泡影，如露亦如电，应作如是观。"⑥ 即世间的一切现象存在都是变幻无常的。"前尘"语出自《楞严经》卷二："一切世门大小内外、诸所事业各属前尘。"⑦ 佛教将色尘、声尘、香尘、味尘、触尘、法尘称为"六尘"，又称为"六境"，包含了一切可认知的对象。由于这些都是非真实的、虚幻的，故称"前尘"。"缘"指"十二因缘"，即无明、行、

---

① 晏殊，晏几道．二晏词笺注［M］．张草纫，校笺．上海：上海古籍出版社，2008：475.

② 晏殊，晏几道．二晏词笺注［M］．张草纫，校笺．上海：上海古籍出版社，2008：485.

③ 晏殊，晏几道．二晏词笺注［M］．张草纫，校笺．上海：上海古籍出版社，2008：306.

④ 晏殊，晏几道．二晏词笺注［M］．张草纫，校笺．上海：上海古籍出版社，2008：542.

⑤ 晏殊，晏几道．二晏词笺注［M］．张草纫，校笺．上海：上海古籍出版社，2008：602.

⑥ 陈秋平，译注．金刚经·心经［M］．北京：中华书局，2010：112.

⑦ 赖永海，杨维中，译注．楞严经［M］．北京：中华书局，2010：54.

识、名色、六入、触、受、爱、取、有、生、老死。前者与后者相互依存：“此有故彼有，此生故彼生……此无故彼无，此灭故彼灭。”① 然而佛教“因缘”亦都是空。所以，晏几道此论主要的含义就是世间万事万物变化莫测且变化迅速，无论如何变幻终究是一场空，故对任何事物都不必太执着。晏几道原本就对佛教兴趣甚浓，黄庭坚就有3首与晏几道谈佛论道之诗《次韵答叔原会寂照房呈稚川》《同王稚川晏叔原饭寂照房》《次韵叔原会寂照房》，“次韵”就是按照原诗的韵和用韵的次序来和诗，显然晏几道作诗在先，“寂照”本是佛教用语，屡见于大乘佛教典籍“寂而常用，用而常寂；即用即寂，离相名寂，寂照照寂。寂照者，因性起相；照寂者，摄相归性”。意为清净洞察不变的佛性。可见，晏几道对佛教的热衷，故而失意时也比较容易皈依佛教。

在他的词作中多有哲理性句子，是融通于佛教哲理的思考，如《临江仙》云：“梦后楼台高锁，酒醒帘幕低垂。”② 就被康有为称作：“纯是华严境界。”③ “华严”是佛教用语，“华严境界”就是一种虚空无我的境界。晏几道借此表达往事成空的哲理。又如，“醉别西楼醒不记，春梦秋云，聚散真容易”④（《蝶恋花》）、“天与短因缘，聚散常容易”⑤（《生查子》）、“难逢最是身强健，无定莫如人聚散”⑥（《木

---

① 杂阿含经［M］//大正藏：第2册．东京：大藏出版株式会社，1988：92.

② 晏殊，晏几道．二晏词笺注［M］．张草纫，校笺．上海：上海古籍出版社，2008：282.

③ 梁启超．饮冰室评词：乙卷［M］//唐圭璋．词话丛编：第5册．北京：中华书局，2005：4305.

④ 晏殊，晏几道．二晏词笺注［M］．张草纫，校笺．上海：上海古籍出版社，2008：295.

⑤ 晏殊，晏几道．二晏词笺注［M］．张草纫，校笺．上海：上海古籍出版社，2008：349.

⑥ 晏殊，晏几道．二晏词笺注［M］．张草纫，校笺．上海：上海古籍出版社，2008：384.

兰花》）是对人世间聚散无常的感叹。“花易落，月难圆，只应花月似欢缘”①（《鹧鸪天》）是情缘流逝的写照。“良辰易去如弹指”②（《玉楼春》）、“弹指一年春事”③（《更漏子》）、“年光正似花梢露，弹指春还暮”④（《御街行》）、“弹指东风太浅情”⑤（《减字木兰花》），“弹指”也是佛教用语，即“一刹那者为一念，二十念为一瞬，二十瞬为一弹指，二十弹指为一罗预，二十罗预为一须臾，一日一夜有三十须臾。”⑥ 极言时间短暂。这些哲理之句亦是佛家之理。

他对道家思想亦有所领悟，其名为“几道”，近乎道也。其晚年自画像之词《临江仙》云：“学道深山空自老，留名千载不干身。”⑦ 此乃其经历人生大风大浪后的睿智哲思，心若归道。其诗亦有悟道之作《题司马长卿画像》：“犊鼻生涯一酒垆，当年嗤笑欲何如，穷通不属儿曹意，自有真人爱《子虚》。”⑧ 他认为穷通由天定，儿曹之辈怎懂得穷通实一也，自然有通达之士懂得其中道理。他认为应该顺从天命，无论穷通，自得其乐。而“穷通为一”的思想正是源于庄子，云：“古之得

① 晏殊，晏几道．二晏词笺注［M］．张草纫，校笺．上海：上海古籍出版社，2008：332.

② 晏殊，晏几道．二晏词笺注［M］．张草纫，校笺．上海：上海古籍出版社，2008：406.

③ 晏殊，晏几道．二晏词笺注［M］．张草纫，校笺．上海：上海古籍出版社，2008：460.

④ 晏殊，晏几道．二晏词笺注［M］．张草纫，校笺．上海：上海古籍出版社，2008：473.

⑤ 晏殊，晏几道．二晏词笺注［M］．张草纫，校笺．上海：上海古籍出版社，2008：390.

⑥ 佛陀跋陀罗，法显，译．摩诃僧祇律：卷十七［M］//中华大藏经：第 36 册．北京：中华书局，1984：759．

⑦ 晏殊，晏几道．二晏词笺注［M］．张草纫，校笺．上海：上海古籍出版社，2008：284.

⑧ 孙绍远．声画集：卷八［M］//景印文渊阁四库全书：第 1349 册．台北：台湾商务印书馆，1986：808.

道者，穷亦乐，通亦乐。所乐非穷通也，道德于此，则穷通为寒暑风雨之序也。”[①] 而“真人”亦是庄子塑造的真正的体道者和大道的化身，此处晏几道颇有自比真人之意，但这又何尝不是经历世事人情后的返璞归真。“穷通”不定，不若安之若命。庄子有言：“梦饮酒者，旦而哭泣；梦哭泣者，旦而田猎。方其梦也，不知其梦也。梦之中又占其梦焉，觉而后知其梦也。且有大觉，而后知此其大梦也。”[②] 这句话是庄子对于人生，对于所有事物的诠释，一切都是一场梦，而我们身在梦中却不知是梦，还在斤斤计较每一个细节，不知道一切都是虚妄。晏几道在无止息地追忆昨日的美好同时，也很清醒地认识到那些男欢女爱，那些富贵荣华都不过是一场梦，词云“长亭晚送，都似绿窗前日梦”[③]（《减字木兰花》）、“从来往事都如梦”[④]（《踏莎行》），红尘梦断都成空，“梦云散处不留痕”[⑤]（《浣溪沙》）、“梦魂纵有也成虚”[⑥]（《阮郎归》），他亦是在做着一个未完的人生之梦，“今宵剩把银釭照，犹恐相逢是梦中”[⑦]（《鹧鸪天》）惊喜之余分不清是梦是真，因为现实如梦，梦若现实。其实，在人情随缘聚散与人生如梦这个道理上，佛、道两家殊途同归，深切地领悟通常需要情逝之后才能完成。

---

① 郭庆藩．庄子集释：下册［M］．王孝鱼，点校．北京：中华书局，2012：975.
② 郭庆藩．庄子集释：上册［M］．王孝鱼，点校．北京：中华书局，2012：110.
③ 晏殊，晏几道．二晏词笺注［M］．张草纫，校笺．上海：上海古籍出版社，2008：389.
④ 晏殊，晏几道．二晏词笺注［M］．张草纫，校笺．上海：上海古籍出版社，2008：549.
⑤ 晏殊，晏几道．二晏词笺注［M］．张草纫，校笺．上海：上海古籍出版社，2008：453.
⑥ 晏殊，晏几道．二晏词笺注［M］．张草纫，校笺．上海：上海古籍出版社，2008：424.
⑦ 晏殊，晏几道．二晏词笺注［M］．张草纫，校笺．上海：上海古籍出版社，2008：310.

第三节 独立人格的展现

陈振孙称："叔原词在诸名胜中，独可追逼花间，高处或过之。其为人虽纵驰不羁，而不苟求进，尚气磊落，未可贬也。"[①] 晏几道较早地将词品与人品的问题提出。缪钺先生阅读《小山词》径引之称："词品之高由于人品之高。"[②] 换句话说，晏几道在《小山词》中展现了自己独特的人格。这其实打破了诗词疆界，将原本的"娱宾遣兴"之词抬高到抒情词的位置，将自身的独立人格展现于词。词的主题容量以及社会意义都得到了扩张，此乃晏几道对词情的又一大开拓。

一、风流才子的自述

"风流才子"一词出自唐朝元稹《莺莺传》："风流才子多春思，肠断萧娘一纸书。"[③] 指洒脱不拘且才华横溢的人。晏几道本出身于钟鸣鼎食之家，自小养成了倜傥不羁的贵公子气，又系书香门第，加之聪颖好学，他对自己的才华很是自信，故而于词中形象地勾画出其风流才子的姿态。

其一，自命风流。黄庭坚称之"疏于顾忌"，陈振孙云其"纵驰不羁"，陈廷焯赞他"风流自赏"，都是就晏几道之风流而言。晏几道自

---

① 陈振孙．直斋书录解题：卷二十一［M］．徐小蛮，顾美华，点校．上海：上海古籍出版社，2015：618.

② 缪钺．词品与人品：再论晏几道（续《灵谿词说》之十二）［J］．四川大学学报（哲学社会科学版），1990（3）：79.

③ 元稹．元稹集校注：补遗卷六［M］．周相录，校注．上海：上海古籍出版社，2011：1518.

命风流，一方面体现在他多次使用"风流"于词中。如"风流新称东君意"[①]（《蝶恋花》）、"脸因红处转风流"[②]（《浣溪沙》）、"庭院旧风流"[③]（《少年游》）、"风流笑伴相逢处，白马游韁"[④]（《采桑子》）、"金蕊正风流"[⑤]（《武陵春》）等，或赞花朵的风姿神韵，或表女子的体态婀娜，或谈风流韵事，或直言自己风度翩翩，且晏词多有寄托，言他人他物风流亦是言己风流。晏几道喜欢风流的人、事、物，并追求风流，成了他人眼中的风流倜傥之辈。另一方面，其自命风流体现在他毫不讳言所做过的风流之事，甚至背负"才有余而德不足"的不良名声。如"侧帽风前花满路，冶叶倡条情绪"[⑥]（《清平乐》）、"几时花里闲，看得花枝足。醉后莫思家，借取师师宿"[⑦]（《生查子》）、"白纻春衫杨柳鞭，碧蹄骄马杏花鞯，落英飞絮冶游"[⑧]（《浣溪沙》）等都展现了一位风流倜傥的贵公子形象，亦可窥知其多少风流韵事。又如，《玉楼春》云：

---

① 晏殊，晏几道．二晏词笺注［M］．张草纫，校笺．上海：上海古籍出版社，2008：299.

② 晏殊，晏几道．二晏词笺注［M］．张草纫，校笺．上海：上海古籍出版社，2008：442.

③ 晏殊，晏几道．二晏词笺注［M］．张草纫，校笺．上海：上海古籍出版社，2008：507.

④ 晏殊，晏几道．二晏词笺注［M］．张草纫，校笺．上海：上海古籍出版社，2008：524.

⑤ 晏殊，晏几道．二晏词笺注［M］．张草纫，校笺．上海：上海古籍出版社，2008：575.

⑥ 晏殊，晏几道．二晏词笺注［M］．张草纫，校笺．上海：上海古籍出版社，2008：365.

⑦ 晏殊，晏几道．二晏词笺注［M］．张草纫，校笺．上海：上海古籍出版社，2008：348.

⑧ 晏殊，晏几道．二晏词笺注［M］．张草纫，校笺．上海：上海古籍出版社，2008：433.

雕鞍好为莺花住，占取东城南陌路。尽教春思乱如云，莫管世情轻似絮。　　古来多被虚名误，宁负虚名身莫负。劝君频入醉乡来，此是无愁无恨处。①

简直就是玩世不恭之风流公子的宣言。晏几道在词中袒露真性情，直言其好狎游，好饮酒，放荡不羁，不慕名利，不管世事人情。并抨击虚名误身，认为纵情享乐比功名重要。与柳永《鹤冲天》之句："忍把浮名、换了浅酌低唱。"② 有异曲同工之妙。柳永因此不能出仕，晏几道亦因此"陆沉下位"。宛敏灏《二晏词的风格》曰："小山则毫无拘束，饮酒纵乐之余，自不禁将其放佚行为表现于词，以发挥其思想情绪，故'风流'二字，惟小山足以当之。"③ 亦把晏几道风流之性情与词格之风流相联系，知其词并不是矫揉造作，而是真性情的流露。

其二，自负才高。黄庭坚对晏几道之才大为欣赏，于《小山集序》称之："平生潜心六艺，玩思百家，持论甚高。"④ 又寄诗赞之："两公盛才力，宫锦丽文章。"⑤ 而饱读诗书又聪颖异常的晏几道也常常以才高自负。他对自己的创作极其自信，并认为自己的才华足以被人赏识，故"手写自作长短句，上府帅韩少师"⑥。昔日狂言"天生我材必有用"的李白在上书韩朝宗时犹谦虚曰："恐雕虫小技，不合大人。"⑦ 晏

① 晏殊，晏几道．二晏词笺注［M］．张草纫，校笺．上海：上海古籍出版社，2008：405.

② 柳永．乐章集校笺：卷下［M］．陶然，姚逸超，校笺．上海：上海古籍出版社，2016：725.

③ 宛敏灏．二晏及其词［M］．唐红卫，整理．北京：文化艺术出版社，2017：155.

④ 黄庭坚．黄庭坚全集：正集卷十五［M］．刘琳，李勇先，王蓉贵，校点．成都：四川大学出版社，2001：413.

⑤ 黄庭坚．黄庭坚全集：外集卷二［M］．刘琳，李勇先，王蓉贵，校点．成都：四川大学出版社，2001：890.

⑥ 邵博．邵氏闻见后录［M］．刘德权、李剑雄，点校．北京：中华书局，1983：151.

⑦ 李白．李太白全集：卷二十六［M］．王琦，注．北京：中华书局，2015：1450.

几道却不畏惧府帅之威严，把士大夫羞于言齿的杯酒间词以示之，可见其自负才高比李白更甚。其自负才高一方面表现在词中多次自比古时才子，另一方面表现在他借歌女之才艺隐喻自己的才华。晏几道时常于词中自称“才子”“诗人”，如“客鞭摇柳正多才”①（《浣溪沙》）、“漫随游骑絮多才”②（《浣溪沙》）、“锦衣才子西征”③（《清平乐》）、“应为诗人多怨秋”④（《武陵春》）等。又喜好与古人比肩，如“少陵诗思旧才名”⑤（《临江仙》），“少陵”即杜甫，杜甫自号“少陵野老”，乃晏几道自比杜甫；“白头王建在，犹见咏诗人”⑥（《临江仙》）自比王建；“彩笔闲来题绣户”⑦（《木兰花》）自比江淹；“个人鞭影弄凉蟾，楼前侧帽檐”⑧（《阮郎归》），《周书·独孤信传》载：“信在秦州，尝因猎日暮，驰马入城，其帽微侧。诘旦，而吏民有戴帽者，咸慕信而侧帽焉。”⑨ 自比风流才子独孤信；“谁似龙山秋兴浓，吹帽落西

---

① 晏殊，晏几道．二晏词笺注［M］．张草纫，校笺．上海：上海古籍出版社，2008：430.

② 晏殊，晏几道．二晏词笺注［M］．张草纫，校笺．上海：上海古籍出版社，2008：431.

③ 晏殊，晏几道．二晏词笺注［M］．张草纫，校笺．上海：上海古籍出版社，2008：374.

④ 晏殊，晏几道．二晏词笺注［M］．张草纫，校笺．上海：上海古籍出版社，2008：575.

⑤ 晏殊，晏几道．二晏词笺注［M］．张草纫，校笺．上海：上海古籍出版社，2008：275.

⑥ 晏殊，晏几道．二晏词笺注［M］．张草纫，校笺．上海：上海古籍出版社，2008：284.

⑦ 晏殊，晏几道．二晏词笺注［M］．张草纫，校笺．上海：上海古籍出版社，2008：379.

⑧ 晏殊，晏几道．二晏词笺注［M］．张草纫，校笺．上海：上海古籍出版社，2008：423.

⑨ 令狐德棻，等．周书：卷九［M］．北京：中华书局，1971：267.

风"①（《武陵春》）亦运用典故自比才子孟嘉。吴衡照《莲子居词话》曰："吾浙词派三家，羡门有才子气，于北宋中最近小山、少游、耆卿诸公，格韵独绝。"② 虽然是评价彭孙遹，也是称晏几道有"才子气"。晏几道还大量描画各类才华横溢的女子，以暗示自己的高才。如"清歌学得秦娥似，金屋瑶台知姓字"③（《玉楼春》）、"会写锦笺时，学弄朱弦后"④（《生查子》）、"昭华凤管知名久"⑤（《丑奴儿》）等都赞叹了女子的才艺，并认为她们的才艺为她们赢得知名度，言外之意是自负其才大名高。况周颐曰："即如叔原，其才庶几跨灶。"⑥ 并认为晏几道之才华较其父晏殊以及诸多前辈更高，其当世的才名更胜于后世流传的词名，以至于声名显赫的苏轼都想拜会他。杨希闵云："其词（晏叔原）亦以南部诸贤为宗，而才华富丽，不为束缚，故又自成一家。"⑦ 亦可证明晏几道之词乃是其风流才子的个性自述，性情风流，词品亦风流，其人品与词品是统一的。

---

① 晏殊，晏几道．二晏词笺注［M］．张草纫，校笺．上海：上海古籍出版社，2008：575.

② 吴衡照．莲子居词话［M］//唐圭璋．词话丛编：第 3 册．北京：中华书局，2005：2459.

③ 晏殊，晏几道．二晏词笺注［M］．张草纫，校笺．上海：上海古籍出版社，2008：408.

④ 晏殊，晏几道．二晏词笺注［M］．张草纫，校笺．上海：上海古籍出版社，2008：340.

⑤ 晏殊，晏几道．二晏词笺注［M］．张草纫，校笺．上海：上海古籍出版社，2008：480.

⑥ 况周颐．蕙风词话：卷二［M］．王幼安，校订．北京：人民文学出版社，1960：24.

⑦ 杨希闵．词轨：卷三［M］//屈兴国．词话丛编二编：第 2 册．杭州：浙江古籍出版社，2013：1181.

二、耿介之士的胸怀

“耿介之士”一词出自战国韩非子之《五蠹》曰：“人主不除此五蠹之民，不养耿介之士，则海内虽有破亡之国，削灭之朝，亦勿怪矣。”① 意谓君主应该除掉儒者、纵横家、游侠、依附权贵者、工商业之民这五种像蛀虫一样于社会无益之人，广罗正直忠厚之人。否则，天下必将出现国家破败沦亡以及朝廷“地削名卑”的状况。“耿介之士”包含了不同流俗、大公无私、刚正不阿等品质。临川人民秀而能文，刚而不屈，晏氏父子亦有此秉性。《宋史》曰：“殊性刚简……吏民颇畏其狷急。”② 而晏几道之耿介，深得其父之遗传。黄庭坚称之“磊隗权奇”③，言其磊落坦荡与不同凡俗。

其一，不同流俗。耿介之士的首要表现就是“不同流俗”，故时常被世人孤立。晏几道直抒胸臆，将不俗的人格淋漓尽致地展现在其词中。如其《蝶恋花》词云：

笑艳秋莲生绿浦。红脸青腰，旧识凌波女。照影弄妆娇欲语，西风岂是繁华主。　　可恨良辰天不与。才过斜阳，又是黄昏雨。朝落暮开空自许，竟无人解知心苦。④

这是一首咏物词，歌咏的对象是秋莲。词人用拟人的手法描写莲花盛开，美不胜收、清雅脱俗的景象，然而莲花花期短暂，还要经历

① 王先慎．韩非子集解［M］．锺哲，点校．北京：中华书局 1998：456.
② 脱脱，等．宋史：卷三百一十一［M］．北京：中华书局，1977：10197.
③ 黄庭坚．黄庭坚全集：正集卷十五［M］．刘琳，李勇先，王蓉贵，校点．成都：四川大学出版社，2001：413.
④ 晏殊，晏几道．二晏词笺注［M］．张草纫，校笺．上海：上海古籍出版社，2008：302.

“斜阳”以及“黄昏雨”的摧残，终归凋零。于是其美丽却无人欣赏，莲心之苦亦无人知晓。晏几道自比莲花，自言有莲花般高洁的品质，可是平生际遇无人可解，不逢良时难遇伯乐，秉性纯善无人怜惜，良苦用心无人知晓。“太高人愈妒，过洁世同嫌”①，晏几道的不同流俗，导致了难觅知音。贺铸有词《芳心苦》就是承袭晏几道此词，曰：“杨柳回塘，鸳鸯别浦。绿萍涨断莲舟路。断无蜂蝶慕幽香，红衣脱尽芳心苦。返照迎潮，行云带雨。依依似与骚人语。当年不肯嫁春风，无端却被秋风误。”② 同样暗示了自己与世无争和遗世独立的品性。感叹知音难觅，显然是对晏几道该词的正确理解。晏几道在其他词作中亦有表示自己不同凡俗者，“未知谁解赏新音，长是好风明月暗知心”③（《虞美人》）表达遗世独立，少有知己的怅然。又如，“从来懒话低眉事，今日新声谁会意。坐中应有赏音人，试问回肠曾断未”④（《玉楼春》）、“知音敲尽朱颜改，寂寞时情”⑤（《采桑子》）借歌妓之名声暗示自己的才名，借无人赏音，感叹知己难寻。例如，其《阮郎归》曰：

天边金掌露成霜，云随雁字长。绿杯红袖趁重阳，人情似故乡。　　兰佩紫，菊簪黄，殷勤理旧狂。欲将沉醉换悲凉，清歌莫断肠。⑥

---

① 曹雪芹，高鹗．红楼梦［M］．北京：人民文学出版社，2005：83.
② 贺铸．东山词［M］．钟振振，校注．上海：上海古籍出版社，1989：78.
③ 晏殊，晏几道．二晏词笺注［M］．张草纫，校笺．上海：上海古籍出版社，2008：517.
④ 晏殊，晏几道．二晏词笺注［M］．张草纫，校笺．上海：上海古籍出版社，2008：408.
⑤ 晏殊，晏几道．二晏词笺注［M］．张草纫，校笺．上海：上海古籍出版社，2008：534.
⑥ 晏殊，晏几道．二晏词笺注［M］．张草纫，校笺．上海：上海古籍出版社，2008：425.

陈匪石称：“此在《小山词》中，为最凝重深厚之作。”① “兰、菊”暗示品行高洁，“狂”即疏狂狷介，所谓一肚子不合时宜，黄庭坚称之：“论文自有体，不肯一作新进士语，此又一痴也。”② 不愿随大众走科举之路，不苟求进，是不合时宜的；“独嬉弄于乐府之余”，不顾儒家礼法道德，亦是不合时宜。故不见容于世。况周颐称：“此词沉着厚重，得此结句，便觉竟体空灵。小晏神仙中人，重以名父之贻，贤师友相与沆瀣，其独造处，岂凡夫肉眼所能见及。”③ 称之“神仙中人”，正因为其人格之不同凡俗，又因其不入流才有词之空灵，陈廷焯称：“是叔原之为人，正有异于流俗，不第以绮语称矣。”④ 恰是不同流俗的个性才有了真实反映其不同凡俗的词作。

其二，刚直不阿。晏几道继承父风，其刚直一方面体现在其不攀附权贵，另一方面体现在其秉公执法。晏殊“一生不曾干求”亦“未尝为子弟求恩泽”⑤。晏几道亦不肯以察察之身出入于公卿之门，奔走形势之途，如黄庭坚所言“仕宦连蹇，而不能一傍贵人之门”⑥。《小山词》借勾勒歌儿舞女的人格，暗示自己的不依附权贵的独立人格。如《浣溪沙》云：“日日双眉斗画长，行云飞絮共轻狂，不将心嫁冶游郎。

---

① 陈匪石．宋词举（外三种）［M］．钟振振，校点．上海：上海古籍出版社，2016：174.

② 黄庭坚．黄庭坚全集：正集卷十五［M］．刘琳琳，李勇先，王蓉贵，校点．成都：四川大学出版社，2001：413.

③ 况周颐．蕙风词话：卷二［M］．王幼安，校订．北京：人民文学出版社，1960：25.

④ 陈廷焯．词坛丛话［M］//唐圭璋．词话丛编：第5册．北京：中华书局，2005：3722.

⑤ 欧阳修．欧阳修全集［M］．李逸安点校．北京：中华书局，2001：353.

⑥ 黄庭坚．黄庭坚全集：正集卷十五［M］．刘琳，李勇先，王蓉贵，校点．成都：四川大学出版社，2001：413.

溅酒滴残歌扇字，弄花熏得舞衣香，一春弹泪说凄凉。”① 表面上展现歌女的倔强、轻狂的个性以及纯洁的内心，实则是晏几道自诩。“日日”二句指自己才高傲世，“不将”一句暗示自己绝对不会“摧眉折腰事权贵”以谋取一官半职，末句体现了自身个性与社会普遍观念的矛盾。刘永济评云：“作者将此一舞女之生活和内心写得如此酣畅，其自身已化为此女。盖由作者自身亦具有此种矛盾之痛苦，亦同有此舞女之个性，故能体认真切。此舞女，直可认为作者己身之写照。”② 诚然如此。又如，晏几道应蔡京需求而作的重阳词和冬至词，竟无一句奉承之语，王灼《碧鸡漫志》云：“叔原年未至乞身，退居京城赐第。不践诸贵之门。蔡京重九、冬至日，遣客求长短句，欣然为作《鹧鸪天》，竟无一语及蔡者。”③ 由此论可知，晏几道辞官隐退，亦不与贵客打交道，而这两首词仅是就事论事而已。他只是喜欢作词，并没有以词献媚之意。虽然晏几道只做过小官，但颇有政绩，这得益于他的秉公执法。据地方文献记载，晏几道在许田镇任职时拟定“宵禁令”，并惩治了地方恶霸潘胜安，百姓拍手称快。④ 潘氏家族有权有势，晏几道不畏强暴而惩之，其刚正不阿可见。晏几道转任开封府判官时，《通判乾宁军晏几道开封府判官制》称其“积有闻誉”⑤，亦知其廉洁。其词如“明月清风忆使君”⑥（《鹧鸪天》）既表达了惜别友人之意，又反映出友人为

---

① 晏殊，晏几道．二晏词笺注［M］．张草纫，校笺．上海：上海古籍出版社，2008：438.

② 刘永济．唐五代两宋词简析：微睇室说词［M］．北京：中华书局，2010：46-47.

③ 王灼．碧鸡漫志校正：卷二［M］．岳珍，校正．北京：人民文学出版社，2015：30.

④ 钟建华．晏殊 晏几道［M］．南昌：百花洲文艺出版社，2004：93-94.

⑤ 慕容彦逢．摛文堂集：卷五［M］//景印文渊阁四库全书：第 1123 册．台北：台湾商务印书馆，1986：349.

⑥ 晏殊，晏几道．二晏词笺注［M］．张草纫，校笺．上海：上海古籍出版社，2008：337.

官时的清正廉洁。

作为一耿介之士，晏几道为人忠厚真诚。黄庭坚称其：“人百负之而不恨，已信人，终不疑其欺己，此又一痴也。”[①] 其之忠厚真诚必然导致多情，此于第二节已明见，故于此不再赘述。冯煦云：“淮海、小山，古之伤心人也。其淡语皆有味，浅语皆有致，求之两宋词人，实罕其匹。”[②] 亦是云痴情之人必为多情伤感之作。晏几道还有一痴乃“费资千百万，家人寒饥，而面有孺子之色，此又一痴也”[③]，这其实是其安贫，亦是耿介之蕴含，只是这点在词中罕有体现，多体现于其诗中。总之，《小山词》在很多方面展露了晏几道作为耿介之士的胸襟，展现了其独立人格。

三、政场外人的思索

“政场外人”即游离于政治边缘的人士。晏几道一生只做过颍昌府许田镇监、乾宁军通判、开封府判官等小官，并没有真正意义上的参与朝廷政务，绝非处于权力中心之人。他甚至有意识地与政场保持距离，不愿卷入朝政，以求自保，以至于史籍无有记载。所以称之为“政场外人”应当合乎情理。然而，尽管他与政治疏离，却还是有独特的政见，他不仅借诗阐发，也寓之于词。

其一，对政治的见解。晏几道虽不参与时政，但对时政有自己的见解。黄庭坚在《小山集序》中肯定过晏几道的政治才能，称之：“持论

---

① 黄庭坚．黄庭坚全集：正集卷十五［M］．刘琳，李勇先，王蓉贵，校点．成都：四川大学出版社 2001：413.

② 冯煦．宋六十一家词选［M］．石印本．［出版地不详：冶城山馆］，清光绪十三年（1887）.

③ 黄庭坚．黄庭坚全集：正集卷十五［M］．刘琳，李勇先，王蓉贵，校点．成都：四川大学出版社，2001：413.

甚高，未尝以沽世。”① 并建议晏几道从政，只不过被晏几道拒绝了。晏几道批评立朝大臣只顾互相倾轧而不作为，其在郑侠以《流民图》上书获罪时赠诗曰：“小白长红又满枝，筑球场外独支颐。春风自是人间客，主张繁华得几时。”② 这首诗隐含对时政的讽刺，“筑球”是宋代的一种竞技游戏，《东京梦华录》载：“左右军筑球，殿前旋立球门，约高三丈许。”③ 暗喻新旧党争，而自己于政事之外旁观。无论是新旧权贵都不过是春风过客，“主张繁华”即主掌朝政，讽刺新党旧党争斗终是两败俱伤，没有哪一党派能够永远把持着朝政。其词《蝶恋花》（笑艳秋莲生绿浦）曰：“西风岂是繁华主。”④ 类似其诗，春风主张繁华不多时，秋风则不能主张繁华，预示繁华落寞的必然，新旧权贵终有衰败之日。此时社会状况是“天下久旱，饥民流离”⑤，郑侠有感于难民逃荒“绘所见流民扶老携幼困苦之状，为图以献”⑥。请求罢免新法，晏几道选择在此时赠诗于郑侠，又于词中控诉，正是感慨当权者的不作为与胡作为导致此社会情形。晏几道期待的是百姓丰衣足食的社会情形，如其词所言：“千里袴襦添旧暖，万家桃李间新栽。”⑦ （《浣溪沙》）他希望为官者能真心为人民造福，一如其词云：“赣江西畔从今

---

① 黄庭坚．黄庭坚全集：正集卷十五［M］．刘琳，李勇先，王蓉贵，校点．成都：四川大学出版社，2001：413.

② 赵令畤．侯鲭录：卷四［M］．孔凡礼，点校．北京：中华书局，2002：102.

③ 孟元老．东京梦华录笺注：卷九［M］．伊永文，笺注．北京：中华书局，2007：834.

④ 晏殊，晏几道．二晏词笺注［M］．张草纫，校笺．上海：上海古籍出版社，2008：302.

⑤ 脱脱，等．宋史：卷三百一十一［M］．北京：中华书局，1977：10547.

⑥ 脱脱，等．宋史：卷三百一十一［M］．北京：中华书局，1977：10548.

⑦ 晏殊，晏几道．二晏词笺注［M］．张草纫，校笺．上海：上海古籍出版社，2008：450.

日，明月清风忆使君。”①（《鹧鸪天》）即为政者应当高风亮节，为百姓做实事，深得民众爱戴，而非明争暗斗只顾一己私利。晏几道还于词中表达了对国事的隐隐担忧，如其《清平乐》曰：

笙歌宛转，台上吴王宴。宫女如花倚春殿，舞绽缕金衣线。

酒阑画烛低迷，彩鸳惊起双栖。月底三千绣户，云间十二琼梯。②

这首词隐含了晏几道对国家存亡的担忧。此时朝廷内经济陷于绝境，朝廷外异族侵扰有增无减。而当朝权贵不能同舟共济，都市群众亦不知大难将至，还在声色娱乐。李白《越中览古》诗云：“越王勾践破吴归，义士还家尽锦衣。宫女如花满春殿，只今惟有鹧鸪飞。”③ 李白的寓意很明显，吴王迷恋声色致使越王灭吴，而后越王却没有汲取吴国灭亡的教训亦因声色误国，昔盛今衰不过一瞬。而晏几道该词或是以李诗为本，极度铺张了吴王纸醉金迷的生活，并暗示这种生活潜伏下了吴国亡国的危机。宋朝廷之奢华享乐之风不亚于吴国，同样因此埋下了祸根。可知晏几道虽为政场外人，但对国事还是有非常清醒的认知。例如，《诉衷情》，词曰：

都人离恨满歌筵，清唱倚危弦。星屏别后千里，更见是何年。

① 晏殊，晏几道．二晏词笺注［M］．张草纫，校笺．上海：上海古籍出版社，2008：337.

② 晏殊，晏几道．二晏词笺注［M］．张草纫，校笺．上海：上海古籍出版社，2008：371.

③ 李白．李太白全集：卷二十二［M］．王琦，注．北京：中华书局，2015：1202.

骢骑稳，绣衣鲜，欲朝天。北人欢笑，南国悲凉，迎送金鞭。①

此亦是一首与时政相关的词作。有的学者认为这是一首赠别词，赠别官员任满回京并赞美其善政；有的学者认为该词反映北方契丹、西夏等外族侵略宋朝的史实；有的认为是朝廷命官的调整。王焕猷曰："上半片言老成重臣去位，故有'星屏别后千里，重见是何年'，下半片言小人之幸遇为北国所庆，而成宋室之忧，末句归到群小之狂喜夸耀，不知危惧作结。"② 晏几道担心获罪于人，故将自己的见解隐晦表达于词中，王氏的说法亦有一定道理。无论如何，该词都反映了晏几道对时政的态度。借小道之词隐射时政，可见诗词在晏几道心中本无二致。

其二，与政场的疏离。因为晏几道不满时政，故而对政治采取不合作态度。晏几道之"陆沉下位"与其不能见容于世有必然联系，这当然是其耿介之性格所致，上文已论之。其主观上的有意避世亦是不可忽略的因素。孔子曰："天下有道则见，无道则隐。"③ 晏几道明白朝政衰败的不可逆转，故刻意回避做官。其诗《观画目送飞燕手提白鱼》云："仰羡知几避缯缴，俯嗟贪饵失江湖……三叹绘毫精写意，慕冥伤涸两踌躇。"④ 借鱼雁抒发对官场中争名逐利的不屑与恐惧，故表达其有意避之以自保。词中亦多有体现其与政场的疏离，例如，其《御街行》云：

① 晏殊，晏几道．二晏词笺注［M］．张草纫，校笺．上海：上海古籍出版社，2008：489.

② 王焕猷．小山词笺［M］．上海：商务印书馆，1947：125.

③ 程树德．论语集释：卷十六［M］．程俊英、蒋见元，点校．北京：中华书局，1990：540.

④ 孙绍远．声画集：卷八［M］//景印文渊阁四库全书：第1349册．台北：台湾商务印书馆，1986：921.

年光正似花梢露，弹指春还暮。翠眉仙子望归来，倚遍玉城珠树。岂知别后，好风良月，往事无寻处。　　狂情错向红尘住，忘了瑶台路。碧桃花蕊已应开，欲伴彩云飞去。回思十载，朱颜青鬓，枉被浮名误。①

这首词类似游仙词，体现晏几道对功名利禄的摒弃和对政治的疏离。晏几道描绘仙界的美好反衬人世间的险恶。然其因家败，不得已为维持生计而奔走仕宦，自叹如陶渊明般“误落尘网中”②，倍感“世与我而相违”③，故云“错向红尘住”，即迷失了自己的本心，而被仕途玷污了原本的淳朴。“忘了瑶台路”正是由世俗的污浊险陟所致，隐含对世事的批判。末句“枉被浮名误”将自己有意避世、疏离政场，以及坚决与当朝者不合作的态度推向高潮。又如，“静避绿阴莺有意”④（《浣溪沙》）借自然界之莺避阴的动作，暗示自己有意避世。还如，“留名千载不干身”⑤（《临江仙》）直言世事功名与他无干。“官身几日闲，世事何时足”⑥（《生查子》）亦是对政事的反感。再如，前文提到的《玉楼春》（雕鞍好为莺花住）也是对政治疏离与厌恶的表达。

① 晏殊，晏几道．二晏词笺注［M］．张草纫，校笺．上海：上海古籍出版社，2008：473.
② 陶潜．陶渊明集校笺．［M］．龚斌，校笺．上海：上海古籍出版社，2018：91.
③ 陶潜．陶渊明集校笺．［M］．龚斌，校笺．上海：上海古籍出版社，2018：454.
④ 晏殊，晏几道．二晏词笺注［M］．张草纫，校笺．上海：上海古籍出版社，2008：431.
⑤ 晏殊，晏几道．二晏词笺注［M］．张草纫，校笺．上海：上海古籍出版社，2008：284.
⑥ 晏殊，晏几道．二晏词笺注［M］．张草纫，校笺．上海：上海古籍出版社，2008：350.

总之，晏几道在词学观念上将词体与诗体平等看待，明确提出词体的抒情言志功能，在词中反映其独特的个体情怀和人生经历，开拓了词情。

第三章

寓以诗人技法

前一章已经说明，晏几道的“以诗为词”核心是其独特的词情，这正是其在“抒情言志”的词学观念指导下的创作实践。而其于词中所运用的诗歌创作技法，亦是为表现其词情服务。黄庭坚称晏几道以“诗人句法”为词，从某种意义上来说，正是着眼晏几道对诗歌创作技法之借鉴，包括用典、对句、炼字，以及诗的一些篇法结构。而且此时黄庭坚的宋诗理论已经初具规模，晏几道易受其影响。故而，在展开论述之前，笔者认为应先从黄庭坚的诗学理论入手，以便进一步分析《小山词》中的诗人技法。

黄庭坚对诗歌创作有较为系统的理论主张。他强调诗歌的独创与个性，主张“以故为新，以俗为雅”①，惠洪《冷斋夜话》引其“夺胎换骨”之论曰：“然不易其意而造其语，谓之换骨法；窥入其意而形容之，谓之夺胎法。”②“夺胎”即用一己之言重新阐述前人之意，“换骨”即借前人言论而发展为一己之新意。又谓“点铁成金”，其于《答洪驹父书》称：“自作语最难，老杜作诗，退之作文，无一字无来处……古之能为文

① 黄庭坚．黄庭坚全集：正集卷六［M］．刘琳，李勇先，王蓉贵，校点．成都：四川大学出版社，2001：126.

② 惠洪．冷斋夜话：卷一［M］．陈新，点校．北京：中华书局，1988：15-16.

章者，真能陶冶万物，虽取古人之陈言入于翰墨，如灵丹一粒，点铁成金也。”① 强调用典，取古人之“陈言”，经过“陶冶”，重新熔铸于一己之诗文。黄庭坚主张诗歌要兴寄高远，为胡宗元作序时称赞其诗：“其兴托高远，则附于《国风》，其忿世疾邪，则附于《楚辞》。”② 借比兴寄托抒发一己之怀。又认为“诗词高胜，要从学问中来”③，以学问为诗，进求谋篇布局与章法句法。在章法方面，他认为“文章必谨布置”④；在字法上，他强调以杜子美为标准进行炼字，于《跋高子勉诗》曰：“用一事如军中之令，置一字如关门之键。”⑤ 然他亦主张自然，反对雕琢：“文章成就，更无斧凿痕，乃为佳作耳。”⑥ 故而其大加赞赏杜甫深得诗法之妙：“但熟观杜子美到夔州后古律诗，便得句法。简易而大巧出焉，平淡而山高水深，似欲不可企及。”⑦ 同时对六朝诗人推陈出新、锻炼精工的句法颇为称赏，也以此赞扬友人陈适用之作云：“寄我五字诗，句法窥鲍谢。”⑧ 身为黄庭坚之挚友，且同为江西人的晏几道在和黄庭坚等人诗酒唱和、谈文论艺之时，自然能够耳濡目

① 黄庭坚．黄庭坚全集：正集卷十八［M］．刘琳，李勇先，王蓉贵，校点．成都：四川大学出版社，2001：475.

② 黄庭坚．黄庭坚全集：正集卷十五［M］．刘琳，李勇先，王蓉贵，校点．成都：四川大学出版社，2001：410.

③ 胡仔，纂集．苕溪渔隐丛话（前集）：卷四十七［M］．廖德明，校点．北京：人民文学出版社，1962：320.

④ 范温．潜溪诗眼［M］//郭绍虞．宋诗话辑佚：卷上，北京：中华书局，1980：232.

⑤ 黄庭坚．黄庭坚全集：正集卷二十五［M］．刘琳，李勇先，王蓉贵，校点．成都：四川大学出版社，2001：669.

⑥ 黄庭坚．黄庭坚全集：正集卷十八［M］．刘琳，李勇先，王蓉贵，校点．成都：四川大学出版社，2001：471.

⑦ 黄庭坚．黄庭坚全集：正集卷十八［M］．刘琳，李勇先，王蓉贵，校点．成都：四川大学出版社，2001：471.

⑧ 黄庭坚．黄庭坚全集：外集卷四［M］．刘琳，李勇先，王蓉贵，校点．成都：四川大学出版社，2001：956.

染、心领神会，并自觉地把黄庭坚之诗论贯穿词之创作中。《小山词》中反映出的晏几道独特词情就是《小山词》之个性，而善于用典正是对“点铁成金”与“夺胎换骨”理论的最好实践。晏几道将身世之感寄托于艳词之中是对黄庭坚“兴寄”说的发挥，其炼字与曲折章法就是对黄庭坚字法、句法、章法理论的认同，而其语淡情深的艺术特点则为“简易而大巧出焉，平淡而山高水深”的诠释。晏几道以诗歌技法作词或可视为黄庭坚诗论于词中的渗透，也是诗词同源理论的发展。以下从援引典故、点化诗句，以及其字法、句法、章法等方面来探讨其寓以诗人技法的内涵。

第一节 援引典故

用典，是诗歌创作的重要技法，刘勰于《文心雕龙·事类》中诠释“用典”称：“据事以类义，援古以证今。”① 即于诗文中运用典故以古比今、以古证今、借古抒怀。援引典故能以最精练的语词表达充实的内容，并增加诗歌语言的典雅性。从柳永、张先开始，词中已大量用典，此乃“以诗为词”的重要手段。晏几道同样于词中用典，在短小的令词中委婉地表达其细腻且丰富的情感。研究者鲜有提及其用典者，或是被其充溢的情感所蒙蔽。清人先著曰：“如小山父子及德麟辈，用事亦未常不轻，但有厚薄浓淡之分。后人一再过，不复留余味，而古人隽永不已。”② “用事”即用事典，可见《小山词》并非不用典，而是

① 刘勰．增订文心雕龙校注：卷六［M］．黄叔琳，注．李详，补注．杨明照，校注拾遗．北京：中华书局，2012：468.

② 先著，程洪．词洁辑评：卷二［M］//唐圭璋．词话丛编：第2册．北京：中华书局，2005：1349.

用典“不轻”，且没有刻意堆砌，让人难以察觉其在用典，而“一再过”之，将典与词结合得浑然天成，这正是其用典的高妙之处。本节从一典多用、多典连用、旧典翻新三方面探究其用典特色。

一、一典多用

一典多用，指同一个典故在词中反复出现。《小山词》中，一典多用的现象非常普遍。笔者将其所用典故次数较多的列表于下，见表3-1。

表3-1　《小山词》典故表

典故	出处	词句	次数
巫山云雨	宋玉《高唐赋》：昔者楚襄王与宋玉游于云梦之台，望高唐之观，其上独有云气，崪兮直上，忽兮改容，须臾之间，变化无穷。王问玉曰：“此何气也?”玉对曰：“所谓朝云者也。”王曰：“何谓朝云?”玉曰：“昔者，先王尝游高唐，怠而昼寝，梦见一妇人曰：‘妾巫山之女也。为高唐之客。闻君游高唐，愿荐枕席。’王因幸之。去而辞曰：‘妾在巫山之阳，高丘之阻。旦为朝云，暮为行雨，朝朝暮暮，阳台之下。’”①	《临江仙》（斗草）：行云终与谁同 《临江仙》（浅浅）：从前虚梦高唐 《蝶恋花》（碧玉）：晓莺声断朝云去 《鹧鸪天》（题破）：凭谁问取归云信，今在巫山第几峰 《清平乐》（留人）：画楼云雨无凭 《清平乐》（沉思）：梦云归处难寻 《木兰花》（秋千）：朝云信断知何处，应作襄王春梦去 《玉楼春》：旗亭西畔朝云住 《玉楼春》：斑骓路与阳台近 《玉楼春》（采莲）：细思巫峡梦回时 《玉楼春》（芳年）：云情去住终难信 《浣溪沙》（楼上）：梦云归去不留痕 《六幺令》（日高）：曾笑阳台梦短，无计怜香玉。此欢难续。乞求歌罢，借取归云画堂宿 《河满子》（对镜）：梦中云雨空休 《愁倚阑令》（春罗）：倚枕片时云雨事	

① 萧统．文选：卷十九［M］．李善，注．上海：上海古籍出版社，2007：875-876.

续表

典故	出处	词句	次数
		《浪淘沙》（翠幕）：晓枕梦高唐 《诉衷情》（长因）：寄与朝云 《诉衷情》（御纱）：谁伴朝云 《少年游》（离多）：行云无定，犹到梦魂中 《采桑子》（芦鞭）：疑是朝云，来作高唐梦里人 《采桑子》（无端）：不学行云易去留 《采桑子》（非花）：若是朝云，宜作今宵梦里人 《满庭芳》（南苑）：几处歌云梦雨 《风入松》（柳阴）：依旧巫阳；断云残雨当年事 《凤孤飞》（一曲）：端的欢期应未晚，奈归云难管 《解佩令》（玉阶）：自古悲凉，是情事，轻如云雨 《好女儿》（绿遍）：应是行云归路，有闲泪，洒相思 《生查子》：坠雨已辞云，流水难归浦 《生查子》（长恨）：无端轻薄云，暗作廉纤雨 《浣溪沙》（二月）：欢意似云真薄幸	30
双凤离鸾	《山海经》：有五采鸟三名，一曰皇鸟，一曰鸾鸟，一曰凤鸟① 南朝宋范泰《鸾鸟诗序》：昔罽宾王结罝峻卯之山，获一鸾鸟，王甚爱之。欲其鸣而不致也，乃饰以金	《鹧鸪天》（一醉）：玉笙声里鸾空怨 《鹧鸪天》（当日）：人在鸾歌凤舞前 《清平乐》（寒催）：鸾肠断处离声 《玉楼春》：离鸾照罢尘生镜 《河满子》（绿绮）：惊鸾舞处离肠 《于飞乐》（晓日）：轻盈笑倚鸾台 《踏莎行》（宿雨）：孤鸾绿镜	

① 郝懿行．山海经笺疏：卷十六［M］．栾保群，点校．北京：中华书局，2019：350.

续表

典故	出处	词句	次数
	樊，飨以珍馐。对之愈戚，三年不鸣。其夫人曰："尝闻鸟见其类而后鸣，何不悬镜以映之？"王从其意，鸾睹形悲鸣，哀响中霄，一奋而绝①	《风入松》（柳阴）：临镜舞鸾离照 《碧牡丹》（翠袖）：试约鸾笺 《醉落魄》：鸾孤月缺 《庆春时》（倚天）：鸾丝凤竹 《忆闷令》：取次临鸾匀画浅 《蝶恋花》：碾玉钗头双凤小 《蝶恋花》（金剪）：十二楼中双翠凤 《鹧鸪天》（绿橘）：明朝紫凤朝天路 《南乡子》（眼约）：昨夜归来凤枕孤 《清平乐》（幺弦）：书得凤笺无限事 《泛清波摘遍》：双凤旧约渐虚 《阮郎归》（旧香）：衾凤冷，枕鸳孤 《踏莎行》（雪尽）：绣枕双鸳，香苞翠凤 《浣溪沙》（翠阁）：曲中双凤已分飞	21
鸿雁传书	《汉书·李广苏建传》：数年，匈奴与汉和亲。汉求武等，匈奴诡言武死。后汉使复至匈奴，常惠请其守者与俱，得夜见汉使，具自陈道。教使者谓单于，言天子射上林中，得雁，足有系帛书，言武等在某泽中。使者大喜，如惠语以让单于②	《蝶恋花》（梦入）：欲尽此情书尺素，浮雁沉鱼，终了无凭据 《南乡子》（花落）：水阔山长雁字迟 《南乡子》（新月）：楼倚暮云初见雁 《诉衷情》（渚莲）：泪墨书成，未有归鸿 《诉衷情》（凭觞）；雁书不到 《思远人》：归鸿无信，何处寄书得 《采桑子》（征人）：寒雁来时，第一传书慰别离 《满庭芳》（南苑）：锦字系征鸿 《碧牡丹》：试约鸾笺，传素期良愿，南云应有新雁 《六幺令》（雪残）：还是南云雁少，锦字无端的	10

① 逯钦立．先秦汉魏晋南北朝诗（宋诗）：卷一［M］．北京：中华书局，1983：1144.

② 班固．汉书：卷五十四［M］．北京：中华书局，1952：2466.

续表

典故	出处	词句	次数
堂前双燕	《开元天宝遗事》：长安豪民郭行先，有女子绍兰，适巨商任宗，为贾于湘中，数年不归，复音信不达。绍兰目睹堂中有双燕戏于梁间，兰长吁而语于燕曰：‘我闻燕子自海东来，往复必经由于湘中，我婿离家不归数岁，蔑有音耗，生死存亡弗可知也，欲凭尔附书，投于我婿。’……兰遂吟诗一首云‘我婿去重湖，临窗泣血书。殷勤凭燕翼，寄与薄情夫’，兰遂小书其字系于足上，燕遂飞鸣而去。任宗时在荆州，忽见一燕飞鸣于厅上，宗讶视之，燕遂泊于肩上，见有一小封书系在足上，宗解而视之，乃妻所寄之诗。宗感而泣下，燕复飞鸣而去，宗次年归①	《河满子》（绿绮）：归雁行边远字 《蝶恋花》（欲减）：远信还因归燕误 《踏莎行》（绿径）：别来双燕又西飞，无端不寄相思字 《蝶恋花》（碧草）：双燕来时还念远 《浣溪沙》（团扇）：画檐归燕尚迟留 《浣溪沙》（莫逢）：红梁新燕又归来 《更漏子》（槛花）：燕西飞，燕归人未归 《少年游》：雕梁燕去，裁诗寄远 《虞美人》（玉箫）：只有杏梁双燕、每来归 《虞美人》（湿红）：去年双燕欲归时，还是碧云千里、锦书迟 《喜团圆》：不如双燕，得到兰房 《临江仙》（梦后）：微雨燕双飞	12

① 王仁裕．开元天宝遗事：卷下［M］．曾贻芬，点校．北京：中华书局，2006：48.

续表

典故	出处	词句	次数
回文锦字	《晋书·列女传》：窦滔妻苏氏，始平人也。名蕙，字若兰，善属文。滔，苻坚时为秦州刺史，被徙流沙。苏氏思之，织锦为回文旋图诗以赠滔①	《鹧鸪天》（楚女）：花间锦字空频寄 《清平乐》（留人）：此后锦书休寄 《浣溪沙》（二月）：凤楼人待锦书来 《六幺令》（绿荫）：昨夜诗有回纹 《六幺令》（雪残）：锦字无端的 《诉衷情》（御制）：随锦字，叠香痕 《虞美人》：湿红笺纸回纹字，多少柔肠事。去年双燕欲归时，还是碧云千里、锦书迟 《采桑子》（宜春）：知在谁家锦字中 《满庭芳》（南苑）：锦字系征鸿 《清商怨》（庭花）：回纹锦字暗剪	10
箫史弄玉	《列仙传》：萧史者，秦穆公时人也，善吹箫，能致孔雀白鹤于庭。穆公有女字弄玉，好之。公遂以女妻焉，日教弄玉作凤鸣，居数年，吹似凤声，凤凰来止其屋。公为作凤台。夫归止其上，不下数年。一旦皆随凤凰飞去。故秦人为作凤女祠于雍宫中，时有箫声而已②	《蝶恋花》（初捻）：似学秦娥唱 《南乡子》（小蕊）：家在秦楼更近东 《玉楼春》：清歌学得秦娥似 《浣溪沙》（翠阁）：夜凉闲捻彩箫吹，曲中双凤已分飞 《虞美人》（飞花）：更伴东流流水过秦楼 《虞美人》：玉箫吹遍烟花路，小谢经年去 《风入松》（柳阴）：凤箫已远青楼在 《解佩令》（玉阶）：点丹青，画成秦女 《浣溪沙》（二月）：凤楼人待锦书来 《浣溪沙》（午醉）：凤楼争见路旁情	10

① 房玄龄，等．晋书：卷九十六［M］．北京：中华书局，1974：2523.
② 刘向．列仙传：卷上［M］//丛书集成新编：第 100 册．台北：新文丰出版股份有限公司，1985：273.

续表

典故	出处	词句	次数
红叶题诗	《云溪友议》：卢渥舍人，应举之岁，偶临御沟，见一红叶，命仆搴来。叶上乃有一绝句，置于巾箱，或呈于同志。及宣宗既省宫人，初下诏，许从百官司吏，独不许贡举人。渥后亦一任范阳，获所退宫人，睹红叶而吁怨久之，曰：“当时偶题随流，不谓郎君收藏巾箧。”验其书，无不讶焉。诗曰：“水流何太急，深宫尽日闲，殷勤谢红叶，好去到人间。”①	《浣溪沙》（浦口）：可堪题叶寄东楼 《诉衷情》（凭觞）：诗成自写红叶，和恨寄东流 《点绛唇》：碧水东流，漫题凉叶津头寄 《少年游》（雕梁）：黄花醉了，碧梧题罢 《虞美人》（闲敲）：应恨不题红叶寄相思 《满庭芳》（南苑）：西楼题叶 《浣溪沙》（绿柳）：欲寻双叶寄情难 《行香子》：流波坠叶，佳期何在	8
牛郎织女	民间故事：大河之东，有美女丽人，乃天帝之子，机杼女工，年年劳役，织成云雾绢缣之衣，辛苦殊无欢悦，容貌不暇整理，天帝怜其独处，嫁与河西牵牛为妻，自此即废织纴之功，贪欢不归。帝怒，责归河东，一年一度相会。 《淮南子》：“乌鹊填河成桥渡织女。”	《蝶恋花》：碧落秋风吹玉树，翠节红旌，晚过银河路。休笑星机停弄杼，凤帏已在云深处 《鹧鸪天》：当日佳期鹊误传，至今犹作断肠仙 《蝶恋花》：喜鹊桥成催凤驾 《鹧鸪天》（梅蕊）：汉渚星桥尚有期 《鹧鸪天》（当日）：桥成汉渚星波外 《南乡子》（渌水）：若比银河路更遥 《虞美人》（秋风）：双星旧约年年在	7

① 范摅. 云溪友议：卷下［M］. 阳羡生，校点.//唐五代笔记小说大观：下册. 上海：上海古籍出版社，2000：1312-1313.

续表

典故	出处	词句	次数
谢灵运梦草	《南史·谢方明传》：子惠连，年十岁能属文，族兄灵运嘉赏之，云："每有篇章，对惠连辄得佳话。"尝于永嘉西堂思诗，竟日不就，忽梦见惠连，即得"池塘生春草"，大以为工，常曰："此语有神功，非吾语也。"①	《临江仙》（旖旎）：梦回芳草夜 《生查子》（落梅）：芳草池塘绿 《清平乐》（烟轻）：谢客池塘生绿草 《木兰花》（小鞾）：晚红初减谢池花 《泛清波摘遍》：短梦未成芳草 《点绛唇》（湖上）：谢家春草，唱得清商好 《踏莎行》（绿径）：梦草闲眠	7
班婕妤咏团扇	《玉台新咏·怨诗并序》：昔汉成帝班婕妤失宠，供养于长信宫，乃作赋自伤，并为怨诗一首：新裂齐纨素，鲜洁如霜雪。裁为合欢扇，团圆似明月。出入君怀袖，动摇微风发。常恐秋节至，凉风夺炎热。弃捐箧笥中，恩情中道绝②	《浣溪沙》：团扇初随碧簟收 《更漏子》（柳间）：晚来团扇风 《河满子》：齐纨扇上时光 《诉衷情》（渚莲）：玉人团扇恩浅，一意恨西风 《碧牡丹》：翠袖疏纨扇，凉叶催归燕 《解佩令》：掩深宫，团扇无绪 《行香子》：宫扇旧，怨秋风	7
卓文君远山眉	《西京杂记》：文君姣好，眉色如望远山，脸际常若芙蓉，肌肤柔滑如脂，十七而寡，为人放诞风流，故悦长卿之才而越礼焉③	《生查子》；远山眉黛长 《清平乐》：远山眉黛娇长 《玉楼春》（斑骓）：翠眉饶似远山长 《六幺令》（绿阴）：晚来翠眉宫样，巧把远山学 《虞美人》（玉箫）：更教谁画远山眉 《采桑子》（日高）：颦入遥山翠黛中 《忆闷令》（取次）：长黛眉低	7

① 李延寿．南史：卷十九［M］．北京：中华书局，1975：537.

② 吴冠文，谈蓓芳，章培恒，汇校．玉台新咏汇校：卷一［M］．上海：上海古籍出版社，2014：63.

③ 刘歆，撰．葛洪，集．西京杂记：卷二［M］//王根林，黄益元，曹光甫，校点．汉魏六朝笔记小说大观．上海：上海古籍出版社，1999：88.

据唐红卫统计，小山词中有189处用典。然由表3-1可知，这些常用的11个典故出现次数已经超过100次，一典多用的现象十分明显。然而虽然晏几道频繁使用某一典故，读其词却毫无重复之感，因为晏几道所用的这些典故，与其心理情状也就是所谓的词情有密切关联。

位列第一者为“巫山云雨”之典。“巫山云雨”本是由神女幻化的一种自然现象，据原始观念，神女与国王交媾是天地交会，可以生成降雨，从而促进五谷丰登、国家强盛与人民富足。后引申为男欢女爱，但这种欢爱是一种浪漫自由、短暂缥缈的爱情。晏几道主要是使用该典故的引申义，反映其独特的情感经历。其一，表达对完满婚恋的期望。据《晏氏家谱》记载，晏几道娶了王靖之女为妻，王靖祖父王旦为宰相，其女应当算是名门闺秀，他有赠内诗云：“愿君同此器，珍重到霜毛。”① 夫妻本应该是相敬如宾的，但是夫妻二人的价值观念存在一定差异。《墨庄漫录》记载：“晏叔原聚书甚多，每有迁徙，其妻厌之，谓叔原有类乞儿搬漆碗。”② 可见，晏几道嗜书如命，比较重视精神生活，而妻子并不认同书籍的实用性，认为“漆碗”华而不实，“乞儿”意为晏几道贫困。黄庭坚《小山集序》称晏几道：“费资千百万，家人寒饥，而面有孺子之色。”③ 其“聚书”或是“费资千百万”所做的其中一件事，而“家人饥寒”，妻子之言暗讽晏几道不重视柴米油盐的现实生活，而去做与当前生计无关之事，显然妻子更注重物质生活。妻子认为先保证温饱，再去追求更高的精神境界，从实际境况来说，妻子并没有错。然而，晏几道却不是那么现实，他时常沉溺于自己的幻想世界，夫妻二人的心理隔阂无法避免。晏几道期待的完美婚姻是情深爱

① 张邦基．墨庄漫录：卷三［M］．孔凡礼，点校．北京：中华书局，2002：103.
② 张邦基．墨庄漫录：卷三［M］．孔凡礼，点校．北京：中华书局，2002：103.
③ 黄庭坚．黄庭坚全集：正集卷十五［M］．刘琳，李勇先，王蓉贵，校点．成都：四川大学出版社，2001：413.

浓、灵魂契合，所以对于晏几道来说，这段姻缘或多或少有点缺憾。神女敢于自荐枕席，晏几道之婚姻必须遵从父母之命、媒妁之言，不能自主。妻子不能完全理解自己，他只好寻求安慰于红颜知己，多半是歌女，故其一见到心仪之人就不禁迸发出“疑是朝云，来作高唐梦里人”① 的念想。“曾笑阳台梦短，无计怜香玉。此欢难续。乞求歌罢，借取归云画堂宿”《六幺令》、“晓枕梦高唐，略话衷肠”（《浪淘沙》）等皆是表达他对如巫山神女般自主美好恋情的向往。其二，比喻遥不可及的爱情。与晏几道相好的歌妓“莲、鸿、苹、云”等辈多是友人家妓，其爱而不得亲近，时有“恨隔炉烟看未真”②（《采桑子》）之感，惟将情爱寄托于这些虚梦般的情事。巫山神女是神话中人，遥不可及，巫山之事虽然美好却非真实存在。例如，其“朝云信断知何处，应作襄王春梦去”③（《木兰花》），意为他所中意的歌女不属于他，而有着自己的归宿；又如“端的欢期应未晚，奈归云难管”④（《凤孤飞》），表达其渴望与歌女幽约，但歌女是友人家妓，朋友之妻不可欺，其不能亲近；再如“流水便随春远，行云终与谁同”⑤（《临江仙》），比喻所爱慕之女子已经远去，不知与谁在一起。其三，表现往事如梦与欢爱成空的虚无感。晏几道经历过从富贵到贫困，倍感荣华富贵转瞬即逝，而且曾经相好的歌妓也会因其衰落而疏远他。“云雨之欢”时间短暂，

---

① 晏殊，晏几道．二晏词笺注［M］．张草纫，校笺．上海：上海古籍出版社，2008：520.

② 晏殊，晏几道．二晏词笺注［M］．张草纫，校笺．上海：上海古籍出版社，2008：535.

③ 晏殊，晏几道．二晏词笺注［M］．张草纫，校笺．上海：上海古籍出版社，2008：379.

④ 晏殊，晏几道．二晏词笺注［M］．张草纫，校笺．上海：上海古籍出版社，2008：571.

⑤ 晏殊，晏几道．二晏词笺注［M］．张草纫，校笺．上海：上海古籍出版社，2008：273.

“巫山神女”难以再见，正如曾经美好的消逝。如《风入松》词云：

> 柳阴庭院杏梢墙，依旧巫阳。凤箫已远青楼在，水沉烟复暖前香。临镜舞鸾离照，倚筝飞雁辞行。　坠鞭人意自凄凉，泪眼回肠。断云残雨当年事，到如今、几处难忘。两袖晓风花陌，一帘夜月兰堂。①

这首词勾勒了一个属于晏几道的“高唐梦”。他故地重游，曾经相会的庭院人去楼空；他徘徊于此，回忆着当年的云雨之好，至今难忘。可是逝去的终将逝去，如自然界云消雨散。欢乐短暂，离别常在，晏几道借此表达往事成空的幻灭之感。“从前虚梦高唐”②“画楼云雨无凭”③“倚枕片时云雨事”④“梦云归处不留痕”⑤等亦都含此意。又如“不学行云易去留”⑥“欢意似云真薄幸”⑦“无端轻薄云，暗作廉纤雨”⑧等词句中，晏几道将神女视为薄幸之人，以喻那些弃他而去的歌

---

① 晏殊，晏几道．二晏词笺注［M］．张草纫，校笺．上海：上海古籍出版社，2008：555.

② 晏殊，晏几道．二晏词笺注［M］．张草纫，校笺．上海：上海古籍出版社，2008：277.

③ 晏殊，晏几道．二晏词笺注［M］．张草纫，校笺．上海：上海古籍出版社，2008：360.

④ 晏殊，晏几道．二晏词笺注［M］．张草纫，校笺．上海：上海古籍出版社，2008：472.

⑤ 晏殊，晏几道．二晏词笺注［M］．张草纫，校笺．上海：上海古籍出版社，2008：453.

⑥ 晏殊，晏几道．二晏词笺注［M］．张草纫，校笺．上海：上海古籍出版社，2008：532.

⑦ 晏殊，晏几道．二晏词笺注［M］．张草纫，校笺．上海：上海古籍出版社，2008：430.

⑧ 晏殊，晏几道．二晏词笺注［M］．张草纫，校笺．上海：上海古籍出版社，2008：342.

女，正是她们的薄幸加剧了其幻灭感。弗洛伊德认为文学是作家的“白日梦”，认为诗人“创造的是一个虚幻的世界，但又把它当作真实世界对待”，即作品是“幻想”的现实，包含着诗人的个性写意以及真实情感体验，又解释文学创作动机是“某些给作家印象深刻的真实经验激起了自己早期经验的回忆（一般是童年时代的经历），随之便唤起了他的某种愿望，这种愿望又只能通过创造一种作品才得以实现”①。而晏几道之“巫山梦”既存有其对往昔生活的回忆，又是其现实生活中无以实现愿望的补偿，是他苦心营造的“白日梦”。

之后是对于“双凤离鸾”的使用。凤鸾乃吉祥之鸟，多成双成对，而词中多孤凤离鸾，故其借此喻离别显而易见。如“离鸾照罢尘生镜”②“惊鸾舞处离肠”③“曲中双凤已分飞”④ 等都是喻别离或表达别离后的孤寂之情。另外，“鸾、凤”是圣洁之神物，晏几道才高傲世、不同流俗，故以“鸾、凤”自比，如“玉笙声里鸾空怨，罗幕香中燕未还”⑤，这里的“鸾空怨”既表现了别离后的孤独，更表现其不见容于世的牢骚与忧怨。后世研究者将此作为晏几道的“残句”收录于《全宋诗》⑥，晏几道之诗大都失传，我们无法判定其诗中是否有此句，然“诗言志”，对于其间所包含的个人意志，编选者应是认同的。可见

① 弗洛伊德. 弗洛伊德文集［M］. 王嘉陵，陈基发，编译. 北京：东方出版社，1997：302.

② 晏殊，晏几道. 二晏词笺注［M］. 张草纫，校笺. 上海：上海古籍出版社，2008：411.

③ 晏殊，晏几道. 二晏词笺注［M］. 张草纫，校笺. 上海：上海古籍出版社，2008：467.

④ 晏殊，晏几道. 二晏词笺注［M］. 张草纫，校笺. 上海：上海古籍出版社，2008：446.

⑤ 晏殊，晏几道. 二晏词笺注［M］. 张草纫，校笺. 上海：上海古籍出版社，2008：313.

⑥ 北京大学古文献研究所. 全宋诗：第 12 册［M］. 北京：北京大学出版社，1998：8001.

晏几道所用之典反映了其个人的情志。接下来使用频率较高的是“鸿雁传书”“堂前双燕”“回文锦字”3个典故，这3个典故通常相伴出现，例如，《虞美人》上片曰：“湿红笺纸回文字，多少柔肠事。去年双燕欲归时，还是碧云千里锦书迟。”① 就是“堂前双燕”与“回文锦字”两典的合用。“锦字系征鸿”②（《满庭芳》）是“鸿雁传书”与“回文锦字”二典之结合。这3个典故无论是单用还是连用，总归都表达了恋人间的分离以及寄信传书以慰藉相思之情感。此亦展示了晏几道多次别离的经历，与其由“富贵闲人”沦落为“天涯倦客”的漂泊身世不无关系。“红叶题诗”“萧史弄玉”“牛郎织女”亦多表达离情别怨，展示其情爱史。“谢灵运梦草”之典既有自比风流才子谢灵运之意，也有寻觅如谢惠连般知音之人，能激发其诗词创作灵感，能与之心有灵犀。“班婕妤咏团扇”之典故，主要是借班婕妤之怨抒发一己之怨愤，晏几道自称若把一己之怨“愤而吐之，是唾人面也”③，故只能用寄托手法抒怀以免“获罪于诸公”④。黄苏曰：“叔原尝言其先公不作妇人语，则叔原又岂肯为狭邪之事。或亦有所寄托言之也。”⑤ 正是肯定了《小山词》借妇人语以寄托己意的技法。

除了表3-1所统计的典故之外，还有许多典故也被晏几道反复运用。例如：其多次正面取用“望帝啼鹃”之典，以表现“天涯倦客”

---

① 晏殊，晏几道．二晏词笺注［M］．张草纫，校笺．上海：上海古籍出版社，2008：516.

② 晏殊，晏几道．二晏词笺注［M］．张草纫，校笺．上海：上海古籍出版社，2008：549.

③ 晏殊，晏几道．二晏词笺注［M］．张草纫，校笺．上海：上海古籍出版社，2008：603.

④ 晏殊，晏几道．二晏词笺注［M］．张草纫，校笺．上海：上海古籍出版社，2008：603.

⑤ 黄苏．蓼园词评［M］//唐圭璋．词话丛编：第4册．北京：中华书局，2005：3044.

的凄凉处境与思归心情；借汉武帝美人薛灵芸出嫁时之血泪描写歌女的哀怨之泪；以“独孤信侧帽”比喻自己的风流倜傥；6次借《李娃传》中“郑生垂鞭望李娃”之典，自称“坠鞭人”或“垂鞭人”，以表示对某些女子的爱慕留恋之情；5次引用“陆凯折梅寄范晔”之典表达对友人的思念；5次使用古曲《金缕衣》表达人生当及时行乐的观点；等等。

总之，“一典多用”是晏几道援引典故最显著的特点，同时期的苏轼与其挚友黄庭坚词中重复用典的情况比较少见。且因晏几道所用典故紧扣其词情，故而读之鲜有重复之病。

二、多典连用

多典连用，即一首词中使用两个或两个以上的不同典故。此亦是《小山词》普遍存在的用典方式，同样地，这种方式亦是为其词情服务，故没有堆砌之弊。如《河满子》是典型的多典连用之词：

> 绿绮琴中心事，齐纨扇上时光。五陵年少浑薄幸，轻如曲水飘香。夜夜魂消梦峡，年年泪尽啼湘。　　归雁行边远字，惊鸾舞处离肠。蕙楼多少铅华在，从来错倚红妆。可羡邻姬十五，金钗早嫁王昌。①

“绿绮”句使用了“琴挑文君”之典。《史记·司马相如列传》载：“是时卓王孙有女文君新寡，好音，故相如缪与令相重，而以琴心挑之。”② 表达歌女求偶的心声。“齐纨扇”暗用了“班姬咏扇”之典，

① 晏殊，晏几道．二晏词笺注［M］．张草纫，校笺．上海：上海古籍出版社，2008：467.

② 司马迁．史记：卷一百一十七［M］．北京：中华书局，1959：3000.

意谓歌女容颜易老，像团扇一样被弃。“夜夜”句暗用巫山神女之典，表明歌女情爱的短暂与虚妄，只是逢场作戏。“年年”句引用“湘妃洒泪”之典，张华《博物志》称：“尧之二女，舜之二妃，曰湘夫人。舜崩，二妃啼，以涕挥竹，竹尽斑。”① 表示歌女内心的悲苦。“归雁”句运用了“鸿雁传书”的典故，即薄情郎并无书信传来。“惊鸾”句暗用“孤鸾照镜”之典，虽以鸾自诩，却不免为相思消损，对命运伤悼。“可羡”二句以崔颢笔下的“王家少妇”之类的良家少女为参照，反衬青楼生活之悲苦与无奈，同时表达歌女从良的愿望。数典连用浑然天成、不露斧凿，又甚是真切。描写这位孤傲却又薄命的歌女，实是晏几道“借他人酒杯浇自己块垒”。自古“求偶”亦有“求伯乐”之意，晏几道才高却不为世所容，郁郁不得志，又耿介不愿傍贵人，曾经如“王家少妇”般的荣华富贵亦离他而去，知己越来越少，亦如歌女般孤独终老。俞陛云称：“信乎命之不齐也。”② 此乃晏几道之自悼身世。又如侧艳之词《临江仙》亦数典连用：

> 旖旎仙花解语，轻盈春柳能眠。玉楼深处绮窗前。梦回芳草夜，歌罢落梅天。　　沉水浓熏绣被，流霞浅酌金船。绿娇红小正堪怜。莫如云易散，须似月频圆。③

“旖旎”句明用“解语花”之典，《开元天宝遗事》载：“明皇秋八月，太液池有千叶白莲数枝盛开，帝与贵戚宴赏焉。左右皆叹羡。久

---

① 张华．周日用，等注．博物志：卷八［M］//王根林，黄益元，曹光甫，校点．汉魏六朝笔记小说大观．上海：上海古籍出版社，1999：217.

② 俞陛云．唐五代两宋词选释［M］．上海：上海古籍出版社，2011：145.

③ 晏殊，晏几道．二晏词笺注［M］．张草纫，校笺．上海：上海古籍出版社，2008：280.

之，帝指贵妃示于左右曰：‘争如吾解语花？’”① 以此指代善解人意的美妓。“轻盈”句使用“人柳”之典，《三辅旧事》称：“汉苑中有柳状如人形，号曰人柳，一日三眠三起。”② 用来指代歌妓袅娜纤细的体态腰肢。“梦回”句暗用谢灵运“梦草”之典，表示歌女激发词人创作灵感。“落梅天”即为古曲《落梅花》，以表示如梅花般的高标独立。“流霞”借传说中的仙酒比喻美酒，飘飘欲仙之情形可想而知。数典连用展示了曾经风流贵公子的生活，并表明词作者期待能一直过这种富贵生活，然而事与愿违。还如“此后锦书休寄，画楼云雨无凭”③（《清平乐》）反用了“回文锦字”和“巫山云雨”的典故，正话反说，更能表达出不舍与深情。周济称：“结句殊怨，然不忍割。”④ 陈廷焯云：“怨语，然自是凄绝。”⑤ 见其用典传情之高处。再如其追忆旧游之词《采桑子》曰：

芦鞭坠遍杨花陌，晚见珍珍。疑是朝云，来作高唐梦里人。
应怜醉落楼中帽，长带歌尘。试拂香茵，留解金鞍睡过春。⑥

这首词运用了3个典故展示自己的风流才子形象，以及对歌妓珍珍的留恋。首句用《李娃传》之典：“阖一扉，有娃方凭一双鬟青衣立，

---

① 王仁裕．开元天宝遗事：卷下［M］．曾贻芬，点校．北京：中华书局，2006：49.
② 张澍．三辅旧事［M］//丛书集成新编：第96册．台北：新文丰出版股份有限公司，1985：410.
③ 晏殊，晏几道．二晏词笺注［M］．张草纫，校笺．上海：上海古籍出版社，2008：360.
④ 周济．宋四家词选［M］．上海：古典文学出版社，1958：19.
⑤ 陈廷焯．别调集：卷一［M］//陈廷焯．词则．上海：上海古籍出版社，1984：578.
⑥ 晏殊，晏几道．二晏词笺注［M］．张草纫，校笺．上海：上海古籍出版社，2008：520.

妖姿要妙，绝代未有。生忽见之，不觉停骖久之，徘徊不能去。乃诈坠鞭于地，候其从者，敕取之。”① 郑生对李娃心生爱慕，故意坠下马鞭，让马停驻以多看李娃几眼。晏几道意在效仿郑生向珍珍示爱。三、四句为他惯用的“高唐梦”之典，前已说明，此典展现晏几道对美满恋情的期待，此处意为渴望与珍珍交往。“应怜”句自比风流才子孟嘉，《晋书·孟嘉传》载：“九月九日，温燕龙山，僚佐毕集。时佐吏并着戎服，有风至，吹嘉帽堕落，嘉不之觉。温使左右勿言，欲观其举止。嘉良久如厕，温令取还之，命孙盛作文嘲嘉，着嘉坐处。嘉还见，即答之，其文甚美，四坐嗟叹。”② 落帽不觉，见其洒脱；见笑他人而不愠，显其雅量；从容应变，知其才思敏捷。晏几道将三典熔铸，人物形象饱满，旧游欢乐亦尽现词中。还如“细思巫峡梦回时，不减秦源肠断处”③（《玉楼春》），连用了“巫山神女”与“刘阮遇仙”两个典故，展现了男欢女爱之虚幻，徒增伤感，被陈廷焯评为：“绵丽有致。”④ 可见其用典以使词意雅而有致。“千里裤襦添旧暖，万家桃李间新栽”⑤（《浣溪沙》），运用了廉范、潘岳二人之典。《后汉书·廉范传》云：“迁蜀郡太守……百姓为便，乃歌之曰：‘廉叔度，来何暮？不禁火，民安作。平生无襦今五裤。’”⑥ 即廉范善政，确保百姓吃饱穿暖。《白孔六帖》载：“潘岳为河阳令，种桃李花，人号曰：河阳一县花。”⑦ 潘

① 鲁迅．唐宋传奇：卷三［M］．长沙：岳麓书社，2014：46.

② 房玄龄，等．晋书：卷九十八［M］．北京：中华书局，1974：2581.

③ 晏殊，晏几道．二晏词笺注［M］．张草纫，校笺．上海：上海古籍出版社，2008：418.

④ 陈廷焯．闲情集：卷一［M］// 陈廷焯．词则．上海：上海古籍出版社，1984：882.

⑤ 晏殊，晏几道．二晏词笺注［M］．张草纫，校笺．上海：上海古籍出版社，2008：450.

⑥ 范晔．后汉书：卷三十一［M］．李贤，等注．北京：中华书局，1965：1103.

⑦ 白居易．白孔六帖：卷七十七［M］//景印文渊阁四库全书：第 892 册．台北：台湾商务印书馆，1986：278.

岳于河阳遍种桃李，政绩斐然，百姓称颂。晏几道连用两个典故，表现其美政理想以及对社会人民的观照与祝愿。“金凤阙，玉龙墀，看君来换锦袍时。姮娥已有殷勤约，留著蟾宫第一枝”①《二晏词笺注》（《鹧鸪天》）连用4个典故，“金凤阙、玉龙墀”，代指帝王宫阙，“锦袍”，指高官之服饰。末二句为“蟾宫折桂”之典，《晋书·郤诜传》载：“武帝于东堂会送，问诜曰：‘卿自以为如何?’诜对曰：‘臣举贤良对策，为天下第一，犹桂林之一枝，昆山之片玉。’”② 郤诜以广寒宫一枝桂、昆仑山一片玉自比，以展示其出众的才华和非凡的自信，这就是“蟾宫折桂”典故的原始出处。唐朝后科举考试盛行，“蟾宫折桂”多用以比喻金榜题名。晏几道借此典表达对友人才华的笃信，并祝愿其科举登第。4个典故紧密结合，合境合情。

王礼《胡涧翁乐府序》称晏词：“用事而不为事用，叙实而不至塞滞。”③ 肯定《小山词》的用事技巧，平实畅达，与词情相融，无堆砌生涩之病。东坡词与《山谷词》用典之繁密有过之无不及，然而因典多生僻且杂堆，若无注释就难以领会其隐晦的词情，李清照论及《山谷词》，曰：“尚故实而多疵病。”④ 傅干《注坡词》之起因是：“其寄意幽渺，指事深远……是以世之玩者，未易识其佳处。”⑤ 又接受宋以来“以学问为诗”的风气影响，苏、黄二人难免有借词“卖弄学问”之嫌。故同样是多典连用，其二者不及晏几道之清新自然。

---

① 晏殊，晏几道．二晏词笺注［M］．张草纫，校笺．上海：上海古籍出版社，2008：321.

② 房玄龄，等．晋书：卷五十二［M］．北京：中华书局，1974：1443.

③ 王礼．麟原文集：前集卷五［M］//景印文渊阁四库全书：第1220册．台北：台湾商务印书馆，1986：402.

④ 胡仔，纂集．苕溪渔隐丛话（后集）：卷三十三［M］．廖德明，校点．北京：人民文学出版社，1962：254.

⑤ 苏轼．东坡词傅干注校证［M］．傅干，注．刘尚荣，校证．上海：上海古籍出版社，2016：7.

三、旧典翻新

旧典翻新是晏几道用典的又一大特色，即使用典故之意与原典偏离，或反用原典之意，或赋予旧典新意。

其一，反用原典之意。例如，《小山词》中5次出现"陆凯寄梅花于范晔"之典，其中有3次被晏几道反用其意。《荆州记》曰："陆凯与范晔相善。自江南寄梅花一只，诣长安与晔，并赠花诗曰：'折梅逢驿使，寄与陇头人。江南无所有，聊赠一枝春。'"① 原典表现了朋友间的深情厚谊。可《小山词》这3处用典："好枝长恨无人寄"②（《蝶恋花》）、"谁寄岭头梅，来报江南信"③（《生查子》）、"南枝欲附春信，长恨陇人遥"④（《诉衷情》）皆反用其意。无处寄梅，无人寄梅，实际上暗示了晏几道家业凋零后，亲友离散，竟无一相善之人可托真情的凄楚情境。"宋玉墙东"之典出自战国宋玉《登徒子好色赋》，曰："天下之佳人，莫若楚国，楚国之丽者，莫若臣里，臣里之美者，莫若臣东家之子……然此女登墙，窥臣三年，至今未许也。"⑤ 原意是宋玉不接受女子的示好，以示自己绝非好色之徒，恪守儒家道德规范，非礼勿听、非礼勿视、非礼勿动，亦讽劝楚王戒色节欲。而晏几道却多次一

---

① 李昉，等．太平御览：卷十九［M］//景印文渊阁四库全书：第893册．台北：台湾商务印书馆，1986：319.

② 晏殊，晏几道．二晏词笺注［M］．张草纫，校笺．上海：上海古籍出版社，2008：299.

③ 晏殊，晏几道．二晏词笺注［M］．张草纫，校笺．上海：上海古籍出版社，2008：351.

④ 晏殊，晏几道．二晏词笺注［M］．张草纫，校笺．上海：上海古籍出版社，2008：486.

⑤ 萧统．文选：卷十九［M］．李善，注．上海：上海古籍出版社，2007：893.

反其意，以此典表示男女私情。“丹杏墙东当日见，幽会绿窗题遍”[①]（《清平乐》）、“莺来燕去，宋玉墙东路。草草幽欢能几度，便有系人心处”[②]（《清平乐》）、“系谁红豆罗带角，心情正着春游。那日杨花陌上，多时杏子墙头”[③]（《河满子》）等作品均强调男女之间冲破礼教的一见钟情，甚至因相爱而幽期密会。文以载道，而晏几道却宣扬情欲，离经叛道，无怪乎被韩少帅指责“才有余而德不足”[④]。马端临《文献通考》云其词“醇儒庄士深斥之，口不道其词，家不蓄其书，惧其为正心诚意之累也。”[⑤] 即儒士以《小山词》为淫邪之词，闭口不提，认为其词误人正心。晏几道反用典故，恰当地反映了其所思、所想、所愿，其人之“异于流俗”[⑥] 亦可见。“谁似龙山秋兴浓，吹帽落西风”[⑦]（《武陵春》），反用“孟嘉落帽”之典，原典表现孟嘉沉着冷静、睿智、雅量的才子形象，此处以“谁似”反转典意，表达没有曾经登高的才情与气度，只有深深感叹无人欣赏的孤独落寞之境况。“应恨不题红叶寄相思”[⑧]（《虞美人》），反用“红叶题诗”之典，原典比喻男女

---

① 晏殊，晏几道．二晏词笺注［M］．张草纫，校笺．上海：上海古籍出版社，2008：369.

② 晏殊，晏几道．二晏词笺注［M］．张草纫，校笺．上海：上海古籍出版社，2008：377.

③ 晏殊，晏几道．二晏词笺注［M］．张草纫，校笺．上海：上海古籍出版社，2008：466.

④ 邵博．邵氏闻见后录：卷第十九［M］．刘德权，李剑雄，点校．北京：中华书局，1983：151.

⑤ 马端临．文献通考：卷一百七十八［M］．上海师范大学古籍研究所，华东师范大学古籍研究所，点校．北京：中华书局，2011：5305.

⑥ 陈廷焯．词坛丛话［M］//唐圭璋．词话丛编：第5册，北京：中华书局，2005：3722.

⑦ 晏殊，晏几道．二晏词笺注［M］．张草纫，校笺．上海：上海古籍出版社，2008：575.

⑧ 晏殊，晏几道．二晏词笺注［M］．张草纫，校笺．上海：上海古籍出版社，2008：508.

爱情奇缘，而此处表达了对情人负心的怨恨，暗示了一种情爱的缺失。“别来双燕又西飞，无端不寄相思字”①（《踏莎行》），反用了“唐任宗妻郭绍兰托堂前双燕给任宗寄信”之典，意谓双燕并没有传来书信，情人亦没有归来，感叹真心错付，徒增悲伤。

其二，赋予旧典新意。晏几道时常根据自己的情感和想象，扩充典故的内涵，使旧典颇有新意。例如，其对于“牛郎织女”典故的创新，其《蝶恋花》云：

> 碧落秋风吹玉树，翠节红旌，晚过银河路。休笑星机停弄杼，凤帏已在云深处。　　楼上金针穿绣缕，谁管天边，隔岁分飞苦。试等夜阑寻别绪，泪痕千点罗衣露。②

夏敬观评论该词曰：“七夕词，意新语新。”③ 词发挥想象，描写了牛郎织女从相会到分别的过程，其间穿插的人间七夕活动亦新颖。较早有关牛郎织女爱情故事的记载是在南北朝时期，大概讲述了天帝将其女嫁与牛郎，后又因其女不再织布，命令两人一年相会一次的故事。“碧落”三句想象奇特，描绘出相会时华丽的仪仗。织女因“停机杼”而被天帝拆散，晏几道却赞赏她，认为爱情高于一切，这是对典故的一层翻新。然后由天上转到人间，认为七夕乞巧的人们不知牛郎织女离别的苦痛，此亦在感叹自身经历了无数次离别之痛，倍感“分飞苦”。末句是典故的再度翻新，想象牛郎织女话别时流下相思泪，化作当天晚上的

---

① 晏殊，晏几道．二晏词笺注［M］．张草纫，校笺．上海：上海古籍出版社，2008：547.

② 晏殊，晏几道．二晏词笺注［M］．张草纫，校笺．上海：上海古籍出版社，2008：304.

③ 夏敬观．吷庵词评［M］//葛渭君．词话丛编补编：第 5 册．北京：中华书局，2013：3447.

雨，表达了自己的离别之殇。另一首《鹧鸪天》也是如此，词云：

> 当日佳期鹊误传，至今犹作断肠仙。桥成汉渚星波外，人在鸾歌凤舞前。　　欢尽夜，别经年，别多欢少奈何天。情知此会无长计，咫尺凉蟾亦未圆。①

“当日”二句责怪喜鹊误传佳期，令牛郎织女不能按时相会。这是晏几道在原典上的发挥创造，即自言不能与情人在约定的日子相会。“桥成”二句想象牛郎织女相会的情形，其实是指自己与所钟爱的歌女约会的热闹场景。“欢尽夜”三句既是感叹牛郎织女“别多欢少”，又是实写自己与情人会少离多。欢乐是短暂的，然而无可奈何。七夕之夜的月亮，也永远不是圆的，这正如离别后双方重聚甚难。此词虽写天上事，实喻人间事，是晏几道对此典的新用。在其父诗中亦有一首《七夕》，曰：“云幕无波斗柄移，鹊慵乌慢得桥迟。若教精卫填河汉，一水还应有尽时。”② 同样是借用想象描绘牛郎织女七夕相会之情，并以“水之有尽”表达相思之无尽。晏几道将诗中用典之法移入词中，在典故中融入了自己的身世情感经历，给典故注入新意，耳目一新。又例如，“故园三度群花谢，曼倩天涯犹未归”③（《鹧鸪天》）完全偏离了东方朔之典义，《史记·滑稽列传》载东方朔语：“陆沉于俗，避世金马门。宫殿中可以避世全身，何必深山之中，蒿庐之下。”④ 晏几道自

---

① 晏殊，晏几道．二晏词笺注［M］．张草纫，校笺．上海：上海古籍出版社，2008：318.

② 祝穆．古今事文类聚：前集卷十［M］//景印文渊阁四库全书：第925册．台北：台湾商务印书馆，1986：168.

③ 晏殊，晏几道．二晏词笺注［M］．张草纫，校笺．上海：上海古籍出版社，2008：327.

④ 司马迁．史记：卷一百二十六［M］．北京：中华书局，1959：3205.

诩有东方朔之才，而其处境与东方朔截然相反，东方朔能够隐居于朝廷，他却宦游天涯且官身不得闲。东方朔调侃那些避世深山蒿庐之人，晏几道亲身经历"华屋山丘"，由富贵到落拓，欲避世亦不能，甚至有家难回。此典的翻新包含了晏几道半生的悲慨。再如"珠帘不禁春风度，解偷送余香"①（《喜团圆》）翻用"贾午偷香"之典，《晋书·贾充传》载："充每宴宾僚，其女辄于青琐中窥之，见寿而悦焉……时西域有贡奇香……帝甚贵之，惟以赐充及大司马陈骞。其女密盗以遗寿。"② 以此喻春风送花香，化无形为有形，促使语言更加生动形象。

值得指出的是，词人对于原有典故的重组，亦是一种翻新。词人时常把给合紧密的"云雨"一词拆分，以新方式重组，如"无端轻薄云，暗作廉纤雨"③（《生查子》）与"坠雨已辞云，流水难归浦"④（《生查子》）之类，通过拆散、扩展、楔入等方式，把主体所包括的内容重新填充，引发读者联想。由此构成情感内涵丰盈且含有隐秘意义的象征世界。

总的来说，晏几道使用典故的数量虽多，但是类型却远较苏轼、黄庭坚等北宋中后期词人狭隘得多，几乎只有神话故事、才子佳人以及古琴乐曲这 3 类，不过这些典故却彰显了词之"本色"。晏几道乃"神仙之人"，其 189 处典故中，神话传说约 95 处。神话所独特的奇幻朦胧唯美之境，切合了词之柔美幽深的风格。而才子佳人本就是词所描绘的主要群体，援引此类典故寄托己情更显示了词体"本色"。古曲类典故的

---

① 晏殊，晏几道．二晏词笺注［M］．张草纫，校笺．上海：上海古籍出版社，2008：582.

② 房玄龄，等．晋书：卷四十［M］．北京：中华书局，1974：1172-1173.

③ 晏殊，晏几道．二晏词笺注［M］．张草纫，校笺．上海：上海古籍出版社，2008：345.

④ 晏殊，晏几道．二晏词笺注［M］．张草纫，校笺．上海：上海古籍出版社，2008：342.

运用则间接说明了晏几道精通乐律，他不仅借古曲蕴含的情感表达个人情感，且更是回归了词之合乐的本质。晏几道“潜心六艺，玩思百家”①，不可能仅仅知晓这几类典故，所以其对典故的使用，并不是为了“掉书袋”逞能、卖弄学问，而是为真情实感服务，这就与苏、黄等人有所不同，所以《小山词》乃本色范围内的“以诗为词”。

第二节　点化诗句

点化诗句即化用前人诗句入词，这是词人“以诗为词”最为普遍的技法。况周颐《蕙风词话》云：“两宋人填词，往往用唐人诗句。”②晏几道更是频繁地点化诗句。据统计，《小山词》化用前人诗句有近300处，涉及诗人60余位。王焕猷评论其词作曰：“自诗句蜕变而成……盖以见小山之善于脱胎，且善翻前人之意，以出奇也。”③说明晏几道善于点化诗句入词，以达到出新、出奇、雅化之效果。薛砺若亦说：“他的词，最善融化诗句，与后期的周美成正复遥遥相映。”④本节从直接化用原句、一词连用数句诗、多用中晚唐丽句三方面论述其点化诗句入词。

一、直接化用原句

直接化用原句包括对原句的袭用以及对原句的微调。晏几道频繁地

① 黄庭坚．黄庭坚全集：正集卷十五［M］．刘琳，李勇先，王蓉贵，校点．成都：四川大学出版社，2001：413.

② 况周颐．蕙风词话：卷一［M］．王幼安，校订．北京：人民文学出版社，1960：18.

③ 王焕猷．小山词笺［M］．上海：商务印书馆，1947：2.

④ 薛砺若．宋词通论［M］．上海：上海书店，1985：83.

直接化用前人诗句，甚至一字不落地袭用。因原句与词浑然一体，导致后人时有知《小山词》而不知原句者。

其一，对原句的袭用。晏几道善于袭用原句，水乳交融，恰到好处。例如，名句“落花人独立，微雨燕双飞”①（《临江仙》），一字不差地袭用晚唐诗人翁宏《春残》句，诗云：“又是春残也，如何出翠帷。落花人独立，微雨燕双飞。寓目魂将断，经年梦亦非。那堪向愁夕，萧飒暮蝉辉。”② 前人或许不知此为唐诗原句，而称之“当时更无敌手”③，即当时除了晏几道，无人能作此句，又认为此句浑然天成云：“自是天生好言语。”④ 甚至以此为“名句千古，不能有二”⑤。可知，晏几道已恰到好处地将所袭用之句融于己词，以至炉火纯青之境地，为人所难辨此句古人已作过，更为人难以企及其艺术境界。近人沈祖棻对此阐释的更为明确：“我们拿晏词和翁诗作一比较，就不难看出，它们之间不仅全篇相比，高下悬殊，而且这两句放在诗中，也远不及放在词中那么和谐融贯……在翁诗里，这么好的句子，由于全篇不称，所以有句无篇，它们也随之被埋没了；而由于晏词的借用，它们就发出了原有光辉，而广泛流传，被人称道。”⑥ 杨万里凭此袭用之句将《小山词》提升至骚雅之诗境，其《诗话》云：

> 近世词人，闲情之靡，如伯有所赋，赵武所不得闻者，有过之无不及焉。是得为好色而不淫乎？惟晏叔原云：“落花人独立，微

① 晏殊，晏几道．二晏词笺注［M］．张草纫，校笺．上海：上海古籍出版社，2008：282.

② 中华书局编辑部．全唐诗：卷七百六十二［M］．北京：中华书局，1960：8656.

③ 陈廷焯．白雨斋词话足本校注［M］．屈兴国，校注．济南：齐鲁书社，1983：47.

④ 陈廷焯．大雅集：卷二［M］// 陈廷焯．词则．上海：上海古籍出版社，1984：47.

⑤ 谭献．复堂词话［M］//唐圭璋．词话丛编：第 4 册．北京：中华书局，2005：3990.

⑥ 沈祖棻．宋词赏析［M］．上海：上海古籍出版社，1980：58.

雨燕双飞。”可谓好色而不淫矣。[①]

“好色而不淫”，语源司马迁《史记·屈原贾生列传》曰：“《国风》好色而不淫，《小雅》怨诽而不乱，若《离骚》者，可谓兼之矣。”[②] 即《诗经》“国风”中的篇章，雅正无邪。杨氏引此评论该句，显然谓其词如诗般高雅纯正，亦可见其高超的袭用技巧。又如，“背面秋千下”[③]（《生查子》）袭用了李商隐《无题》诗，曾季貍《艇斋诗话》曰：

晏叔原小词：“无处说相思，背面秋千下。”吕东莱极喜诵此词，以为有思致。此语本李义山诗，云：“十五泣春风，背面秋千下。”[④]

吕东莱因其所袭用的原句，赞其词有“思致”。例如，“莫使金尊对月空”[⑤]（《鹧鸪天》）袭用李白《将进酒》诗句：“人生得意须尽欢，莫使金樽空对月。”[⑥] 表达出人生应及时行乐的感慨。“征人去日殷勤嘱”[⑦]（《采桑子》），袭用王维《失题》诗原句：“征人去日殷勤嘱，

① 杨万里．杨万里集笺校：卷一一四［M］．辛更儒，笺校．北京：中华书局，2007：4353．

② 司马迁．史记：卷八十四［M］．北京：中华书局，1959：2482．

③ 晏殊，晏几道．二晏词笺注［M］．张草纫，校笺．上海：上海古籍出版社，2008：338．

④ 曾季貍．艇斋诗话［M］//丁福保．历代诗话续编：上册．北京：中华书局，2006：283-284．

⑤ 晏殊，晏几道．二晏词笺注［M］．张草纫，校笺．上海：上海古籍出版社，2008：329．

⑥ 李白．李太白全集：卷三［M］．王琦，注．北京：中华书局：2015：216．

⑦ 晏殊，晏几道．二晏词笺注［M］．张草纫，校笺．上海：上海古籍出版社，2008：523．

归雁来时数寄书。”① 直言对远行之人的殷切叮嘱与牵念。“宫女如花倚春殿”②（《清平乐》）则直接引用李白《越中览古》诗句“宫女如花满春殿”③，道明宫廷宴会的热闹。

其二，晏几道对原诗句句式、句意进行了微调，因为句式、句意变化无几，故亦归于直接引用原句类。如《临江仙》一词曰：

> 东野亡来无丽句，于君去后少交亲。追思往事好沾巾。白头王建在，犹见咏诗人。　　学道深山空自老，留名千载不干身。酒筵歌席莫辞频。争如南陌上，占取一年春。④

词上片引用张籍《赠王建》诗句：“于君去后交游少，东野亡来箧笥贫。赖有白头王建在，眼前犹见咏诗人。”⑤ 晏几道调换句子顺序，替换个别词语，表达其暮年亲友离散的孤独处境，以及对故交的怀念和对往事的追忆。词下片引用刘禹锡《戏赠崔千牛》诗：“学道深山虚老人，留名万代不关身。劝君多买长安酒，南陌东城占取春。”⑥ 是晏几道对自己一生的总结，体道与忘名是其个性追求，嗜酒与好妓则是其真性情的流露。虽无一语由晏几道独创，但句句都为其身世的自况。又例如，“明朝三丈日高时，共拚醉头扶不起”⑦（《玉楼春》），此二句则

① 王维．王维集校注［M］．陈铁民，校注．北京：中华书局，1997：412.
② 晏殊，晏几道．二晏词笺注［M］．张草纫，校笺．上海：上海古籍出版社，2008：371.
③ 李白．李太白全集：卷二十二［M］．王琦，注．北京：中华书局，2015：1202.
④ 晏殊，晏几道．二晏词笺注［M］．张草纫，校笺．上海：上海古籍出版社，2008：284.
⑤ 中华书局编辑部．全唐诗：卷三百八十六［M］．北京：中华书局，1960：4360.
⑥ 刘禹锡．刘禹锡集［M］．卞孝萱，校订．北京：中华书局，1990：306.
⑦ 晏殊，晏几道．二晏词笺注［M］．张草纫，校笺．上海：上海古籍出版社，2008：406.

化用杜牧《醉题》诗句："醉头扶不起，三丈日还高。"[①] 在唐诗原句的基础上添加了"明朝"与"共拚"四字，强调了今宵的难忘美好，以及与伊人共醉的欢愉。再如，"织成云外雁行斜，染作江南春水浅"[②]（《玉楼春》），化用白居易《缭绫》诗句："织为云外秋雁行，染作江南春水色。"[③] 仅修改了几个字。另外"懊恼寒花暂时香"[④]（《留春令》）仅比杜甫诗句"寒花只暂香"[⑤] 多了"懊恼"二字，强调其忧怨之情。"醉后满身花影、倩人扶"[⑥]（《虞美人》）引用唐陆龟蒙《和袭美春夕酒醒》诗句："觉后不知明月上，满身花影倩人扶。"[⑦] 其酣醉之态跃然纸上。"人面知何处"[⑧]（《御街行》）脱胎于唐崔护"人面不知何处在"[⑨]，表达了物是人非之感。"暗香浮动，疏影横斜，几处溪桥"[⑩]（《诉衷情》）是"即用当代人诗句入词"[⑪]，即化用北宋林逋（《山园小梅》）名句"疏影横斜水清浅，暗香浮动月黄昏"[⑫]，展现梅

---

① 杜牧．樊川诗集注［M］．冯集梧，注．上海：上海古籍出版社，1978：308.

② 晏殊，晏几道．二晏词笺注［M］．张草纫，校笺．上海：上海古籍出版社，2008：414.

③ 白居易．白居易诗集校注：卷四［M］．谢思炜，校注．北京：中华书局，2017：390.

④ 晏殊，晏几道．二晏词笺注［M］．张草纫，校笺．上海：上海古籍出版社，2008：553.

⑤ 杜甫．杜诗详注［M］．仇兆鳌，注．北京：中华书局，1979：1041.

⑥ 晏殊，晏几道．二晏词笺注［M］．张草纫，校笺．上海：上海古籍出版社，2008：511.

⑦ 陆龟蒙．唐甫里先生文集［M］．王立群，宋景昌，点校．郑州：河南大学出版社，1996：151.

⑧ 晏殊，晏几道．二晏词笺注［M］．张草纫，校笺．上海：上海古籍出版社，2008：475.

⑨ 中华书局编辑部．全唐诗：卷三百六十八［M］，北京：中华书局，1960：4148.

⑩ 晏殊，晏几道．二晏词笺注［M］．张草纫，校笺．上海：上海古籍出版社，2008：486.

⑪ 夏敬观．吷庵词评［M］//葛渭君．词话丛编补编：第 5 册．北京：中华书局，2013：3449.

⑫ 林逋．林和靖诗集［M］．沈幼征，校注．杭州：浙江古籍出版社，1986：89.

花的风姿神韵。诸如此类词句，都是对原句的微调。当然，晏几道对某些诗句的微调，有时主要是因词律之需。如上文所提到“懊恼寒花暂时香”，就是如此。《留春令》此句所需的词律为“仄仄平平仄平平”。若引唐诗原句为“懊恼寒花只暂香”，其词律“仄仄平平仄仄平”，就与《留春令》的词律不符，故而晏几道对原句进行了相应的调整。

可见，晏几道直接引用原句所占的比重是比较大的，然而并无抄袭之嫌，因为引用原句是为表达情感服务的，且其化用技巧已到达炉火纯青的境界。苏、黄直接引用诗句的情况并不多见，此乃晏几道点化诗句的特色之一。

二、一词连用数句诗

正如其多个事典连用，晏几道于同一首词中连续化用多个诗句的现象亦不少见。例如，其《浣溪沙》词云：

> 日日双眉斗画长，行云飞絮共轻狂，不将心嫁冶游郎。　溅酒滴残歌扇字，弄花熏得舞衣香，一春弹泪说凄凉。①

简短的6句话有3处化用了唐诗。“日日双眉斗画长”出自秦韬玉《贫女》，其诗云：“敢将十指夸偏巧，不把双眉斗画长。”②“不将心嫁冶游郎”语本李商隐《无题二首》“见我佯羞频照影，不知身属冶游郎”③。“弄花熏得舞衣香”化用于良史《春山夜月》“掬水月在手，弄

① 晏殊，晏几道．二晏词笺注［M］．张草纫，校笺．上海：上海古籍出版社，2008：438.

② 中华书局编辑部．全唐诗：卷六百七十［M］．北京：中华书局，1960：7657.

③ 李商隐．玉溪生诗集笺注：卷三［M］．冯浩，笺注．上海：上海古籍出版社，1998：600.

花香满衣”①。前两处反用诗句原意。秦诗本意是贫家女从不浓妆艳抹，更不与别人比貌美，而晏词反用其意，称青楼女子精心装扮，就是为了和他人争艳比美。这基本真实地展示了歌妓这一特定群体的普遍心理。“不将心嫁冶游郎”则反用“不知身属冶游郎”之原意，表现这位歌妓追求真爱的性情，具有“心比天高，身为下贱”的高洁品质。沈祖棻评曰：“李诗是写一个上层妇女，在糊里糊涂的情况下，将身子嫁给了一个冶游郎；晏词则是写一位下层妇女，在清醒的情况下，‘不将心嫁冶游郎’。两两相形，显示了卑贱者的聪明和阶级敌意，这一句语气坚决，而笔力沉重足以达之。”② 第三处被贺裳称为：“真觉俨然如在目前，疑于化工之笔。”③ 读者仿佛身临其境，亲见其人。3处对前人诗句的点化，清晰地勾勒出了这位歌女的美貌、才华与心性。例如，其《南乡子》曰：

> 新月又如眉，长笛谁教月下吹。楼倚暮云初见雁，南飞，漫道行人雁后归。　　意欲梦佳期，梦里关山路不知。却待短书来破恨，应迟，还是凉生玉枕时。④

这首词意境与中唐时期诗人王涯《秋思赠远》相似，诗云：“当年只自守空帷，梦里关山觉别离。不见乡书传雁足，唯看新月吐蛾眉。”⑤ 借助闺怨，并通过月、雁、关山等凄清性质的景物，抒发自己的思乡怀人

---

① 中华书局编辑部．全唐诗：卷二百七十五［M］．北京：中华书局，1960：3118.
② 沈祖棻．宋词赏析［M］，上海：上海古籍出版社，1980：63.
③ 贺裳．皱水轩词筌［M］//唐圭璋．词话丛编：第1册．北京：中华书局，2005：700.
④ 晏殊，晏几道．二晏词笺注［M］．张草纫，校笺．上海：上海古籍出版社，2008：358.
⑤ 中华书局编辑部．全唐诗：卷三百四十六［M］．北京：中华书局，1960：3877.

之情。同时还有多处化用，“长笛”句点化杜牧《题元处士高亭》诗句：“何人教我吹长笛，兴倚春风弄月明。”① 呈现出“月夜闻笛”的清寒幽怨之情境。“漫道”句化用隋朝薛道衡《人日思归》诗句：“人归落雁后，思发在花前。”② 燕归而人未归，对比鲜明，表达羁旅愁思。“梦里”句化用南朝沈约《别范安成》诗句：“梦中不识路，何以慰相思。”③ 以梦中难逢衬托离愁深重。晏几道将不同朝代不同诗人的诗句融入一己之词，表达一己之情，既可证其善于连续化用诗句，亦可见晏几道与古人情感的共通性，其于自序中言“尝思感物之情，古今不易”④ 也可从其化用中得到诠释。清人先著评价此词曰：“小词之妙，如汉、魏五言诗，其风骨兴象，迥乎不同。苟徒求之色泽字句间，斯末矣。然入崇、宣以后，虽情事较新，而体气已薄，亦风气为之，要不可以强也。”⑤ 即该词一如五言诗，具有“风骨兴象”，且不用华丽词藻，语言质朴，情感深挚，这实已跳出香奁艳曲的藩篱，一定程度上改变了词之“纤弱”体气，这便是其中所点化诗句之功效。再如《菩萨蛮》曰：

江南未雪梅花白，忆梅人是江南客。犹记旧相逢，淡烟微月中。　玉容长有信，一笑归来近。怀远上楼时，晚云和雁低。⑥

---

① 杜牧．樊川诗集注［M］．冯集梧，注．上海：上海古籍出版社，1978：288.

② 薛道衡．薛司隶集［M］//丛书集成三编：第 37 册．台北：新文丰出版股份有限公司，1997：749.

③ 沈约．沈隐侯集：卷二［M］//丛书集成三编：第 37 册．台北：新文丰出版股份有限公司，1997：422.

④ 晏殊，晏几道．二晏词笺注［M］．张草纫，校笺．上海：上海古籍出版社，2008：602.

⑤ 先著，程洪．词洁辑评［M］//唐圭璋．词话丛编：第 2 册．北京：中华书局，2005：1347.

⑥ 晏殊，晏几道．二晏词笺注［M］．张草纫，校笺．上海：上海古籍出版社，2008：403.

这首词亦有多处化用。“忆梅”句点化《西洲曲》：“忆梅下西洲，折梅寄江北。”① “折梅寄江北”，换言之，寄梅人在江南，小晏就将两句诗融合成“忆梅人是江南客”，既表现了对梅花的喜爱，又以“客”字自比，道出了客居他乡的无奈。近人俞陛云评“淡月”句曰：“高雅绝尘，人与花合写也。”② 指出了其词之高雅，而此句本于温庭筠诗“淡烟斜月照楼低”（《赠知音》），可见点化诗句“雅”化了词体，“雅化”亦是“以诗为词”的表现之一。俞陛云又称末句：“在空际写怀人，旨趣弥永。”③ 即将思念与时空相结合，而该句点化初唐陈叔达《后渚置酒》诗句：“云深雁度低。”④ 以云、雁结语，空际怀人，“旨趣弥永”，意谓其词“诗”味甚浓，含不尽之意，此亦源于晏几道化用诗句而深得其妙。还如其《玉楼春》上片：“离鸾照罢尘生镜，几点吴霜侵绿鬓。琵琶弦上语无凭，豆蔻梢头春有信。”⑤ 化用李贺《还自会稽歌》诗句：“吴霜点归鬓。”⑥ 以及杜牧《赠别》诗句：“豆蔻梢头二月初。”⑦ 暗示豆蔻年华因害相思病而生白发，以夸张手法表现相思之苦。《浪淘沙》下片：“一笑解愁肠，人会娥妆，藕丝衫袖郁金香。曳雪牵云留客醉，且伴春狂。”⑧ 连续化用元稹《白衣裳》诗句：“藕丝

---

① 郭茂倩. 乐府诗集：卷七十二［M］. 北京：中华书局，2017：1493.
② 俞陛云. 唐五代两宋词选释［M］. 上海：上海古籍出版社，2011：142.
③ 俞陛云. 唐五代两宋词选释［M］. 上海：上海古籍出版社，2011：142.
④ 中华书局编辑部. 全唐诗：卷三〇［M］. 北京：中华书局，1960：430.
⑤ 晏殊，晏几道. 二晏词笺注［M］. 张草纫，校笺. 上海：上海古籍出版社，2008：411.
⑥ 李贺. 李贺诗歌集注［M］. 王琦，等注. 上海：上海人民出版社，1977：34.
⑦ 杜牧. 樊川诗集注［M］. 冯集梧，注. 上海：上海古籍出版社，1978：311.
⑧ 晏殊，晏几道. 二晏词笺注［M］. 张草纫，校笺. 上海：上海古籍出版社，2008：476.

衫子柳花裙。”[①] 与李贺《洛姝真珠》诗句：“牵云曳雪留陆郎。”[②] 展现歌女的着装以及留客时的情态。“又成春瘦，折断门前柳”[③]（《点绛唇》）化用李商隐《赠歌妓二首》诗句：“只知解道春来瘦。”[④] 与李贺《致酒行》诗句：“家人折断门前柳。”[⑤] 表现伤春伤别之情。

据统计，晏几道词中连续化用两个及两个以上诗句者不下半数，相较于苏轼、黄庭坚二人频率高。苏、黄在同一词中，有多典连用者，却鲜有连续化用诗句者，若连续化用前人诗句，一般是他们为游戏所作的“集句词”。此乃《小山词》点化诗文的第 2 个特点。

三、偏好中晚唐诗句

据笔者统计，晏几道所化用的诗句大部分为唐诗，尤其偏好化用中晚唐诗句。其化用所涉及的 60 余位诗人中，有 30 余位是中晚唐诗人，占总数的一半。排在前十位的是白居易、李白、李商隐、杜甫、杜牧、李贺、王维、温庭筠、韩偓、元稹。《小山词》有 41 处化用了白居易的诗句，22 处化用了李白之诗，20 处化用了李商隐之诗，19 处化用了杜甫之诗，13 处化用了杜牧之诗，化用李贺、王维、温庭筠诗句各 9 处，化用韩偓和元稹诗句各 8 处。这 10 位诗人除了李白、王维、杜甫之外，其余的都是中晚唐诗人。而同时代的苏轼、黄庭坚等人点化诗句则不限于中晚唐，魏晋南北朝、初盛唐，以及当朝诗人亦占了很大比

---

① 元稹．元稹集校注：续补集卷一［M］．周相录，校注．上海：上海古籍出版社，2011：1543.

② 李贺．李贺诗歌集注［M］．王琦，等注．上海：上海人民出版社，1977：80.

③ 晏殊，晏几道．二晏词笺注［M］．张草纫，校笺．上海：上海古籍出版社，2008：494.

④ 李商隐．玉溪生诗集笺注：卷三［M］．冯浩，笺注．上海：上海古籍出版社，1998：557.

⑤ 李贺．李贺诗歌集注［M］．王琦，等注．上海：上海人民出版社，1977：136.

重。这体现出晏几道化用的狭隘之处，然而晏几道的这种偏好与其词情息息相关。

若以《小山词》比唐诗，王国维称："方回、叔原则大历十子之流。"① "大历十才子"就是中唐诗人，他们遣词造句工整精练，喜欢描摹自然，追求清雅闲淡之艺术风格，诗境较为清冷凄凉，这是由中唐以后较为颓废的世风和个人仕途失意、羁旅宦游的经历共同造成。诗僧皎然在其《诗式》中提到大历诗风时称："大历中，词人多在江外……窃占青山、白云、春风、芳草以为己有。"② 即他们将一己之忧怨寄寓山水。晏几道化用了其中 7 个人的诗句，例如，"又应添得几分愁，二十五弦弹未尽"③（《木兰花》），化用钱起《归雁》末二句："二十五弦弹夜月，不胜清怨却飞来。"④ 借琴声传达出自身的哀怨。"应为诗人多怨秋"⑤（《武陵春》）直接化用李端《送客赴江陵寄郢州郎士元》诗句"诗人旧怨秋"⑥，晏几道自比为诗人，可见他对自己才华的自信，"怨秋"则道出了仕子普遍的悲秋之情，呈现了其身世落差之感以及对旧情的追忆。其"户外绿杨春系马，床前红烛夜呼卢"⑦（《浣溪沙》），化用韩翃《赠李翼》诗句："门外碧潭春洗马，楼前红烛夜迎

① 王国维．人间词话：删稿［M］．徐调孚，周振甫，注．王幼安，校订．北京：人民文学出版社，1960：250-251.
② 皎然．诗式校注［M］．李壮鹰，校注．北京：人民文学出版社，2003：273.
③ 晏殊，晏几道．二晏词笺注［M］．张草纫，校笺．上海：上海古籍出版社，2008：383.
④ 钱起．钱起诗集校注：卷九［M］．王定璋，校注．杭州：浙江古籍出版社，1992：299.
⑤ 晏殊，晏几道．二晏词笺注［M］．张草纫，校笺．上海：上海古籍出版社，2008：574.
⑥ 中华书局编辑部．全唐诗：卷二百八十五［M］．北京：中华书局，1960：3251.
⑦ 晏殊，晏几道．二晏词笺注［M］．张草纫，校笺．上海：上海古籍出版社，2008：437.

人。”① 陆游称其：“气格乃过本句，不谓之剽可也。”② 可见晏几道不仅善于化用诗句，且一定程度上雅化了词体，改善词体纤弱气格。周济曰：“晏氏父子仍步温、韦，小晏精力尤胜。”③ “步温、韦”有步其词的一面，亦有步其诗的一面，且笔者于第一章第一节已经探讨过温、韦诗词的共通性。例如，其《鹧鸪天》云：“故园三度群花谢，曼倩天涯犹未归。”④ 点化了温庭筠诗句：“曼倩不归花落尽。”⑤（《题河中紫极宫》）表达长年漂泊在外的羁旅愁思。其《御街行》曰：“阑干倚尽犹慵去，几度黄昏雨。”⑥ 点化韦庄《春愁》诗句：“落花寂寂黄昏雨，深院无人独倚门。”⑦ 展现人去楼空的凄凉景象和落寞心境。民国汪东《唐宋词选识语》将《小山词》比李商隐诗云：“彼与义山诗境，盖所谓以神遇者也。”⑧《小山词》境与“义山诗境”相遇，与其熔铸李商隐诗句不无关系，例如，“斜阳只与黄昏近”⑨（《蝶恋花》）化用了李商隐《乐游原》诗句：“夕阳无限好，只是近黄昏。”⑩ 表现了美好的短暂与消逝，清人纪昀评曰：“百感茫茫，一时交集，谓之悲身世可，

---

① 中华书局编辑部．全唐诗：卷二百四十五［M］．北京：中华书局，1960：2758.
② 陆游．老学庵笔记：卷五［M］．李剑雄，刘德权，点校．北京：中华书局，1979：65.
③ 周济．宋四家词选［M］．上海：古典文学出版社，1958：2.
④ 晏殊，晏几道．二晏词笺注［M］．张草纫，校笺．上海：上海古籍出版社，2008：328.
⑤ 温庭筠．温飞卿诗集笺注：卷五［M］．曾益，等笺注．上海：上海古籍出版社，1998：117.
⑥ 晏殊，晏几道．二晏词笺注［M］．张草纫，校笺．上海：上海古籍出版社，2008：475.
⑦ 韦庄．韦庄集笺注［M］．聂安福，笺注．上海：上海古籍出版社，2002. 381.
⑧ 汪东．梦秋词：唐宋词选识语［M］．济南：齐鲁书局，1985：472.
⑨ 晏殊，晏几道．二晏词笺注［M］．张草纫，校笺．上海：上海古籍出版社，2008：286.
⑩ 李商隐．玉溪生诗集笺注：卷三［M］．冯浩，笺注．上海：上海古籍出版社，1998：749.

谓之忧时事亦可。”① 晏几道既然借用了此句，便可以纪昀之观点参看其心理，因为亲身经历了富贵至衰败，晏几道才体会到了繁华如梦，可曰“悲身世”，又身处于积贫积弱、内外交困的北宋中后期，大环境造成了晏几道之“忧时事”。例如，“试写残花，寄与朝云”②（《诉衷情》）直接引用了义山《牡丹》诗句“欲书花叶寄朝云”③，表达对意中人的思慕之情。爱情诗是李商隐诗歌的重要组成部分，也是《小山词》的主要题材，两人对爱情都很执着，这也是晏几道点化李诗的原因。“大历十才子”为中唐诗人，温、李、韦都是晚唐诗人，历代词论家将《小山词》比肩中晚唐诗，某种程度上亦是对晏几道喜化用中晚唐诗句的阐释。而大历后，世风普遍倾向于颓唐与奢靡。章太炎《与简竹居书》称：“中唐以来，礼崩乐坏，狂狡有作，自己制则而事不稽古。”④ 这与晏几道所处的社会环境相似，宛敏灏《二晏词的时代背景》将此时社会形势概括为“农村经济之渐濒崩溃”与“强邻环伺下之民族危机”，并称：“国内外之危机如此，而立朝大臣犹不能和衷共济以谋国，都市群众亦不知祸难之将临。”⑤ 敏感的词人早已感受到了大难将至，而君臣却安于享乐，自己不在其位不谋其职，还在为生计奔波仕宦。正因为晏几道亲身经历与许多中晚唐诗人类似，为了更好抒发一己之情，又能使词体进一步雅化，故大量点化中晚唐诗句。

还要说明的是，晏几道点化最多的是白居易诗句，笔者将其列表如

① 李商隐．李义山诗集［M］//丛书集成三编：第40册．台北：新文丰出版股份有限公司，1997：252.

② 晏殊，晏几道．二晏词笺注［M］．张草纫，校笺．上海：上海古籍出版社，2008：487.

③ 李商隐．玉溪生诗集笺注：卷一［M］．冯浩．笺注．上海：上海古籍出版社，1998：24.

④ 章太炎．章太炎全集：第4册［M］．上海：上海人民出版社，1985：167.

⑤ 宛敏灏．二晏及其词［M］．唐红卫，整理．北京：文化艺术出版社，2017：141-144.

下（见表3-2）。

表3-2 晏几道对白居易诗的化用表

晏几道词	白居易诗
织成云外雁行斜，染作江南春水浅（《玉楼春》）	织为云外秋雁行，染作江南春水色（《缭绫》）
妆成尽任秋娘妒（《玉楼春》）	妆成每被秋娘妒（《琵琶行》）
琵琶弦上说相思（《临江仙》）	低眉信手续续弹，说尽心中无限事（《琵琶行》）
秋月春风岂得知（《鹧鸪天》）	秋月春风等闲度（《琵琶行》）
秋月春风，醉枕香衾一岁同（《采桑子》）	今年欢笑复明年，秋月春风等闲度（《琵琶行》）
月夜落花朝（《南乡子》）	春江花朝秋月夜（《琵琶行》）
五陵年少浑薄幸（《河满子》）	五陵年少争缠头（《琵琶行》）
留春不住，恰似年光无味处（《减字木兰花》）	留春春不住，春归人寂寞（《落花》）
樽前不拟分明语（《菩萨蛮》）	烦君玉指分明语（《和殷协律琴思》）
红日又平西（《菩萨蛮》）	江楼客散日平西（《北楼送客归上都》）
忆梅人是江南客（《菩萨蛮》）	又作江南客（《邓州路中作》）
春寒帘幕几重重（《阮郎归》）	迎寒帘幕合（《葺池上旧亭》）
山远水重重（《浪淘沙》）	云水重重隔（《代鹤》）
小山池院竹风凉（《浪淘沙》）	避暑竹风凉（《渭村退居寄礼部崔侍郎翰林钱舍人诗一百韵》）
多少雨条烟叶恨（《浪淘沙》）	风条摇两带，烟叶贴双眉（《杨柳枝》）
闲卧送残春（《少年游》）	欲送残春招酒伴（《湖上招客送春泛舟》）
风月应知（《采桑子》）	报与西湖风月知（《杭州回舫》）
歌扇风流，遮尽归时翠黛愁（《采桑子》）	霓裳奏罢唱梁州，红袖斜翻翠黛愁（《宅西有流水》）

续表

晏几道词	白居易诗
从来往事都如梦（《踏莎行》）	往事渺茫都似梦（《十年三月三十日别微之于驿上》）
开残槛菊，落尽溪桐（《满庭芳》）	花开残菊傍疏篱，叶下衰桐落寒井（《晚秋夜》）
宛转歌声缓（《风孤飞》）	黛惨歌声缓（《山游示小妓》）
长黛眉低敛（《忆闷令》）	翠黛眉低敛（《恨词》）
淡水三年欢意（《临江仙》）	淡水交情老始知（《张十八员外以新诗二十五首见寄》）
天将离恨恼疏狂（《鹧鸪天》）	疏狂属年少（《代书诗寄微之》）
尽将红泪湿湘裙（《鹧鸪天》）	不觉别时红泪尽（《离别难》）
劝君频入醉乡来（《玉楼春》）	我与尔归醉乡去来（《不能忘情吟》）
忆曾挑尽五更灯（《玉楼春》）	孤灯挑尽未成眠（《长恨歌》）
满路落花红不扫（《清平乐》）	落叶满街红不扫（《长恨歌》）
月底三千绣户（《清平乐》）	后宫佳丽三千人（《长恨歌》）
野棠梨雨泪阑干（《鹧鸪天》）	梨花一枝春带雨（《长恨歌》）
分钿擘钗凉叶下（《蝶恋花》）	钗擘黄金合分钿（《长恨歌》）
是擘钗、分钿匆匆（《风入松》）	钗擘黄金合分钿（《长恨歌》）
欢尽夜，别经年（《鹧鸪天》）	悠悠生死别经年（《长恨歌》）
烟雾九重城（《临江仙》）	九重城开烟尘生（《长恨歌》）
非花非雾前时见（《采桑子》）	花非花，雾非雾（《花非花》）
春梦秋云，聚散真容易（《蝶恋花》）	来如春梦几多时，去似秋云无觅处（《花非花》）
千花百草，送得春归了（《清平乐》）	千花百草凋零后（《题李次云窗竹》）
春冉冉，恨恹恹（《阮郎归》）	春冉冉其将尽（《汎渭》）
衣上酒痕诗里字（《蝶恋花》）	袖中吴郡新诗本，襟上杭州旧酒痕（《故衫》）

续表

晏几道词	白居易诗
几点吴霜侵绿鬓（《玉楼春》）	愁霜侵鬓根（《朱陈村》）

白居易较同时代诗人来说，诗作数量是比较庞大的，题材形式多种多样，这是晏几道常化用其诗的原因之一。晏几道曾以白诗为其父辩护，《宾退录》记载：

晏叔原见蒲传正曰：“先君平日小词虽多，未尝作妇人语也。”传正曰：“绿杨芳草长亭路，年少抛人容易去，岂非妇人语乎？”叔原曰：“公谓年少为所观乎，因公言，遂解乐天诗两句：欲留所欢待富贵，富贵不来所欢去。”传正笑而悟。①

晏几道为其父辩解得是否合理，姑且不论。从其脱口而出唐朝诗人白居易诗句，可知其对白诗的熟谙，亦可侧面说明其已将诗句与词联系在一起。最本质原因仍是这些白诗可以引起晏几道的情感共鸣，白居易之感伤诗和闲适诗对晏几道影响较大，《小山词》有 8 处点化白居易《长恨歌》诗句，例如：“野棠梨雨泪阑干”② 化用“梨花一枝春带雨”③ 借景物喻人，尽显佳人之天生丽质；“欢尽夜，别经年”④ 化用

① 赵与时．宾退录［M］．齐治平，校点．上海：上海古籍出版社，1983：2.

② 晏殊，晏几道．二晏词笺注［M］．张草纫，校笺．上海：上海古籍出版社，2008：313.

③ 白居易．白居易诗集校注：卷十二［M］．谢思炜，校注．北京：中华书局，2017：944.

④ 晏殊，晏几道．二晏词笺注［M］．张草纫，校笺．上海：上海古籍出版社，2008：318.

“悠悠生死别经年”① 表达与佳人离别的痛苦，晏几道对于昔日恋情的追忆，亦借此传达出来；“从来往事都如梦”② 点化白诗“往事渺茫都似梦”③，与其词之创作主旨“篇中所记悲欢合离之事，如幻如电，如昨梦前尘，但能掩卷怃然，感光阴之易迁，叹境缘之无实也”④ 相契合，都是历经世事沧桑变化的一种大彻大悟。

总之，晏几道大量化用中晚唐诗人诗句的根本原因就是两者身处的社会背景与亲身经历相似，如此化用能更好地为其词情服务。

同《小山词》之用典情况相似，晏几道对于诗句之点化亦呈现出数量大而内容单调的状况。纵观其 200 余处化用，所引用诗句之内容不外乎描摹自然景象、刻画女子情态、表现羁旅愁思、抒发人生感悟。即便是点化以“豪放俊逸”著称的李白诗也不过这几类。较之于苏轼、黄庭坚点化内容之“包罗万象”，要逊色许多。故而，在肯定晏几道点化诗句之巧夺天工，为其真实情感服务的同时，也应该看到所化用诗句内容的单一，追根究底还是《小山词》题材的单调性所致。这也导致了晏几道不能够如苏轼、黄庭坚那样在“以诗为词”的道路上走得更远。

---

① 白居易．白居易诗集校注：卷十二［M］．谢思炜，校注．北京：中华书局，2017：944.

② 晏殊，晏几道．二晏词笺注［M］．张草纫，校笺．上海：上海古籍出版社，2008：549.

③ 白居易．白居易诗集校注：卷十七［M］．谢思炜，校注．北京：中华书局，2017：1428.

④ 晏殊，晏几道．二晏词笺注［M］．张草纫，校笺．上海：上海古籍出版社，2008：602.

第三节 诗化用语

晏几道之“诗人句法”不仅体现在援引典故与点化诗句两方面，还反映在其词之诗化语言上。黄庭坚称之“清壮顿挫”，就是对其诗化语言的称赞。“清壮顿挫”一词源自陆机《文赋》，曰：“箴顿挫而清壮。”① 箴为古代一种规诫性韵文，“清壮顿挫”意为语调抑扬顿挫，文辞清新豪健。黄庭坚径引此评价《小山词》实则将其词抬高到与诗文并肩的地位。本节从《小山词》的诗化用语来探讨其所使用的诗人技法，分为三个层面，即锤炼字词、诗化句式与曲折章法。

一、锤炼字词

杜甫曰：“为人性僻耽佳句，语不惊人死不休。”② 表明其于诗歌创作中非常重视语言的锤炼，并认为有足以使人吃惊的语言才能写出佳句，对语言的刻意求精求工，亦可见其对文学创作的严谨态度。贾岛于“推、敲”二字反复琢磨，亦可知诗人都注重“炼字”，因为一字之工，即可为全篇增色。晏几道于词中同样采用了“炼字”“诗眼”等诗歌技法，锤炼字词亦是晏几道“诗人句法”的表现之一。

晏几道炼字之法堪称“精妙绝伦”，几乎篇篇字词句都精心锤炼，又不露斧凿，王灼称之：“如金陵王、谢子弟，秀气胜韵，得之天然，殆不可学。”③ 例如，其《鹧鸪天》云：

---

① 陆机．陆机集校笺［M］．杨明，校笺．上海：上海古籍出版社，2016：17.

② 杜甫．杜诗详注：卷十［M］．仇兆鳌，注．北京：中华书局，1979：810.

③ 王灼．碧鸡漫志校正：卷二［M］．岳珍，校正．北京：中华书局，2015：26.

醉拍春衫惜旧香，天将离恨恼疏狂。年年陌上生秋草，日日楼中到夕阳。　云渺渺，水茫茫，征人归路许多长。相思本是无凭语，莫向花笺费泪行。①

这首词几乎是由一系列词人所锤炼的字词所支撑起的离愁别怨。词人睹物思人，从广阔的时空维度，表现绵长无尽的思念。夏敬观评首二句曰："'拍'字生而炼熟。'恼'字新。"②"拍"这个动词展现出比较轻柔的抚弄，有爱惜之意。"恼"奠定全词基调，主人公心情烦恼。"秋草"为一年衰晚之象，"夕阳"则是一日垂暮之景，"年年""日日"表示愁怨的反复，四词从时间的长度上表示相思绵长。"渺渺""茫茫"比喻云水相隔，归途路远，从空间上表示相思悠远。"费"，即耗费，虽为怨语，终难割舍，卓人月释之称："'费'字本于学书纸费，学送人费。"③此源于苏轼《墨宝堂记》："蜀之谚曰：'学书者纸费，学医者人费。'此言虽小，可以喻大。世有好功名者，以其未试之学，而骤出之于政，其费人岂特医者之比乎?"④其意为学习书法就要不断练习而耗费很多纸，学习医术需要经历很多病人，即日积月累才能厚积薄发。可知"花笺费泪"是主人公承受了多么深重的相思，才泪墨成书，"费"字传神地展现出了主人公刻骨铭心的相思。

晏几道炼字之法在宋代已有人提及，例如，吴可《藏海诗话》云："秦少游诗'十年逋欠僧房睡，准拟如今处处还'，又晏叔原词'唱得

① 晏殊，晏几道．二晏词笺注［M］．张草纫，校笺．上海：上海古籍出版社，2008：322.

② 夏敬观．吷庵词评［M］//葛渭君．词话丛编补编：第5册．北京：中华书局，2013：3447.

③ 卓人月．古今词统：卷七［M］．徐士俊，参评．谷辉之，点校．沈阳：辽宁教育出版社，2000：261.

④ 苏轼．苏轼文集：卷十一［M］．孔凡礼，点校．北京：中华书局，1986：358.

红梅字字香’，如‘处处还’‘字字香’，下得巧。”[①] 将秦观诗与晏词并提，说明吴氏肯定了晏几道将诗之炼字法熔铸于词。在明代，卓人月《古今词统》与沈际飞评点《草堂诗余》两部大型词选词论有几处触及其炼字之精。例如，前文卓人月评“费”字，又称“一夜满枝新绿、替残红”[②]（《虞美人》）之炼字，曰：“‘替’字妙。”[③] 沈际飞评论“自怜轻别，拚得音尘绝”[④]（《点绛唇》），曰：“‘自怜’‘拚得’四字，慅恈而惋伊。”[⑤] 又称晏几道《六幺令》（绿阴春尽）云：“十韵都可矜许。隐跃。”[⑥] 此词含 10 个入声字为韵脚，即阁、匝、掐、答、押、霎、蜡、学、觉、角。[⑦] “矜许”乃夸耀之意，由此可知沈际飞赞叹晏几道对这 10 个入声字的妙用。到了清代以后，词论者更多谈及此。例如，黄苏论及《生查子》（金鞭美少年）点出了“去跃”二字和“无处”二字的妙处，曰：“‘去跃’二字，从妇人目中看出，深情挚

① 吴可．藏海诗话［M］//丁福保．历代诗话续编：上册．北京：中华书局，2006：331.

② 晏殊，晏几道．二晏词笺注［M］．张草纫，校笺．上海：上海古籍出版社，2008：511.

③ 卓人月．古今词统：卷八［M］．徐士俊，参评．谷辉之，点校．沈阳：辽宁教育出版社，2000：292.

④ 晏殊，晏几道．二晏词笺注［M］．张草纫，校笺．上海：上海古籍出版社，2008：495.

⑤ 长湖外史，类辑．天羽居士，评笺．草堂诗余续集：卷上［M］//顾从敬，等．沈际飞，评．镌古香岑批点草堂诗余．刊本．［出版地不详：出版社不详］，1368-1644.

⑥ 沈际飞，选评．秦士奇，订定．草堂诗余别集：卷三［M］//顾从敬，等．沈际飞，评．镌古香岑批点草堂诗余．刊本．［出版地不详：出版社不详］，1368-1644.

⑦ 晏几道《六幺令》原词如下：绿阴春尽，飞絮绕香阁。晚来翠眉宫样，巧把远山学。一寸狂心未说，已向横波觉。画帘遮匝，新翻妙曲，暗许闲人带偷掐。前度书多隐语，意浅愁难答。昨夜诗有回文，韵险还慵押。都待笙歌散了，记取留时霎。不消红蜡，闲云归后，月在庭花旧阑角。

语。末联‘无处’二字，意致凄然，妙在含蓄。”① 他认为两词将妇人心思刻画得十分细腻，也促成了语境之“致”。陈廷焯注重晏词炼字法，尤其重视其字词之蕴涵，例如，评“墙头丹杏雨余花，门外绿杨风后絮”②（《木兰花》），称：“‘余、后’二字有意味。”③ 此二字既是为了对偶，又渲染出残花飞絮之凄境，以及主人公对旧事之追忆。又例如，评《清商怨》“江南依旧远”句云：“梦生于情，‘依旧’二字中，一波三折。”④ 结合词境，“依旧”二字表现出主人公梦的频繁，梦时失落，梦醒更添愁。又赞叹《蝶恋花》（醉别西楼醒不记）云：“一字一泪，一字一珠。”⑤ 即字字情深语挚。况周颐赞其《阮郎归》“殷勤理旧狂”⑥ 中每一字词，曰：“‘狂’者，所谓一肚子不合时宜，发见于外者也。狂已‘旧’矣，而‘理’之，其狂若有甚不得已者。”⑦ “狂”为词人的真性情，“旧”即已经逝去的人、事、物，却要“理”，还要“殷勤理”，体现了词人对过往的追忆，又深刻地反映了其内心的矛盾和无奈，可见其炼字之工。夏敬观亦盛赞叔原之炼字，然更侧重于其炼字之技巧，即“生而炼熟”与“熟而炼生”。生而炼熟，意为以新字表旧意；熟而炼生，意为以旧字出新意。二者所要达到之效果皆是创

---

① 黄苏．蓼园词评［M］//唐圭璋，编．词话丛编：第4册．北京：中华书局，2005：3025.

② 晏殊，晏几道．二晏词笺注［M］．张草纫，校笺．上海：上海古籍出版社，2008：379.

③ 陈廷焯．闲情集：卷一［M］// 陈廷焯．词则．上海：上海古籍出版社，1984：882.

④ 陈廷焯．闲情集：卷一［M］// 陈廷焯．词则．上海：上海古籍出版社，1984：880.

⑤ 陈廷焯．大雅集：卷二［M］// 陈廷焯．词则．上海：上海古籍出版社，1984：48.

⑥ 晏殊，晏几道．二晏词笺注［M］．张草纫，校笺．上海：上海古籍出版社，2008：425.

⑦ 况周颐．蕙风词话：卷二［M］．王幼安，校订．北京：人民文学出版社，1960：25.

新，使词意更加活泼而不单一。例如，评论“笑面凌寒，内样妆先试”[①]（《蝶恋花》）云：“‘笑面凌寒’意生，‘内样’字生不觉碍眼者，炼熟之功也。”[②] 实则晏几道就是借女子的笑靥与妆容比喻梅花之美，字词虽新，却并不“碍眼”，相反，使人一目了然。又例如，评《蝶恋花》（欲减罗衣寒未去）二句“啼红正恨清明雨”与“宿酒醒迟”[③] 中“恨”与“迟”字之妙，称：“熟字炼之使生，尤不易。”[④]“恨”当为人心生怨恨，而其主语却是“啼红”，即沾雨的杏花瓣。没有雨何来“啼红”，而称“啼红”恨之，显然是主人公之怨恨至深，而无端迁怒于景物。“迟”亦是很普通的词，联系前后，“酒醒迟”说明酒醉之久，愁恨越深，酒量越大，可知“迟”亦是为了强调人之恨浓。故而“恨”与“迟”虽为熟语，但经过晏几道用之，极大地增强了词之艺术表现力。还如，“遮闷绿，掩羞红”[⑤]（《更漏子》），夏敬观评之“‘闷绿’字生”[⑥]；评“归来何处验相思”[⑦]（《鹧鸪天》）曰：“‘验’字新。”[⑧] 等评论皆是认可晏词用字“生而炼熟”“熟而炼生”。

---

① 晏殊，晏几道．二晏词笺注［M］．张草纫，校笺．上海：上海古籍出版社，2008：299.

② 夏敬观．吷庵词评［M］//葛渭君．词话丛编补编：第 5 册．北京：中华书局，2013：3447.

③ 晏殊，晏几道．二晏词笺注［M］．张草纫，校笺．上海：上海古籍出版社，2008：297.

④ 夏敬观．吷庵词评［M］//葛渭君．词话丛编补编：第 5 册．北京：中华书局，2013：3447.

⑤ 晏殊，晏几道．二晏词笺注［M］．张草纫，校笺．上海：上海古籍出版社，2008：460.

⑥ 夏敬观．吷庵词评［M］//葛渭君．词话丛编补编：第 5 册．北京：中华书局，2013：3449.

⑦ 晏殊，晏几道．二晏词笺注［M］．张草纫，校笺．上海：上海古籍出版社，2008：331.

⑧ 夏敬观．吷庵词评［M］//葛渭君．词话丛编补编：第 5 册．北京：中华书局，2013：3447.

其实，“炼字”是促使晏几道将前人诗句完美和谐地融入一己之词的方法之一。例如，《蝶恋花》（醉别西楼醒不记）中名句“红烛自怜无好计，夜寒空替人垂泪”① 句，受启发于杜牧《赠别》诗句：“蜡烛有心还惜别，替人垂泪到天明。”② 借“蜡泪”表达自己心中的凄凉之意。唐圭璋评曰：“‘红烛’两句，用杜牧之‘蜡烛有心还惜别，替人垂泪到天明’诗，但‘自怜’‘空替’等字，皆能于空际传神。”③ 可知晏几道的“炼字”法将原有诗句的意境发挥得淋漓尽致，使之更符合自己的创作心态。又如，“今宵剩把银釭照，犹恐相逢是梦中”④（《鹧鸪天》）语源于杜甫《羌村三首》名句：“夜阑更秉烛，相对如梦寐。”⑤ 沈祖棻云：“‘今宵’两句情境与杜诗最为接近。”⑥ 唐圭璋称：“小晏用之，然有‘剩把’和‘犹恐’四字呼应，则惊喜俨然，变质直为宛转空灵矣。”⑦ 将诗语转化为词句，又铸以炼字法，使词情更加婉转动人。陈延焯以“雅”视《小山词》之化用及其炼字，其《白雨斋词话》云：

“从别后，忆相逢。几回魂梦与君同。今宵剩把银缸照，犹恐相逢是梦中”，曲折深婉。自有艳词，更不得不让伊独步。视永叔之“笑问双鸳鸯字怎生书”“倚阑无绪更兜鞖”等句，雅俗判

① 晏殊，晏几道．二晏词笺注［M］．张草纫，校笺．上海：上海古籍出版社，2008：259.
② 杜牧．樊川诗集注［M］．冯集梧，注．上海：上海古籍出版社，1978：311.
③ 唐圭璋．唐宋词简释［M］．上海：上海古籍出版社，1981：82.
④ 晏殊，晏几道．二晏词笺注［M］．张草纫，校笺．上海：上海古籍出版社，2008：310.
⑤ 杜甫．杜诗详注［M］．仇兆鳌，注．北京：中华书局，1979：391.
⑥ 沈祖棻．宋词赏析［M］．上海：上海古籍出版社，1980：62.
⑦ 唐圭璋．唐宋词简释［M］．上海：上海古籍出版社，1981：83.

然矣。①

正是因为点化前人诗句，又掺之精工炼字，《小山词》之语言较之欧阳修词，有雅俗之别。

二、诗化句式

在《小山词·自序》中，晏几道提道：“试续南部诸贤绪余，作五、七字语，期以自娱。”② 胡云翼凭借此论析其“五、七字”曰：“晏几道的《小山词》……有的是整齐的七言，有的是以七言为主的长短句。这可见他们还只是习惯于选择近乎诗体的词调来填词。”③ 这实与花间词普遍选用相近于近体诗的词调相承，晏几道又云：“试续南部诸贤绪余。”④ 就有师法花间词调的一面。他所谓“五、七字语”主要是指五言、七言句式、句律。将晏几道用调以及每句句式归纳如表3-3。

表 3-3 《小山词》用调统计表

词调	每句字数
临江仙（七首）	66755 66755
临江仙（东野亡来无丽句）	77755 77755
蝶恋花（十五首）	74577 74577
鹧鸪天（十九首）	7777 33777

① 陈延焯．白雨斋词话足本校注［M］．屈兴国，校注．济南：齐鲁书社，1983：47.
② 晏殊，晏几道．二晏词笺注［M］．张草纫，校笺．上海：上海古籍出版社，2008：602.
③ 胡云翼．宋词选［M］．上海：上海古籍出版社，1982：7.
④ 晏殊，晏几道．二晏词笺注［M］．张草纫，校笺．上海：上海古籍出版社，2008：602.

续表

词调	每句字数
生查子（十三首）	5555 5555
南乡子（七首）	57727 57727
清平乐（十八首）	4576 6666
木兰花（八首）	7777 7777
减字木兰花（三首）	4747 4747
泛清波摘遍	44747344747 3666436664
洞仙歌	457936 5473347854
菩萨蛮（九首）	7755 5555
玉楼春（十三首）	7777 7777
阮郎归（五首）	7575 33575
归田乐	575547 5945547
浣溪沙（二十一首）	777 777
六幺令（三首）	456565447 656565447
更漏子（六首）	336335 336335
河满子（二首）	667666 667666
于飞乐	46633447 44633447
愁倚阑令（三首）	33373 6773
御街行（二首）	7576445 7576445
浪淘沙（四首）	54774 54774
丑奴儿（二首）	7447 7447
诉衷情（八首）	7565 333444
破阵子	66775 66775
好女儿（二首）	448544 668544
点绛唇（五首）	4745 45345
两同心	4477344 6477344

续表

词调	每句字数
少年游（三首）	445445 445445
少年游（二首）	445445 44575
虞美人（九首）	7579 7579
采桑子（二十五首）	7447 7447
踏莎行（四首）	44777 44777
满庭芳	4464567345 5445467345
留春令（三首）	44476 7576
风入松（二首）	747766 747766
清商怨	6545 6745
秋蕊香（二首）	6676 7376
思远人	75445 75545
碧牡丹	5546456 35646456
长相思	3375 3375
醉落魄（四首）	47745 77745
望仙楼	7665 6665
凤孤飞	6556 7775
西江月（二首）	6676 6676
武陵春（三首）	7575 7575
解佩令	447477 447477
行香子	44744433 44744433
庆春时（二首）	444445 46445
喜团圆	44475 444444
忆闷令	7565 7575
梁州令	5677 7567
燕归梁	33575 33675

从表3-3可知，晏几道使用的词调以小令为主，且句式整齐，多五、七言句式，这的确符合其所言“五、七字语”。例如，《浣溪沙》六句皆为七言，是晏几道使用较多的词调，共21阕，词调类似少了两句的七言律诗；《玉楼春》《木兰花》共21阕，皆为八句七言，与七律诗体相同；《鹧鸪天》十九首，唯下片一二句为两、三字句，其余皆为七言，亦可见七言诗演变的痕迹；《生查子》十三阕皆为五言，对五言律诗的借鉴尤为明显；《菩萨蛮》九阕，开头两句为七言，其余六句均为五言，为五言、七言相杂之体式。且这些词调大体以八句为常，可知其词以五、七字为基本句式、以八句为常规模式的体制形态，从此外在的体式可以清晰地考量出《小山词》是以五言、七言诗为本的创作。夏敬观评论其《生查子》曰：“齐梁新体诗之佳者，不能过之。”① “齐梁新体诗”当指齐梁时期“永明体”以及“宫体诗”。与古体诗相对，新体诗讲究对偶与声律。晏几道之词当然不是严格意义上的律诗，但其对偶与声律又比古体诗更加讲究。从这个意义上来说，其词之形式特点确实类似属于古诗到律诗过渡形式的新体诗。以下从对偶与声律两方面谈一谈《小山词》的诗化结构。

其一，对偶。清人刘体仁称：“词中对句，正是难处……至五言对句、七言对句，使观者不作对疑，尤妙。”② 即将对句法运用于词甚有难度，然晏几道却工于对句，这与其深厚的诗赋功底分不开。沈祥龙对此深信不疑，曰：“词中对句，贵整炼工巧，流动脱化，而不类于诗赋……晏叔原‘落花人独立，微雨燕双飞’，晏元献之‘无可奈何花落

---

① 夏敬观．吷庵词评［M］//葛渭君．词话丛编补编：第5册．北京：中华书局，2013：3448.

② 刘体仁．七颂堂词绎［M］//唐圭璋．词话丛编：第1册．北京：中华书局，2005：621.

去，似曾相识燕归来’，非诗句也。然不工诗赋，亦不能为绝妙好词。”① 沈氏不知“落花”二句为晚唐诗句，然从沈氏之语可见诗赋对于词的重要影响。晏几道擅用类似五言、七言诗之词调，自然就促使其运用对句，而其将诗歌的对句法成功地植入词中，又进一步促进了其词的诗化。晏几道的对句形式多样，有工对、宽对、流水对、扇面对等多种对法。例如，其《鹧鸪天》名句“舞低杨柳楼心月，歌尽桃花扇底风”②，二句造词构句之法相同，平仄相对，语意平行，是标准的工对句。杨慎称之“工而艳”③，就是对其工整对仗的肯定，故此二句“勾栏中多用作门对”④。又如，陈廷焯评其《破阵子》云：“对法活泼，措词亦婉媚。”⑤ 认为《小山词》之对法灵活多变，不拘泥于形式。全词如下：

柳下笙歌庭院，花间姊妹秋千。记得青楼当日事，写向红窗夜月前，凭谁寄小莲。　　绛蜡等闲陪泪，吴蚕到了缠绵。绿鬓能供多少恨，未肯无情比断弦，今年老去年。⑥

该词有三处对句，即“柳下”二句、“记得”二句、“绛蜡”二句，

① 沈祥龙．论词随笔［M］//唐圭璋．词话丛编：第5册．北京：中华书局，2005：4051.

② 晏殊，晏几道．二晏词笺注［M］．张草纫，校笺．上海：上海古籍出版社，2008：310.

③ 杨慎，批点．类编草堂诗余：卷二［M］//丛书集成续编：第205册．台北：新文丰出版社，1989：290.

④ 瞿佑．归田诗话：卷上［M］//笔记小说大观：第6册．扬州：江苏广陵古籍刻印社，1983：3717.

⑤ 陈廷焯．闲情集：卷一［M］// 陈廷焯．词则．上海：上海古籍出版社，1984：889.

⑥ 晏殊，晏几道．二晏词笺注［M］．张草纫，校笺．上海：上海古籍出版社，2008：491.

然而这些对句却不似“舞低”二句工整。前二处是流水对，因为单句独立起来意义并不完整，十二字或十四字是一个整体。第三处为宽对，“绛蜡”对“吴蚕”，构词法相同，但并非同类事物，“等闲”与“到了”皆为副词，然“陪泪”与“缠绵”却不算对仗，故此二句不属于工对句。再例如，其《少年游》（西溪丹杏）上片：“西溪丹杏，波前媚脸，珠露与深匀。南楼翠柳，烟中愁黛，丝雨恼娇颦。”① 是前后三句相对，“西溪”对“南楼”“丹杏”对“翠柳”“波前”对“烟中”“媚脸”对“愁黛”“珠露”与“丝雨”都是非常工整的对仗。夏敬观称之云：“前三句与次三句对，作法变幻。”② 即认为晏词的对法形式多样，此类句式就是一种比较特殊的对句，且此类对句需要高度技巧，能够将这连续的三个句子都较为工整地对仗，晏几道确为对句高手。还如，《浣溪沙》上片云：“已拆秋千不奈闲，却随胡蝶到花间，旋寻双叶插云鬟。”③ 三句互为对偶，即“鼎足对”。《减字木兰花》下片曰：“芳菲绕遍，今日不如前日健。酒罢凄凉，新恨犹添旧恨长。”为隔句对，也称“扇面对”，同时存在句中自对，即“今日”对“前日”“新恨”对“旧恨”，晏氏把两种对句法融合，天然而不显雕饰。还有许多精工对句，例如：“客情今古道，秋梦短长亭”④（《临江仙》）；“红烛泪前低语，绿笺花里新词”⑤（《清平乐》）；“柳阴分到画眉边，花片

---

① 晏殊，晏几道. 二晏词笺注［M］. 张草纫，校笺. 上海：上海古籍出版社，2008：503.

② 夏敬观. 吷庵词评［M］//葛渭君. 词话丛编补编：第 5 册. 北京：中华书局，2013：3450.

③ 晏殊，晏几道. 二晏词笺注［M］. 张草纫，校笺. 上海：上海古籍出版社，2008：443.

④ 晏殊，晏几道. 二晏词笺注［M］. 张草纫，校笺. 上海：上海古籍出版社，2008：275.

⑤ 晏殊，晏几道. 二晏词笺注［M］. 张草纫，校笺. 上海：上海古籍出版社，2008：363.

飞来垂手处”① (《玉楼春》)；等等。总之，对句运用让《小山词》显现出较强的诗化特色，此亦是晏几道对诗歌创作技法的成功借鉴。

其二，声律。《小山词》声律和谐，音节婉转。毛晋为之题跋云：“字字娉娉嫋嫋，如揽嫱、施之袂，恨不能起莲、鸿、苹、云按红牙板唱和一过。”②“娉娉嫋嫋”本形容女子的柔美，借此喻其字句，就是对其词音节婉转的赞叹；“按红牙板唱和”直言其声律谐美，合乎音乐。吴熊和《唐宋词通论·词体》曰：“唐宋词人，在依曲定体的基础上，借鉴前代诗歌主要是唐代近体诗的声律，精心结撰，创制了千百个词调。”③ 晏几道正是如此，《小山词》“声律和谐”的表现之一是接受诗体韵律之影响，词中多用律句。试举晏几道的自度曲为例，如《忆闷令》，曰：

取次临鸾匀画浅，酒醒迟来晚。多情爱惹闲愁，长黛眉低敛。
月底相逢见，有深深良愿。愿期信、似月如花，须更教长远。④

该词平仄为：

仄仄平平平仄仄，仄平平平仄，平平仄仄平平，平仄平平仄。
仄仄平平仄，仄平平平仄，仄平仄、仄仄平平，平仄平平仄。

---

① 晏殊，晏几道. 二晏词笺注［M］. 张草纫，校笺. 上海：上海古籍出版社，2008：409.
② 毛晋. 宋六十名家词［M］，上海：上海古籍出版社，1989：105.
③ 吴熊和. 唐宋词通论［M］，上海：上海古籍出版社，2011：52.
④ 晏殊，晏几道. 二晏词笺注［M］. 张草纫，校笺. 上海：上海古籍出版社，2008：582.

这首词大部分句子都采用了律句句式。第一、五句是标准的七律句，仄起仄收，平仄符合七律句，节奏单位分为四三，也符合大部分七律句情况。第二、四句符合五律句的规范。第三句实为平起平收的六字律句。第七句的节奏是三四，然其平仄仍然符合七言律句。第六、八句是一字句和四字句组成，“深深良愿”是符合四字律句的，四字律句即七律的上四字。又如，其另一首自度曲《喜团圆》曰：

危楼静锁，窗中远岫，门外垂杨。珠帘不禁春风度，解偷送余香。　　眠思梦想，不如双燕，得到兰房。别来只是，凭高泪眼，感旧离肠。①

其平仄为：

平平仄仄，平平仄仄，平仄平平。平平仄仄平平仄，仄平仄平平。　　平平仄仄，仄平平仄，仄仄平平。仄平仄仄，平平仄仄，仄仄平平。

这是一首四言为主的小令，除了“不如双燕”句之平仄不符合四字律句，其余的四字句皆为律句。唯一的七言句“珠帘”句，节奏为四三，平仄合乎七言律句。可见晏几道在自制曲时，是非常注重向诗歌律句借鉴的。

前已说明，晏几道喜用齐言式的调式，而这些齐言句也大都符合近体诗的声律。例如，《生查子》：

① 晏殊，晏几道．二晏词笺注［M］．张草纫，校笺．上海：上海古籍出版社，2008：582.

轻匀两脸花，淡扫双眉柳。会写锦笺时，学弄朱弦后。　今春玉钏宽，昨夜罗裙皱。无计奈情何，且醉金杯酒。①

其平仄为：

平平仄仄平，仄仄平平仄。仄仄仄平平，仄仄平平仄。　平平仄仄平，仄仄平平仄。平仄仄平平，仄仄平平仄。

该词八句均符合五言律句之格律，节奏分为二三，亦与五言律诗相符。例如，《玉楼春》曰：

轻风拂柳冰初绽，细雨消尘云未散。红窗青镜待妆梅，绿陌高楼催送雁。　华罗歌扇金蕉盏，记得寻芳心绪惯。凤城寒尽又飞花，岁岁春光常有限。②

平平仄仄平平仄，仄仄平平平仄仄。平平平仄仄平平，仄仄平平平仄仄。　平平平仄平平仄。仄仄平平平仄仄。仄平平仄仄平平，仄仄平平平仄仄。

每句节奏划分为四三，平仄均与七言律句相符。可见在《小山词》中，齐言调式不仅体式借鉴近体诗，声律亦如此。

由于令词体式是由近体诗演变而来，运用近体诗格律乃是常事，然其为数不多的慢词亦多用律句。例如，长调《泛清波摘遍》曰：

---

① 晏殊，晏几道．二晏词笺注［M］．张草纫，校笺．上海：上海古籍出版社，2008：340.

② 晏殊，晏几道．二晏词笺注［M］．张草纫，校笺．上海：上海古籍出版社，2008：425.

催花雨小，著柳风柔，都似去年时候好。露红烟绿，尽有狂情斗春早。长安道。秋千影里，丝管声中，谁放艳阳轻过了。倦客登临，暗惜光阴恨多少。　　楚天渺。归思正如乱云，短梦未成芳草。空把吴霜鬓华，自悲清晓。帝城杳。双凤旧约渐虚，孤鸿后期难到。且趁朝花夜月，翠尊频倒。①

平平仄仄，仄仄平平，平仄仄平平仄仄。仄平平仄，仄仄平平仄平仄。平平仄。平平仄仄，平仄平平，平仄仄平平仄仄。仄仄平平，仄仄平平仄平仄。　　仄平仄，平仄仄平仄平，仄仄仄平平仄。仄仄平平仄平，仄平平仄。仄平仄，平仄仄平仄平，平平仄平平仄。仄仄平平仄仄，仄平平仄。

这首词对仗与声律都是比较工整的，故万树于《词律》中感叹："此调丰神婉约，律度整齐，作者何寥寥耶。而各谱中失收，更不可解。"并详细分析其平仄曰："'催花'至'春早'为一段，'秋千'至'多少'为二段，而'长安道'三字乃换头语也。只'露红'句与'倦客'句平仄异耳。'楚天渺'至'清晓'为三段，'帝城杳'至末为四段，此则字数整齐者。'华'字照后'月'字宜仄，恐是'影'字之讹，抑或后'月'字是作平，皆未可知。然此等不歇拍处，原不拘也。如前'露红''倦客'二句，唱时皆平平带过，其势趋向下句。于'斗'字'恨'字两去声，着力纵激，而以'早'字'少'字两上声收之。'空把''且趁'二句亦然。故后二段煞句，亦皆用上声。而'自'字'翠'字，先用去声也。管见如此，知天下人，莫不以为迂且

① 晏殊，晏几道. 二晏词笺注［M］. 张草纫，校笺. 上海：上海古籍出版社，2008：392.

怪矣。”① 可见，晏几道之长调亦律度严整，此亦是其参照诗歌句式的成果。

由以上论述可知，晏几道为词善于借鉴诗歌句式，使词之语言呈现出明显的诗化倾向。

三、曲折章法

黄庭坚论诗云：“每作一篇，先立大意，长篇须曲折三致意，乃可成章。”② 他认为每一首诗都是严密完整的结构系统，并强调诗歌结构应该具有跳跃性，应以曲折章法为之。其以“顿挫”评价《小山词》，就是对晏几道作词之章法曲折的肯定。杨海明分析晏几道的令词创作特色称：“注意吸收‘诗’和当时已经广泛兴起的慢词长调的写法，在其词势章法上有所改进……偏多地表现出一种动态的美感。”③ 即认为晏几道之曲折章法是向诗与慢词学习的结果，这种章法结构促进其词的诗化。

首先，晏几道向诗体学习，讲究篇章结构的起承转合，力图在短小的篇幅内融入跌宕起伏的情感。上文已经简要介绍了黄庭坚注重谋篇布局并且讲求顿挫转折的章法理论，此理论亦为《小山词》所运用。例如，名作《鹧鸪天》将诗法之“起承转合”发挥得淋漓尽致，词云：

彩袖殷勤捧玉钟，当年拚却醉颜红。舞低杨柳楼心月，歌尽桃花扇底风。　从别后，忆相逢。几回魂梦与君同。今宵剩把银缸

---

① 万树．词律：卷十八［M］．上海：上海古籍出版社，2013：413.

② 胡仔，纂集．苕溪渔隐丛话（前集）：卷四十七［M］．廖德明，校点．北京：人民文学出版社，1962：320.

③ 杨海明．唐宋词史［M］．南京：江苏古籍出版社，1987：221.

照，犹恐相逢是梦中。[①]

该词形式似七言律诗。上片四句，即言当时欢会的场面；下片过渡，表示相别后词人孤独寂寞，引起与恋人同乐的“几回魂梦”；结语重叙相会，阔别重逢，词人又惊喜又怀疑，入木三分地刻画出其百感交集的内心世界。凭借此结语已然曲折深致，加之全词三次时空转换，其情感亦经历了从喜到悲再到悲喜交加的起伏转变，一篇之内“曲折三致意”，无怪乎陈廷焯赞曰：“婉转缠绵，情深一往，丽而有则，耐人玩味。”[②] 又云：“低回往复……言情之作，至斯已极。”[③] 陈匪石对此亦有极高评价：“此殆为别后重逢之作，又惊又喜之情至末句始露出，前半则将今昔之事融合为一……至造语炼字之工，则全从唐、五代得来，而此等七字句，又决与《香奁诗》不同：其界限在神味，读者宜细审之。”[④] 言其词章法之一波三折，乃是从唐、五代诗而来，并认为《香奁诗》这类的艳体诗远比不上《小山词》之曲折深婉。又如《蝶恋花》曰：

梦入江南烟水路，行尽江南，不与离人遇。睡里消魂无说处，觉来惆怅消魂误。　欲尽此情书尺素，浮雁沉鱼，终了无凭据。却倚缓弦歌别绪，断肠移破秦筝柱。

① 晏殊，晏几道. 二晏词笺注［M］. 张草纫，校笺. 上海：上海古籍出版社，2008：310.

② 陈廷焯. 白雨斋词话：卷六［M］// 孙克强. 白雨斋词话全编. 北京：中华书局，2013：1262.

③ 陈廷焯. 闲情集：卷一［M］// 陈廷焯. 词则. 上海：上海古籍出版社，1984：885.

④ 陈匪石. 宋词举（外三种）［M］. 钟振振，校点. 上海：上海古籍出版社，2016：176-177.

唐圭璋详细地分析了该词的4次顿挫之处，曰：“盖人去江南，相思不已，故不觉梦入江南也。但行尽江南，终不遇人，梦劳魂伤矣，此一顿挫处。既不遇人，故无说处，而一梦觉来，依然惆怅，此又一顿挫处。下片，因觉来惆怅，遂欲详书尺素，以尽平日相思之情与梦中寻访之情。但鱼雁无凭，尺素难达，此亦一顿挫处。寄书既无凭，故唯有倚弦以寄恨，但恨深弦急，竟将筝柱移破。写来层层深入，节节顿挫，既清利，又沉着。”① 即抒发主人公经历了“梦中寻人—不遇离人—梦醒惆怅—寄信无凭—以琴寄恨—琴弦断裂”。这样一个曲折的心灵旅程，于小令中尽显，其曲折章法正是由其曲折心事所促使。卓人月评曰：“人必说梦中相会，何等陈腐。”② 认为其曲折章法还有摒弃陈言以创新的效果。

特别要提出的是，“起”与“结”是章法最主要的成分。《小山词》起语与结语形式多样。其起调发端，有开门见山者，例如：“小令尊前见玉箫”③（《鹧鸪天》）一览即知词写歌女玉箫；“沉思暗记，几许无凭事”④（《清平乐》）奠定全词回忆情事的基调；“征人去日殷勤嘱”⑤（《采桑子》）明言此词写征人思妇。有即景起兴者，例如：“飞花自有牵情处，不向枝边坠”⑥（《虞美人》）以飞花之景起兴，展现

① 唐圭璋．唐宋词简释［M］，上海：上海古籍出版社，1981：81.

② 卓人月．古今词统：卷九［M］．徐士俊，参评．谷辉之，点校．沈阳：辽宁教育出版社，2000：346.

③ 晏殊，晏几道．二晏词笺注［M］．张草纫，校笺．上海：上海古籍出版社，2008：323.

④ 晏殊，晏几道．二晏词笺注［M］．张草纫，校笺．上海：上海古籍出版社，2008：376.

⑤ 晏殊，晏几道．二晏词笺注［M］．张草纫，校笺．上海：上海古籍出版社，2008：523.

⑥ 晏殊，晏几道．二晏词笺注［M］．张草纫，校笺．上海：上海古籍出版社，2008：509.

如花般女子的情愁；“渚莲霜晓坠残红”① （《诉衷情》）以衰残的秋景起兴表现秋怨；“渌水带青潮，水上朱阑小渡桥”② （《南乡子》）借水、桥等景物引出天真活泼的女主人公，水亦是女子的象征。有横空出世者，例如，“梦后楼台高锁，酒醒帘幕低垂”③ （《临江仙》）起笔较为突兀，创造了一种孤寂、迷惘的“华严境界”，读罢方知此二句实为词旨。又例如，“休休莫莫，离多还是因缘恶”④ （《醉落魄》）起句直呼“因缘恶”，内心积怨使然。

前人论词之章法，大多以为结句最难，然《小山词》的结句方式较起语更为多样。沈谦称：“填词结句，或以动荡见奇，或以迷离称隽，着一实语，败矣。”并称赞其结语“紫骝认得旧游踪，嘶过画桥东畔路”（《木兰花》）曰：“深得此法。”⑤ 此类结语当属于“迷离称隽”者，以景语结句，含不尽之意于言外，留给人足够的想象空间。有以抒情结语者，应为所谓“动荡见奇”者，例如，“此后锦书休寄，画楼云雨无凭”⑥ （《清平乐》）是在叙写一系列离别苦之后喷薄而出的“怨语”，周济曰“结句殊怨，然不忍割。”⑦ 正话反说，可见其起伏的内心。有首尾呼应者，例如，其《采桑子》曰：“白莲池上当时

---

① 晏殊，晏几道．二晏词笺注［M］．张草纫，校笺．上海：上海古籍出版社，2008：485.

② 晏殊，晏几道．二晏词笺注［M］．张草纫，校笺．上海：上海古籍出版社，2008：352.

③ 晏殊，晏几道．二晏词笺注［M］．张草纫，校笺．上海：上海古籍出版社，2008：282.

④ 晏殊，晏几道．二晏词笺注［M］．张草纫，校笺．上海：上海古籍出版社，2008：568.

⑤ 沈谦．填词杂说［M］//唐圭璋．词话丛编：第 1 册．北京：中华书局，2005：633.

⑥ 晏殊，晏几道．二晏词笺注［M］．张草纫，校笺．上海：上海古籍出版社，2008：360.

⑦ 周济．宋四家词选［M］．上海：古典文学出版社，1958：19.

月，今夜重圆。曲水兰船，忆伴飞琼看月眠。黄花绿酒分携后，泪湿吟笺。旧事年年，时节南湖又采莲。”① 以“莲池”起，以“采莲”收，怀念曾经一起采莲的同伴，物是人非。还有结句笔锋突转者，例如，《浣溪沙》（二月和风到碧城）一词，共六句，前五句极写柳枝茂盛，然却以“晚秋霜霰莫无情”② 为结句陡转，其间包蕴的跌宕之情可知。再有由浅入深者，例如，《蝶恋花》曰：“庭院碧苔红叶遍，金菊开时，已近重阳宴。日日露荷凋绿扇，粉塘烟水澄如练。试倚凉风醒酒面，雁字来时，恰向层楼见。几点护霜云影转，谁家芦管吹秋怨。”③ 沈际飞称：“七句深至，末说到秋怨。今人作文闲止布题，而以题外一句收少势乃陡绝，政此法也。”④ 即由眼前所见的秋景，层层描写深化，至末句点明内心深处的秋怨之感，乃由表及里、由浅入深的收尾。黄苏亦称：“按前面平平叙来。至末二句，引入深处。几有‘北风其凉’之思矣。”⑤ 理同沈氏言论，只不过更明确地点出了晏几道之技法，同时将晏词之含义与《诗经·国风·北风》等同，认为该词暗示了国家衰乱之象。

其二，黄庭坚在强调曲折章法时，又强调“平淡如山高水深”⑥，即曲折的章法应该蕴含于浅淡自然的语言中。他自己并没有做到，故人

① 晏殊，晏几道. 二晏词笺注［M］. 张草纫，校笺. 上海：上海古籍出版社，2008：529.

② 晏殊，晏几道. 二晏词笺注［M］. 张草纫，校笺. 上海：上海古籍出版社，2008：432.

③ 晏殊，晏几道. 二晏词笺注［M］. 张草纫，校笺. 上海：上海古籍出版社，2008：289.

④ 顾从敬，类选. 沈际飞，评正. 草堂诗余正集：卷二［M］//镌古香岑批点草堂诗余四集. 刊本. ［出版地不详：出版社不详］，1368-1644.

⑤ 黄苏. 蓼园词评［M］//唐圭璋. 词话丛编：第4册. 北京：中华书局，2005：3052.

⑥ 黄庭坚. 黄庭坚全集：正集卷十八［M］. 刘琳，李勇先，王蓉贵，校点. 成都：四川大学出版社，2001：471.

言其诗“生涩”，而晏几道却在词中完美地诠释了这一诗学主张，于平淡之中波澜起伏。吴梅称：“余谓艳词自以小山为最，以曲折深婉，浅处皆深也。”① “曲折深婉，浅处皆深”的创作则与黄庭坚此论气貌相合、精神相通，例如，其《减字木兰花》曰：

长亭晚送，都似绿窗前日梦。小字还家，恰应红灯昨夜花。

良时易过，半镜流年春欲破。往事难忘，一枕高楼到夕阳。②

这首词描写了由相别到相逢，而又相别的情景。语言凝练清晰，然而其间潜伏的却是一种会少离多的感叹。前文已说明，晏几道一生已然经历了多次别离，对别离所带来的伤感刻骨铭心，他将一往情深以淡语吐出，委婉细腻。先著称之：“轻而不浮，浅而不露，美而不艳，动而不流。字外盘旋，句中含吐。小词能事备矣。”③ 正是就其语淡情婉而言。例如，《思远人》云：“红叶黄花秋意晚，千里念行客。飞云过尽，归鸿无信，何处寄书得。泪弹不尽临窗滴，就砚旋研墨。渐写到别来，此情深处，红笺为无色。”④ 看似语言质朴，然却不乏一唱三叹之致。《古今词统》评价该词末句曰：“笔则一时无色，字则三岁不灭。”⑤ 深情可见。陈匪石曰：“词纯用直笔朴语，不事藻饰，在小山为另一机杼。实则《花间》亦有质朴一派，特易涉浅露，小山则出以蕴藉，故

① 吴梅．词学通论［M］//吴梅词曲论著四种．北京：商务印书馆，2010：381.

② 晏殊，晏几道．二晏词笺注［M］．张草纫，校笺．上海：上海古籍出版社，2008：389.

③ 先著，程洪．词洁辑评：卷一［M］//唐圭璋．词话丛编：第2册．北京：中华书局，2005：1344.

④ 晏殊，晏几道．二晏词笺注［M］．张草纫，校笺．上海：上海古籍出版社，2008：561.

⑤ 卓人月．古今词统：卷六［M］．徐士俊，参评．谷辉之，点校．沈阳：辽宁教育出版社，2000：230.

终不堕恶趣也。欲入此法门，当求诸《古诗十九首》。”[1] 将其与《古诗十九首》媲美，表明了晏几道之章法从诗中学来，而曲折章法又进一步促进其词之诗化。

《小山词》之曲折章法、顿挫笔调为众多评论者所认可。陈廷焯称《小山词》：“极顿挫起伏之妙……丽而有骨。”[2] 极言其词跌宕顿挫。周之琦曰：“词之有令，唐五代尚已，宋惟晏叔原最擅胜场，贺方回差堪接武……大抵宋词闲雅有余，跌宕不足，长调则有清新绵邈之音，小令则少抑扬抗坠之致。盖时代升降使然，虽片玉、石帚不能自开生面，况其下者乎？”[3] 认为晏词比宋代大多数令词更具有抑扬起伏之致，把令词推向了巅峰。李慈铭亦称：“盖必若近若远，忽去忽来，如蛱蝶穿花，深深款款。又须于无情无绪中，令人十步九回，如佛言食蜜，中边皆甜。古来得此旨者，南唐二主、六一、安陆、淮海、小山及李易安《漱玉词》耳。”[4] 亦是认同晏词之章法曲折。

总之，晏几道的令词具有乐府、长篇诗歌的特色，即情感动荡波澜起伏，谋篇布局奇正相生，笔法开阖顿挫、转折多姿。杨海明《唐宋词史》云：“小晏写词常喜选用那类体式整齐的词调……这些词的体式基本就都接近于七律或五律，因此读后会使人生出一种整齐、匀称的感觉。但是，在这种表面平缓均匀的体式之下，作者往往又潜寓进波澜起

---

① 陈匪石．宋词举（外三种）［M］．钟振振，校点．上海：上海古籍出版社，2016：182.

② 陈廷焯，选评．张若兰，辑录．云韶集辑评：卷二［M］//葛渭君．词话丛编补编：第3册．北京：中华书局，2013：1436.

③ 周之琦．心日斋十六家词录：卷下附录［M］．刻本．［出版地不详：出版社不详］，清道光十四年（1844）

④ 李慈铭．越缦堂读书记：词曲类［M］．由云龙，辑．上海：上海书店出版社，2000：1230.

伏的感情内容，这就形成了它那‘清壮顿挫’的特有美感。”① 可见其利用锤炼字词、诗化句式以及曲折章法等诗人技法写词，三者相辅相成，相互作用促进了其词之语言的诗化。

① 杨海明．唐宋词史［M］．南京：江苏古籍出版社，1987：219.

第四章

晏几道“以诗为词”的后世影响

前两章笔者已经对晏几道“以诗为词”的内涵以及方法作了详尽的分析。真挚的词情、精湛的技法，加之浓烈的歌词传播意识，其“以诗为词”对后世词人颇有影响。他对词情的开拓影响了以秦观为代表的“专主情致”词人，他的诗人创作技法亦被以周邦彦为代表的章法派词人所继承，他强烈的歌词传播意识加强了后世的影响效应。本章首先分析晏几道的歌词传播意识，然后深入探讨晏几道“以诗为词”对宋代秦观、周邦彦等词人的影响，以及宋代以后词人、词学家对其“以诗为词”的客观评价与全面接受。

第一节　晏几道的歌词传播意识

晏几道暮年自编词集名曰《补亡》，并为自己的词集作序，这是现存的第一篇宋人词集自序。他在序中交代了词之创作动因、传播途径、思想倾向以及词集编纂目的，注重其词在当世与后世的影响，其歌词传播意识之郁烈可见。也正因为其“精品”歌词传播意识，使得其词之讹缺相较于同时期或之前的词人少，加强了后世的传播效应与接受效应。且这种严谨的歌词传播态度从另一角度反映出晏几道之“以诗为词”，影响深远。

一、“自娱”与“叙怀”兼顾的传播目的

北宋前中期，“诗人第一角色，词人第二角色”①，犹如施加在文人士大夫身上的“符号暴力”，一旦颠倒过来，就会遭到社会的责难。因此，文人士大夫多专注于作诗，而以游戏态度对词。名宰晏殊之子晏几道却“跌荡于礼法之外”②，“独嬉弄于乐府之余”③，即使被韩维告诫，也不改其本性，并煞费苦心地促使凝结其毕生情怀与经历的词作流传下来。诚如其自序所言，“期以自娱”与“叙其所怀”是其歌词传播目的。

其一，传播歌词以自娱。晏几道有感于“世之歌词不足以析酲解愠”④，自我创作并传播歌词，持酒听之，以为笑乐。黄庭坚为《小山词》作序就肯定了其歌词之娱乐性，“妙年美士，近知酒色之娱”⑤；晁补之欲仿制晏词曰：“吾欲托兴于此，时作一首以自遣。”⑥ 陈廷焯亦称晏几道作词乃“风流自赏”⑦。都与晏几道自序所谓“期以自娱”相

---

① 董希平．唐五代北宋前期词之研究：以诗词互动为中心［M］．北京：昆仑出版社，2006：187.

② 马端临．文献通考：卷一百七十八［M］．上海师范大学古籍研究所、华东师范大学古籍研究所点校．北京：中华书局，2011：5305.

③ 黄庭坚．黄庭坚全集：正集卷十五［M］．刘琳，李勇先，王蓉贵，校点．成都：四川大学出版社，2001：413.

④ 晏殊，晏几道．二晏词笺注［M］．张草纫，校笺．上海：上海古籍出版社，2008：602.

⑤ 黄庭坚．黄庭坚全集：正集卷十五［M］．刘琳，李勇先，王蓉贵，校点．成都：四川大学出版社，2001：413.

⑥ 惠洪，朱弁，吴沆．冷斋夜话·风月堂诗话·环溪诗话［M］．陈新，点校．北京：中华书局，1988：101.

⑦ 陈廷焯．云韶集辑评：卷二［M］//葛渭君．词话丛编补编：第 3 册．北京：中华书局，2013：1436.

合。可知“自娱”的确是晏几道的歌词传播目的之一。例如，其两首《鹧鸪天》（九日悲秋不到心）、（晓日迎长岁岁同）即是如此，词应蔡京请求，于重九节与冬至日所作，晏几道“欣然两为作”① 之，显然他以传播一己之歌词为欢娱。明人沈际飞品读《南乡子》（渌水带青潮）时憾恨“有花朝而无月夜，有红粉而无佳人”，难以重温晏几道创作歌词的欢乐，“愧前盛矣”②；又想象着《浣溪沙》（家近旗亭酒易酤）中，晏几道花间醉酒，美妓唱词佐欢的情景，慨叹“不恨无花，不恨无醉，恨无工夫耳”③，即自己无暇像晏几道那样制歌词以“析酲解愠”④。晏几道作品中多处表现出传播歌词的自娱之情，如“榴花满盏香，金缕多情曲。且尽眼中欢，莫叹时光促”⑤（《生查子》）、“远山眉黛娇长，清歌细逐霞觞”⑥（《清平乐》）、“艳歌更倚疏弦，有情须醉尊前”⑦（《清平乐》）等，晏几道自称“每得一解，即以草授诸儿，吾三人持酒听之，为一笑乐”⑧，是对其传播歌词以自娱的最好诠释。

其二，传播歌词以叙怀。晏几道自序云：“不独叙其所怀，兼写一

① 王灼. 碧鸡漫志校正：卷二［M］. 岳珍，校正. 北京：人民文学出版社，2015：30.

② 长湖外史，类辑. 天羽居士，评笺. 草堂诗余续集：卷下［M］//古香岑批点草堂诗余四集. 刊本.［出版地不详：出版社不详］，1368-1644.

③ 长湖外史，类辑. 天羽居士，评笺. 草堂诗余续集：卷上［M］//古香岑批点草堂诗余四集. 刊本.［出版地不详：出版社不详］，1368-1644.

④ 晏殊，晏几道. 二晏词笺注［M］. 张草纫，校笺. 上海：上海古籍出版社，2008：602.

⑤ 晏殊，晏几道. 二晏词笺注［M］. 张草纫，校笺. 上海：上海古籍出版社，2008：350.

⑥ 晏殊，晏几道. 二晏词笺注［M］. 张草纫，校笺. 上海：上海古籍出版社，2008：368.

⑦ 晏殊，晏几道. 二晏词笺注［M］. 张草纫，校笺. 上海：上海古籍出版社，2008：373.

⑧ 晏殊，晏几道. 二晏词笺注［M］. 张草纫，校笺. 上海：上海古籍出版社，2008：602.

时杯酒间闻见、所同游者意中事。”① 作词以写杯酒间见闻、同游者之事，是自娱的体现，“兼写”反映出自娱目的仅是次要，而“不独”则表示了“叙其所怀”乃其歌词传播的主要目的，且此目的贯穿其歌词传播始终，这便是晏几道迥异于他人之处。尽管“二晏父子”并称，但从晏殊到晏几道对待歌词的态度以及歌词传播目的还是发生了很大变化，自“娱宾遣兴”到“娱宾娱已”再到“叙已所怀”，“游戏之歌词”已逐渐演化成士大夫抒发胸怀的“长短句诗”。晏几道将自己的生命情怀谱入歌词，然在其歌词传播过程中，士大夫“以为有临淄之风耳，罕能味其言”②。有感于此，晏几道命名词集《补亡》，“窃以谓篇中之意，昔人所不遗，第于今无传尔”③，借“补乐府之亡”名义，传播一已之思想情怀，引起他人的共鸣。例如，《临江仙》（淡水三年欢意）多方面展示了晏几道的人生经历与生命情怀：

淡水三年欢意，危弦几夜离情。晓霜红叶舞归程。客情今古道，秋梦短长亭。　　渌酒尊前清泪，阳关叠里离声。少陵诗思旧才名。云鸿相约处，烟雾九重城。④

词以离情为主导。“淡水”句反应出晏几道不以势利为基础的交友观，即“君子之交淡若水”，是其独立人格的展现。“客情”二句是对

---

① 晏殊，晏几道．二晏词笺注［M］．张草纫，校笺．上海：上海古籍出版社，2008：602.

② 黄庭坚．黄庭坚全集：正集卷十五［M］．刘琳，李勇先，王蓉贵，校点．成都：四川大学出版社，2001：413.

③ 晏殊，晏几道．二晏词笺注［M］．张草纫，校笺．上海：上海古籍出版社，2008：602.

④ 晏殊，晏几道．二晏词笺注［M］．张草纫，校笺．上海：上海古籍出版社，2008：275.

自己数年为仕宦四处奔波的感慨，是其人生经历的缩影。“少陵”句是对自身才华的认可，黄庭坚称之“平生潜心六艺，玩思百家，持论甚高”[①]，可知晏几道才名不虚。“云鸿”二句寓小云与小鸿二妓名，呈现出痴情公子盼相聚的愿望，也表示了对于迷雾般未知前途的隐忧。晏几道将词集总基调奠定为“感光阴之易迁，叹境缘之无实”[②]，于该词可见一斑。如“欲将沉醉换悲凉，清歌莫断肠”[③]（《阮郎归》）、“朝落暮开空自许，竟无人解知心苦”[④]（《蝶恋花》）、“云渺渺，水茫茫，征人归路许多长”[⑤]（《鹧鸪天》）、“齐斗堆金，难买丹诚一寸真”[⑥]（《采桑子》）等，亦从交情、客情、才情多维度叙述主体情怀。陈振孙题《小山词》称之“尚气磊落”[⑦]；元好问称之有“才情风调”[⑧]；况周颐谈及其词云“懊凉之怨”[⑨]，可见晏几道传播歌词以“叙怀”，在后世接受者那得到了回应。夏敬观结合晏几道生命历程阐明其歌词欲传达出的情怀，“贵人暮子，落拓一生，华屋山丘，身亲经历，哀丝豪

---

① 黄庭坚．黄庭坚全集：正集卷十五［M］．刘琳，李勇先，王蓉贵，校点．成都：四川大学出版社，2001：413.

② 晏殊，晏几道．二晏词笺注［M］．张草纫，校笺．上海：上海古籍出版社，2008：602.

③ 晏殊，晏几道．二晏词笺注［M］．张草纫，校笺．上海：上海古籍出版社，2008：425.

④ 晏殊，晏几道．二晏词笺注［M］．张草纫，校笺．上海：上海古籍出版社，2008：303.

⑤ 晏殊，晏几道．二晏词笺注［M］．张草纫，校笺．上海：上海古籍出版社，2008：322.

⑥ 晏殊，晏几道．二晏词笺注［M］．张草纫，校笺．上海：上海古籍出版社，2008：543.

⑦ 陈振孙．直斋书录解题：卷二十一［M］．徐小蛮，顾美华，点校．上海：上海古籍出版社，2015：618.

⑧ 元好问．元好问诗编年校注：卷五［M］．狄宝心，校注．北京：中华书局，2011：1218.

⑨ 况周颐．蕙风词话［M］．王幼安，校订．北京：人民文学出版社，1960：24.

竹，寓其微痛纤悲”①，诚为知言。

当然，晏几道也有小部分歌词仅以“娱宾遣兴”为传播目的，无多余的主观情感投入。例如，《鹧鸪天》（碧藕花开水殿凉）即为了取悦君心：

碧藕花开水殿凉，万年枝外转红阳。升平歌管随天仗，祥瑞封章满御床。　　金掌露，玉炉香，岁华方共圣恩长。皇州又奏园扉静，十样宫眉捧寿觞。②

黄昇记载此词乃“开封府与棘寺同日奏狱空”，皇帝于宫中宴集时，晏几道当筵所作的应制之词，“大称上意”③。该词主要由华丽辞藻堆砌，以歌颂升平之世，满足皇帝的“鸣盛”心理，侑酒助兴。晁端礼和《鹧鸪天》十首曰：“晏叔原近作《鹧鸪天》曲，歌咏太平，辄拟之为十篇。野人久去辇毂，不得目睹盛世，姑诵所闻万一而已。”④ 亦说明晏几道传播此词以歌咏太平盛世。又如“小杏春声学浪仙，疏梅清唱替哀弦，似花如雪绕琼筵”⑤（《浣溪沙》）、“倚天楼殿，升平风月，彩仗春移。鸾丝凤竹，长生调里，迎得翠舆归”⑥（《庆春时》）

① 夏敬观．吷庵词评［M］//葛渭君．词话丛编补编：第5册．北京：中华书局，2013：3450.

② 晏殊，晏几道．二晏词笺注［M］．张草纫，校笺．上海：上海古籍出版社，2008：335.

③ 黄昇．唐宋诸贤绝妙词选：卷三［M］// 黄昇．花庵词选．北京：中华书局，1958：66.

④ 晁端礼．闲斋琴趣外编：卷五［M］//丛书集成三编：第62册．台北：新文丰出版公司，1997：462.

⑤ 晏殊，晏几道．二晏词笺注［M］．张草纫，校笺．上海：上海古籍出版社，2008：448.

⑥ 晏殊，晏几道．二晏词笺注［M］．张草纫，校笺．上海：上海古籍出版社，2008：579.

等皆为"娱宾遣兴"，歌词多以白描手法呈现当筵场景，王铚言之"尽见升平气象"①，个体意识不强。这些歌词或是年少家境宽裕时期与晚年生活安定时期创作传播的。

总之，相对于前人歌词以游戏，晏几道对待歌词的态度非常认真，"自娱"与"叙怀"是其歌词传播的主要目的。为了达成既定目标，让自己的歌词在当世与后世都能产生传播效应，晏几道采取了口头传播与书面传播相结合的传播方式。

二、口头与书面并重的传播方式

晏几道自序称："沈十二廉叔、陈十君龙家有莲、鸿、苹、云，品清讴娱客，每得一解，即以草授诸儿，吾三人持酒听之……自尔邮传滋多，积有串易，七月己巳，为高平公缀辑成编。"② 已点明他所采用的歌词传播媒介即歌妓传唱与书册传播。传播与传播媒介皆有偏向，"所谓媒介或倚重时间或倚重空间"③。歌妓传唱注重时效性，书册传播侧重空间延展，并能够长久保存歌词。

其一，歌妓即席传唱歌词。对于歌词传播，以歌妓为主要传播媒介的口头传播是大多数词人的首选，晏几道亦是如此。序中所谓"每得一解，即以草授诸儿"④ 就是让歌妓即席传唱其词。晏几道为词合乐可

---

① 王铚．默记：卷下［M］．朱杰人，点校．北京：中华书局，1981：46.

② 晏殊，晏几道．二晏词笺注［M］．张草纫，校笺．上海：上海古籍出版社，2008：602.

③ 伊尼斯．传播的偏向［M］．何道宽，译．北京：中国人民大学出版社，2003：27.

④ 晏殊，晏几道．二晏词笺注［M］．张草纫，校笺．上海：上海古籍出版社，2008：602.

歌，宋李清照肯定其知音律[①]，明人何良俊称之“柔情曼声”[②]，清人谭莹亦云“小晏秦郎实正声”[③]。例如，其《生查子》（轻轻制舞衣）显然是一首送别筵席上传播的歌词，词云：“轻轻制舞衣，小小裁歌扇。三月柳浓时，又向津亭见。垂泪送行人，湿破红妆面。玉指袖中弹，一曲清商怨。”[④] 借歌妓口吻以传递依依惜别之情。其长调《泛清波摘遍》（催花雨小）本自“林钟商《泛清波大曲》”[⑤]，“所谓‘大遍’者，有序、引、歌……之类，凡数十解，每解有数叠者，裁截用之，则谓之摘遍”[⑥]，晏几道摘其一遍填词交授歌妓传唱，《词律》谓之“丰神婉约，律度整齐”[⑦]，乃演唱传播的经典歌词。厉鹗櫽括晏几道《蝶恋花》（碧玉高楼临水住）与《鹧鸪天》（小令尊前见玉箫）作论词绝句曰：“鬼语分明爱赏多，小山小令擅清歌。世间不少分襟处，月细风尖唤奈何！”[⑧] 可谓之为《小山词》歌唱传播的代表。“清歌”即指明小山歌词较适合“清唱”，与晏几道自序中歌妓“品清讴娱客”相合。莲、鸿、苹、云诸妓是晏几道歌词的主要传播者，词中时有歌女即席唱词之勾勒，如“记得小苹初见，两重心字罗衣。琵琶弦上说相

① 胡仔，纂集．苕溪渔隐丛话（后集）：卷三十三［M］．廖德明，校点．北京：人民文学出版社，1962：254.
② 何良俊．草堂诗余原序［M］//景印文渊阁四库全书：第 1489 册：草堂诗余．台北：台湾商务印书馆，1983：533.
③ 谭莹．乐志堂诗集：卷六［M］//续修四库全书：第 1528 册．上海：上海古籍出版社，2002：479.
④ 晏殊，晏几道．二晏词笺注［M］．张草纫，校笺．上海：上海古籍出版社，2008：344.
⑤ 王奕清，等．钦定词谱：卷三十四［M］．北京：中华书店，1983：2418.
⑥ 沈括．梦溪笔谈：卷五［M］．金良年，点校．北京：中华书局，2015：42.
⑦ 万树．词律：卷十八［M］．上海：上海古籍出版社，2013：413.
⑧ 厉鹗．樊榭山房集：卷七［M］．董兆熊，注．陈九思，标校．上海：上海古籍出版社，1992：510.

思”①（《临江仙》）、“梅蕊新妆桂叶眉，小莲风韵出瑶池。云随绿水歌声转，雪绕红绡舞袖垂”②（《鹧鸪天》）、“唱得红梅字字香，柳枝桃叶尽深藏。遏云声里送雕觞”③（《浣溪沙》）等。因为择取女声即席传唱，所以小山乐府呈现出情致婉转、动摇人心之风格，毛晋《小山词跋》曰：“字字娉娉嫋嫋，如揽嫱、施之袂，恨不能起莲、鸿、苹、云按红牙板唱和一过。”④ 邹祗谟亦云：“晏小山善写杯酒间一时意中事，当时莲、鸿、苹、云别按红牙以歌之。”⑤ 歌妓在其歌词口头传播中的重要作用一目了然。

其二，抄辑歌词以流传广远。晏几道不仅让歌妓口头传唱歌词，还手抄词集，以期拓宽流播界域，延长保存时限。最典型的书面传播举措要属手抄歌词上书韩维与暮年编辑《乐府补亡》。据《邵氏闻见后录》记载：

> 晏叔原，临淄公晚子。监颍昌府许田镇，手写自作长短句，上府帅韩少师。少师报书：得新词盈卷，盖才有余而德不足者，愿郎君捐有余之才，补不足之德，不胜门下老吏之望云。⑥

---

① 晏殊，晏几道．二晏词笺注［M］．张草纫，校笺．上海：上海古籍出版社，2008：282.

② 晏殊，晏几道．二晏词笺注［M］．张草纫，校笺．上海：上海古籍出版社，2008：314.

③ 晏殊，晏几道．二晏词笺注［M］．张草纫，校笺．上海：上海古籍出版社，2008：447.

④ 晏几道．小山词：卷末［M］//毛晋．宋六十名家词：第1集．上海：上海古籍出版社，1989：105.

⑤ 沈雄．古今词话：词评下卷［M］//唐圭璋．词话丛编：第1册．北京：中华书局，2005：1039.

⑥ 邵博．邵氏闻见后录：卷第十九［M］．刘德权，李剑雄，点校．北京：中华书局，1983：151-152.

黄庭坚称晏几道“仕宦连蹇，而不能一傍贵人之门”①，无论晏几道上书韩维是为了自荐还是为了生计，其强烈的歌词自我传播意识显而易见。韩维是晏殊的得意门徒，基于社会道德评判，其劝诫晏几道不可以歌词为正业。在这种“符号暴力”下，晏几道仍旧钟情乐府，不思悔改，只因其一己之词并非传播以娱乐而是传播以述怀。元祐年间，晏几道在高平公范纯仁的协助下将往昔歌词连缀成集，他颇感自己的歌词在友人陈君龙卧病和廉叔下世后，“与两家歌儿酒使俱流转于人间”②，因而引发“邮传滋多，积有串易”③ 等一系列问题，影响其歌词传播的预期效果，遂以书册辑录，以保质保量。而后传阅于黄庭坚等知音雅旧，黄庭坚随即创作《小山集序》。张镃《题梅溪词》认为该序“激昂婉转，以伸吐其怀抱”④。黄庭坚或许传给了苏轼阅览，以致有“元祐中，叔原以长短句行，苏子瞻因鲁直欲见之”⑤ 一说，或因此权臣蔡京欲求晏几道作“冬至词”与“重阳词”，可见书册传播的时空优越性。宋王称《书舟词序》云：“叔原独以词名尔，他文则未传也。”⑥ 至今尚未发现文献记载晏几道自编诗文集，而现存的晏几道诗文亦寥寥无几。然按黄庭坚所言“文章翰墨，自立规摹”“论文自有体”，二人亦

---

① 黄庭坚．黄庭坚全集：正集卷十五［M］．刘琳，李勇先，王蓉贵，校点．成都：四川大学出版社，2001：413.

② 晏殊，晏几道．二晏词笺注［M］．张草纫，校笺．上海：上海古籍出版社，2008：602.

③ 晏殊，晏几道．二晏词笺注［M］．张草纫，校笺．上海：上海古籍出版社，2008：602.

④ 史达祖．梅溪词［M］．雷履平，罗焕章，校注．上海：上海古籍出版社，1988：168.

⑤ 陆友仁．砚北杂志：卷上［M］//笔记小说大观：第 10 册．扬州：江苏广陵古籍刻印社，1983：232.

⑥ 程垓．书舟词：卷首［M］//毛晋．宋六十名家词：第 2 集．上海：上海古籍出版社．1989：253.

时常诗文唱和①，元人亦曰：“世称叔原长短句有六朝风致，是未见诗文高胜处也。”② 晏几道的文才与诗才必不凡。如此推知，在晏几道眼里，其歌词比诗文更有传播价值。晏几道的单篇歌词亦采取了书面传播方式，“红烛泪前低语，绿笺花里新词”③（《清平乐》）、“题破香笺小研红，诗成多寄旧相逢”④（《鹧鸪天》）、“哀筝一弄湘江曲，声声写尽湘波绿”⑤（《菩萨蛮》）等或赠妓或传友或写谱以便演唱。同时，晏几道不仅自己作词还教导别人如何写词，朱承《宋故文安郡开国侯王徽学墓志铭》记载：“公讳序，字商彦，姓王氏……晏叔原为鸿胪卿，擅乐府名，与公讲句法，故歌词清丽。”⑥ 传授他人歌词句法，亦促进了歌词自我传播。

总之，晏几道既选取歌妓演唱的传播方式，注重歌词传播的当时效果，又采用书册传播方式延伸其歌词传播域界，注重后世影响，有效地控制了传播流程，极大地推动了其歌词传播，达成传播目的，是歌词自我传播的成功典范。

---

① 黄庭坚集中存有13首与晏几道唱和诗：《次韵答叔原会寂照房呈稚川》《同王稚川晏叔原饭寂照房》《次韵答叔原会寂照房》《自咸平至太康鞍马间得十小诗寄怀晏叔原并问王稚川行李鹅儿黄似酒对酒爱新鹅此他日醉时与叔原所咏因以为韵》。黄庭坚．黄庭坚全集［M］．刘琳，李勇先，王蓉贵，校点．成都：四川大学出版社，2001：889-891，1123-1125.

② 陆友仁．砚北杂志：卷上［M］//笔记小说大观：第10册．扬州：江苏广陵古籍刻印社，1983：232.

③ 晏殊，晏几道．二晏词笺注［M］．张草纫，校笺．上海：上海古籍出版社，2008：363.

④ 晏殊，晏几道．二晏词笺注［M］．张草纫，校笺．上海：上海古籍出版社，2008：319.

⑤ 晏殊，晏几道．二晏词笺注［M］．张草纫，校笺．上海：上海古籍出版社，2008：402.

⑥ 朱承．宋故文安郡开国侯王徽学墓志铭［M］//中国地方志集成：四川府县志辑（第8册）成都：巴蜀书社，2017：288.

三、歌词自我传播的影响效应

诚如晏几道所期待，其歌词无论在当世，还是在后世，都是诸词家、评论家关注的焦点之一，产生了可观的传播效果。由于其自编词集，重视保存歌词，故其歌词讹阙较少。由于他自作词集序，故后世接受者或褒或贬其人其词，基本没有脱离其自序所言。

其一，晏几道歌词传播的当世效果。樊增祥曰：“盛宋名臣，多娴斯制，间为绮语，未是专家。小山有作，始空群骥，伊川正色，且移情于谢桥；洛甫幽思，将并名于团扇，岂非同叔之凤毛而颍昌之麟角乎?”① 晏几道歌词高妙可见。晏几道让歌妓即席传唱歌词，足以析酲解愠，达成其娱宾与自娱的传播目的，又借歌妓传达出其幽微的内心世界，寄托身世之感，叙怀之传播目的亦已达成。他自编歌词集，将歌词写于书册以期流传广远，拓宽传播界域。其歌词风靡一时，盛传于士大夫，成为“狎邪之大雅，豪士之鼓吹”；传于富贵人家，“必当市致千金，家求善本，曰独不得与叔原同时”；传于妙年美士，以资酒色之娱；传于苦节臞儒，始悟“裙裾之乐”②。理学家程颐闻诵晏几道歌词“梦魂惯得无拘检，又踏杨花过谢桥”，赞赏不已，称之“鬼语也”③；文坛盟主苏轼阅览后欲登门拜访；当朝权臣蔡京遣客求之作重九与冬至歌词；皇帝又命其制歌词以鸣太平盛世。“儿道之词固甚为当时推挹”④

---

① 樊增祥．樊山集：卷二十三［M］//续修四库全书：第1574册．上海：上海古籍出版社，2002：467.

② 黄庭坚．黄庭坚全集：正集卷十五［M］. 刘琳，李勇先，王蓉贵，校点．成都：四川大学出版社 2001：413.

③ 邵博．邵氏闻见后录：卷第十九［M］. 刘德权，李剑雄，点校．北京：中华书局，1983：151.

④ 永瑢，纪昀，等．四库全书总目：卷一百九十八［M］. 北京：中华书局，1965：1809.

“风流绚丽，独冠一时”① “措词婉妙，则一时独步”② 各个阶层争相传诵。这都归功于晏几道歌词的自我传播。

其二，晏几道歌词传播的后世效应。小山歌词集自当世流传至后世，或曾几度更名，却不曾间断传播，“晏叔原歌词初号《乐府补亡》……其后目为《小山集》”③，胡仔亦寓目《乐府补亡》并辨析“舞低杨柳楼心月，歌尽桃花扇影（一作‘底’）风”两句“在《补亡集》中”，非晏殊之语④，“两宋所传小山词至少有七种版本”⑤，两宋之后《小山词》版本越加繁多，有吴讷《唐宋名贤百家词》本、毛晋汲古阁《宋六十名家词》本、朱祖谋《彊村丛书》本等。然笔者比对过大部分现存的《小山词》版本，编排顺序几乎相同，均按词调编收，存词数量亦相差无几，讹阙较少，这实得力于晏几道歌词自我传播与自我保存。自与晏几道同时期的晁端礼和《鹧鸪天》10 首之后，追和小山歌词者甚众，南宋出现了“群起和小山词”之现象，并结集刊行，《景定建康志》记载当时书版“《和晏叔原小山乐府》二百四十六版”⑥，据王兆鹏推测“依《花间集》五百首小令占一百七十七版推算，二百四十六版的《和晏叔原小山乐府》约有七百首小令”⑦，唱和数量之多可见。周紫芝（1082—1155）少时酷喜晏几道歌词，自言其所作“时有似其

① 陈廷焯．词坛丛话［M］//唐圭璋．词话丛编：第 4 册．北京：中华书局，2005：3722.

② 陈廷焯．白雨斋词话：卷一［M］// 孙克强．白雨斋词话全编．北京：中华书局，2013：1168.

③ 王灼．碧鸡漫志校正：卷二［M］．岳珍，校正．北京：人民文学出版社，2015：30.

④ 胡仔，纂集．苕溪渔隐丛话（后集）：卷三十三［M］．廖德明，校点．北京：人民文学出版社，1962：253.

⑤ 王兆鹏．宋代文学传播探原［M］．武汉：武汉大学出版社，2013：219.

⑥ 周应和．景定建康志：卷三十三［M］//景印文渊阁四库全书：第 489 册．台北：台湾商务印书馆，1983：391.

⑦ 王兆鹏．宋代文学传播探原［M］．武汉：武汉大学出版社，2013：219.

体制者”①，如《鹧鸪天》（楼上缃桃一萼红）、（彩鹢双飞雪浪翻）、（花褪残红绿满枝）即是如此。《四库全书总目提要》径引周氏之言称“紫芝填词本从晏几道入”②，可知晏词乃周紫芝填词的入门之学，此亦与晏几道自编歌词传世不无关联。明清追和小山歌词者数不胜数，如明魏偁和其《点绛唇》、沈谦和其《六幺令》；清贺裳、王庭等仿拟其《生查子》，邹祗谟、董元凯等次韵其《思远人》，纳兰性德、王时翔等对晏几道词的创作接受更加全面，不一一列举。小山歌词还进入了后世的话本、戏曲、小说等文学领域，况周颐曰：“金元人制曲，往往用宋人词句。尤多排演词事为曲……检曲录杂剧部，有《陶秀实醉写风光好》《晏叔原风月鹧鸪天》《张于湖误宿女贞观》《蔡萧闲醉写石州慢》《萧淑兰情寄菩萨蛮》，皆词事也。”③ 其间亦多有袭用或化用《小山词》句者，如《红楼梦》第五十八回《杏子阴假凤泣虚凰　茜纱窗真情揆痴理》，贾宝玉对杏花与鸟雀的感悟：“这雀儿必定是杏花正开时他曾来过，今儿无花空有叶，故也乱啼。”④ 或可视为《小山词》句“残杏枝头花几许，啼红正恨清明雨”⑤（《蝶恋花》）之叙述语言。民间有把晏词作为门对者，瞿佑称：“晏叔原，公姪也，词云‘舞低杨柳楼心月，歌罢桃花扇底风’，盖得公所传也，此二句勾栏中多用作门对。”⑥ 后世著名词选常将《小山词》作为选源之一，接受者对于小山

---

① 周紫芝．竹坡词：卷一［M］//景印文渊阁四库全书：第1487册．台北：台湾商务印书馆，1983：568.

② 永瑢，纪昀，等．四库全书总目：卷一百九十八［M］．北京：中华书局，1965：1814.

③ 况周颐．蕙风词话［M］．王幼安，校订．北京：人民文学出版社，1960：18.

④ 曹雪芹，高鹗．红楼梦［M］．北京：人民文学出版社，2005：800.

⑤ 晏殊，晏几道．二晏词笺注［M］．张草纫，校笺．上海：上海古籍出版社，2008：297.

⑥ 瞿佑．归田诗话：卷上［M］//笔记小说大观：第6册．扬州：江苏广陵古籍刻印社，1983：3717.

歌词的评论亦俯仰皆是，无须赘言。由此观之，历朝历代，从文人到市井百姓，《小山词》都备受欢迎，这是晏几道传播一己歌词所期待的局面。

需要指出的是，在“诗尊词卑”的唐宋语境中，晏几道不同于其他文人士大夫“轻词”，而是诗词平等对待，甚至从某种程度上说，晏几道认为其词的地位相较于其诗更高，从其自编歌词集，却没有自编诗文集便可看出。诸如晏殊、欧阳修、苏轼等王公巨卿，虽然极力为词，并呈现出词之“诗化”倾向，但终不能够将诗词等量齐观，他们的歌词传播意识皆不如晏几道强烈。如同欧、苏等对待诗文的严谨态度，审慎抉择留给后世的文学遗产，晏几道则有意识地自编《乐府补亡》以“精品传播”其歌词，此乃从传播学角度验证晏几道之“以诗为词”。正是这种严谨的传播态度，促进晏几道词有效传播，并加强影响效应，促使宋代、宋代以后的词人全方位地接受其“以诗为词”。

第二节　对宋代“专主情致”词人的影响
——以秦观为中心

词以言情，“专主情致”指以一己之情志为中心的词体创作。晏几道之后，词无意不可入，诸词人皆善于将一己之情志与亲身经历写入词中，词和诗在抒情言志方面达到了高度统一，诸家词作皆有自家风貌。受晏几道影响较大，将“情致”发挥到极致的即是秦观，秦观之后还有贺铸、李清照等，皆是抒情好手。本节以秦观为中心，旁及他人，探究晏几道诗化之词对宋人的影响。

一、自我抒情意识的强化

李清照《词论》称秦观词“专主情致”[①]。的确如此，其词“情致”直接承自较他年代略早的晏几道。冯煦论欧阳修词曰：“与元献同出南唐，而深致则过之……疏隽开子瞻，深婉开少游。”[②] 又论晏几道词曰：“淮海、小山，古之伤心人也。其淡语皆有味，淡语皆有致。”[③] 此论述可推导出南唐词人—欧阳修—晏几道—秦观的词学承继关系，晏几道是秦观前辈，他比秦观更早接受了欧阳修词之深致，而秦观则更直接地沿承晏几道词之深婉。“深”意谓着个性情怀的深挚，“婉”指含蓄婉曲的抒情方式。情怀的深挚是由于自我抒情意识的强化，包括身世之感的融入和个性胸襟的谱写。

其一，秦观将身世的慨叹融入情词，与晏几道相类。冯煦即曰：“词寄慨身世，闲雅有情思，酒边花下，一往而深。”又称：“他人之词，词才也；少游，词心也。”[④] 甚至连对宋词有极大开拓之功的苏轼和柳永都不可匹敌，“虽子瞻之明隽，耆卿之幽秀，犹若有瞠乎后者，况其下邪”。[⑤] 诚然如此。例如，秦观《江城子》曰：“西城杨柳弄春柔，动离忧，泪难收。犹记多情、曾为系归舟。碧野朱桥当日事，人不见，水空流。韶华不为少年留，恨悠悠，几时休。飞絮落花时候、一登

---

① 胡仔，纂集．苕溪渔隐丛话（后集）：卷二十二［M］．廖德明，校点．北京：人民文学出版社，1962：254.

② 冯煦．蒿庵论词［M］//唐圭璋．词话丛编：第 4 册，北京：中华书局，2005：3585.

③ 冯煦．蒿庵论词［M］//唐圭璋．词话丛编：第 4 册．北京：中华书局，2005：3587.

④ 冯煦．蒿庵论词［M］//唐圭璋．词话丛编：第 4 册．北京：中华书局，2005：3586-3587.

⑤ 冯煦．蒿庵论词［M］//唐圭璋．词话丛编：第 4 册．北京：中华书局，2005：3587.

楼。便作春江都是泪，流不尽，许多愁。”① 上片借“杨柳”抒发离别之情，“杨柳”似女子柔情万种，催人离泪。记得曾经多次归来碧野朱桥相约，柳条系着轻舟，如今物是人非，不见离人，唯有空流水。下片抒发身世之感。韶华已逝，愁恨绵绵不尽，此恨不仅限于离别，还包含了仕途失意、理想落空的多种愁绪。无奈登楼，所有的泪和愁恨，都挽合做一江春水，滔滔不尽地奔涌。此情此景与晏几道《梁州令》相类，曰：“莫唱阳关曲，泪湿当年金缕。离歌自古最消魂，闻歌更在魂消处。南楼杨柳多情绪，不系行人住。人情却似飞絮，悠扬便逐春风去。”② 同样为离愁别怨，同样为杨柳岸边，物是人非，杨柳没有系住行人，而人情似飞絮轻扬，悠悠不尽，无依无靠，既表现自己漂泊的身世，又隐含因为身世落差而导致的人情冷漠。例如，秦观《浣溪沙》云：“漠漠轻寒上小楼。晓阴无赖似穷秋。澹烟流水画屏幽。自在飞花轻似梦，无边丝雨细如愁。宝帘闲挂小银钩。”③ 春景在秦观笔下颇为暗淡，似“穷秋”，无边细雨，芳草残花。黯淡的春景衬托闺人的愁怨。而“自在”两句又渗透着身世漂泊以及现实不自在的感伤，清陈廷焯称之“宛转幽怨”④，俞陛云赞其“清婉而有余韵”⑤，皆意为该词深婉沉着。龙榆生称之其有“弦外之音”⑥，即其身世之感，故读之令

---

① 秦观．淮海居士长短句笺注［M］．徐培均，笺注．上海：上海古籍出版社，2008：63.

② 晏殊，晏几道．二晏词笺注［M］．张草纫，校笺．上海：上海古籍出版社，2008：583.

③ 秦观．淮海居士长短句笺注［M］．徐培均，笺注．上海：上海古籍出版社，2008：111.

④ 赖良．大雅集：卷二［M］// 陈廷焯．词则．上海：上海古籍出版社，1984：57.

⑤ 俞陛云．唐五代两宋词选释［M］．上海：上海古籍出版社，2011：186.

⑥ 龙榆生．苏门四学士词［M］//龙榆生．龙榆生词学论文集．上海：上海古籍出版社，2009：319.

人黯然伤怀。黄苏赞曰“柔情旖旎”“意致浓深，大雅不俗”①，即言秦词的情意之深重。晏几道同调《浣溪沙》曰：“午醉西桥夕未醒。雨花凄断不堪听。归时应减鬓边青。衣化客尘今古道，柳含春意短长亭。凤楼争见路旁情。”② 同样是面对凄凉的春景，同样是愁怨，“衣化”两句亦渗透着客居他乡、常年四处奔波的身世慨叹。再例如，秦观《一丛花》（年时今夜见师师）：“惟有画楼，当时明月，两处照相思。”③ 仿拟晏几道《临江仙》（梦后楼台高锁）：“当时明月在，曾照彩云归。”④ 将对往日美好生活的追忆融入对“师师”“小苹”等诸妓的怀恋中。秦观七夕词《鹊桥仙》（纤云弄巧）情境与晏几道《蝶恋花》（喜鹊桥成催凤驾）极类似，都是将人间的离情与牛郎织女相会情景的想象融合，表达会少离多的真实感慨，秦词“金风玉露一相逢，便胜却人间无数”⑤ 与晏词“路隔银河犹可借，世间离恨何年罢”⑥ 有异曲同工之妙，俞陛云引用夏孙桐语“七夕词最难作，宋人赋此者，佳作极少，惟少游一首可观。”并将秦词比肩晏词曰：“晏小山《蝶恋花》赋七夕尤佳。”⑦ 羁旅愁怀的经典词作《踏莎行》（雾失楼台）亦源自晏几道《鹧鸪天》（陌上濛濛残絮飞）、（十里楼台倚翠微）等叙写羁

① 黄苏．蓼园词评［M］//唐圭璋．词话丛编：第4册．北京：中华书局，2005：3028.

② 晏殊，晏几道．二晏词笺注［M］．张草纫，校笺．上海：上海古籍出版社，2008：441.

③ 秦观．淮海居士长短句笺注［M］．徐培均，笺注．上海：上海古籍出版社，2008：39.

④ 晏殊，晏几道．二晏词笺注［M］．张草纫，校笺．上海：上海古籍出版社，2008：282.

⑤ 秦观．淮海居士长短句笺注［M］．徐培均，笺注．上海：上海古籍出版社，2008：74.

⑥ 晏殊，晏几道．二晏词笺注［M］．张草纫，校笺．上海：上海古籍出版社，2008：291.

⑦ 俞陛云．唐五代两宋词选释［M］．上海：上海古籍出版社，2011：180.

愁之词。陈匪石《宋词举》评此词曰：“盖自写羁愁，造境既佳，造语尤隽永有味，实从晏氏父子出者。”① 晏殊罕有羁旅之词，该词实际源出者当为晏几道。

秦观继承晏几道的深情挚语，将个体身世之感融入词情，进一步开拓词情，使词如诗般书写实际经历，打动人心。例如，方岳《跋陈平仲诗》曰：“词自欧苏为一节，长短句也，不丝不簧，自成音调，语意到处，律吕相忘。晏叔原诸人为一节，乐府也，风流蕴藉，如王谢家子弟，情致宛转，动荡人心，而极其挚者秦淮海。”② 欧、苏开拓词境，打破音律，写意为主，促使词成为“长短句诗”；晏、秦加强词情深度，写真实情感、亲身经历为主，促使词情个性化，并且音律谐稳如近体诗、乐府诗，成为可歌之“诗”。秦观沿袭晏几道情致而“极其挚”，将自我抒情化道路拓得更宽。

之后贺铸、晁补之、李清照等人皆有意识将身世之感融入词情，张耒《东山词序》曰：“文章之于人，有满心而发，肆口而成，不待思虑而工，不待雕琢而丽者，皆天理之自然，而情性之至道也……余友贺方回，博学业文，而乐府之词，高绝一世。”③ “满心而发，肆口而成”与《毛诗大序》中“情动于中而形于言”④ 的儒家诗教有关，其要点强调诗词是人的情性的自然流露，亦暗合晏几道自序：“尝思感物之情，古今不易……故今所制，通以《补亡》名之”⑤。虽然李清照指出诗词之

① 陈匪石．宋词举（外三种）［M］．钟振振，校点．上海：上海古籍出版社，2016：136.

② 方岳．秋崖集：卷三十八［M］//景印文渊阁四库全书：第1182册．台北：台湾商务印书馆，1986：602.

③ 贺铸．东山词［M］．钟振振，校注．上海：上海古籍出版社，1989：549.

④ 毛亨．毛诗正义：卷一［M］//本书整理委员会．十三经注疏整理本．北京：北京大学出版社，2000：7.

⑤ 晏殊，晏几道．二晏词笺注［M］．张草纫，校笺．上海：上海古籍出版社，2008：602.

分野，词“别是一家”，但是自作词何尝不是身世经历的真实写照，比如，从“倚门回首，却把青梅嗅”①（《点绛唇》）的青涩少女，至“帘卷西风，人比黄花瘦”②（《醉花阴》）的思夫少妇，再到“寻寻觅觅，冷冷清清，凄凄惨惨戚戚”③（《声声慢》）历经国破家亡的老妪，就是她的一生写照。元代王博文《天籁集序》：“乐府始于汉，著于唐，盛于宋。大概以情致为主，秦、晁、贺、晏，虽得其体，然哇淫靡曼之声胜。”④ 尽管对秦、晁、贺、晏的柔情靡曼颇有微辞，但是词体与乐府诗并论，肯定了诸人“以情致为主”，诸词人中晏几道最为年长，对其他词人影响甚大。

其二，在词中展示个性胸怀抱负。秦观之词并非都是“女郎之词”，亦有直抒胸臆的展示士大夫豪情壮志的词作，例如，其《望海潮》（星分牛斗）词云：

> 星分牛斗，疆连淮海，扬州万井提封。花发路香，莺啼人起，珠帘十里东风。豪俊气如虹。曳照春金紫，飞盖相从。巷入垂杨，画桥南北翠烟中。　　追思故国繁雄。有迷楼挂斗，月观横空。纹锦制帆，明珠溅雨，宁论爵马鱼龙。往事逐孤鸿。但乱云流水，萦带离宫。最好挥毫万字，一饮拚千钟。⑤

开篇“星分”三句，气势磅礴，扬州城巍然屹立于天地之间，连

① 李清照．李清照集笺注［M］．徐培均，笺注．上海：上海古籍出版社，2017：1.

② 李清照．李清照集笺注［M］．徐培均，笺注．上海：上海古籍出版社，2017：55.

③ 李清照．李清照集笺注［M］．徐培均，笺注．上海：上海古籍出版社，2017：168.

④ 白朴．天籁集：卷首［M］//丛书集成三编：第63册．台北：新文丰出版股份有限公司，1997：476.

⑤ 秦观．淮海居士长短句笺注［M］．徐培均，笺注．上海：上海古籍出版社，2008：1.

接江海；“花发”三句、“曳照”四句皆是描述扬州城富丽繁华的景象；“豪俊”句是对扬州人俊杰豪迈的描写。下片追溯扬州在隋朝时的“繁雄”尤甚今日，“往事”三句有苍凉之感，但不消沉，末二句情调高昂，点化欧阳修《朝中措》下片：“文章太守，挥毫万字，一饮千钟。”① 欧词作于至和三年（1056）送刘敞出知扬州，“文章”三句喻刘敞。秦观则借此自况，他对一己之才颇自信，似有比肩前贤之意。黄庭坚曾云“对客挥毫秦少游”②。又据《宋史》称秦观“少豪隽，慷慨溢于文辞”③，可见秦观确有文才，并不浮夸，此词乃其所展现的个性胸怀。同时，该词描写了个体士大夫生活，元丰三年（1080）秦观回扬州老家的生活境况颇闲适逍遥，“时复扁舟，循邗沟而南，以适广陵，泛九曲池，访隋氏陈迹，入大明寺，饮蜀井，上平山堂，折欧阳文忠所种柳，而诵其所赋诗，为之喟然以叹”④。这与晏几道《玉楼春》（雕鞍好为莺花住）相类，上片自述生活，下片直抒胸臆，没有美人香草的象征蕴含，唯有士大夫的自在生活与坦荡胸怀。又例如，其《好事近》词云：“春路雨添花，花动一山春色。行到小溪深处，有黄鹂千百。飞云当面化龙蛇，夭矫转空碧。醉卧古藤阴下，了不知南北。”⑤ 该词描绘了浪漫雄奇的梦境，上片写梦游的山间道路，花香鸟语，春意盎然，生机勃勃。下片将视野转向天际，飞云迎面，幻化龙蛇，忽又翻转腾去，复见碧空，又转回身边老树古藤，醉卧其间，忘却南北。词作

---

① 欧阳修．欧阳修词校注［M］．胡可先，徐迈，校注．上海：上海古籍出版社，2015：31.

② 黄庭坚．山谷诗集注：卷十四［M］．任渊，史容，史季温，注．上海：上海古籍出版社，2003：358.

③ 脱脱，等．宋史：卷四百四十四［M］．北京：中华书局，1977：13112.

④ 秦观．淮海集笺注：卷第三十［M］．徐培均，笺注．上海：上海古籍出版社，1994：1008-1009.

⑤ 秦观．淮海居士长短句笺注［M］．徐培均，笺注．上海：上海古籍出版社，2008：184.

于秦观被贬谪处州，或许此时他心情低落，但是醉梦中却豪情万丈。该词类似晏几道《阮郎归》（天边金掌露成霜）：“兰佩紫，菊簪黄。殷勤理旧狂。欲将沉醉换悲凉。清歌莫断肠。”① 一肚子不合时宜，发见于外，意在醉中消解悲凉，忘却自我。两人在词中直言之“狂”以及“忘我”心态，然而“狂”与“忘我”的背后仍是沉痛的身世之悲叹。马端临《文献通考》曰：“夫后之词人墨客，跌荡于礼法之外，如秦少游、晏叔源辈，作为乐府，备狭邪妖冶之趣，其词采非不艳丽可喜也，而醇儒庄士深斥之，口不道其词，家不蓄其书，惧其为正心诚意之累也。”② 将秦观与晏几道皆归为“跌荡于礼法之外”之人，两人都是孤傲清高之人，这种“不合时宜”实在是那个时代环境烙印在他们身心上的无奈。

虽然秦观与晏几道皆在词中直抒胸怀，但是两人的个性经历不同，词境亦不相同。郑骞《成府谈词》曰：“小山词伤感中见豪迈，凄凉中有温暖，与少游之凄厉幽远异趣。小山多写高堂华烛、酒阑人散之空虚；淮海则多写登山临水，栖迟零落之苦闷。二人性情、家世、环境、遭遇不同，故词境亦异，其为自写伤心则一也。”③ 诚然如此。郑文焯《词林翰藻残璧遗珠》曰：“和小山令曲，独多感音凄丽。怆怀同调，能无辍弦之悲。三复叔原叙言，益叹古今文字造哀，有同慨焉。载绎高制，怨深文绮。淮海、壶山，先后辉映，心折曷已。”④ “淮海”即秦观，“壶山”指宋末词人的宋自逊，黄昇《花庵词选》收录其词作，其

① 晏殊，晏几道．二晏词笺注［M］．张草纫，校笺．上海：上海古籍出版社，2008：425.

② 马端临．文献通考：卷一百七十八［M］．上海师范大学古籍研究所，华东师范大学古籍研究所，点校．北京：中华书局，2011：5305.

③ 郑骞．由诗到曲［M］．曾永义．北京：商务印书馆，2017：183.

④ 郑文焯．词林翰藻残璧遗珠［M］//葛渭君．词话丛编补编：第5册．北京：中华书局，2013：3223.

《蓦山溪·自述》：“壶山居士，未老心先懒。爱学道人家，办竹几、蒲团茗碗。青山可买，小结屋三间，开一径，俯清溪，修竹栽教满。客来便请，随分家常饭。若肯小留连，更薄酒、三杯两盏，吟诗度曲，风月任招呼。身外事，不关心，自有天公管。”① 直接叙述个性胸怀，颇类晏几道《临江仙》（东野亡来无丽句）自序平生之词。

除秦观、宋自逊外，贺铸亦如此，如其《六州歌头》（少年侠气）等。龙榆生评论秦观词曰：“尤饶弦外之音，读之令人黯然难以为怀，所谓‘融情景于一家，会句意于两得’者。北宋诸贤，除晏小山、贺方回，未易仿佛其境界。”② 淮海、贺方回皆为晏几道后辈，当为晏几道影响秦、贺词境。李清照之词境亦真实有余味，陈廷焯《云韶集》曰：“易安词骚情诗意，高者入方回之室，次亦不减叔原、耆卿。”并举例《凤凰台上忆吹箫》（香冷金猊）评曰：“此种笔墨不减耆卿、叔原，而清俊疏朗过之。‘新来瘦’三语，婉转曲折，煞是妙绝。笔致绝佳，余韵尤胜。”③ 李清照亦是晏几道后辈，当受其影响。汪懋麟《棠村词序》曰：“予尝论宋词有三派：欧、晏正其始，秦、黄、周、柳、姜、史、李清照之徒备其盛，东坡、稼轩放乎其言之矣。其余子，非无单词只句，可喜可诵，苟求其继，难矣哉。”④ 亦意谓秦、黄、周、姜、史、李等接受欧、二晏的影响从而更加精进，促使词通篇真实诚挚动人。

① 黄昇．中兴以来绝妙词选：卷九［M］// 花庵词选．北京：中华书局，1958：337.
② 龙榆生．苏门四学士词［M］//龙榆生词学论文集．上海：上海古籍出版社，2009：319.
③ 陈廷焯，选评．云韶集：卷十［M］//葛渭君．词话丛编补编：第3册．北京：中华书局，2013：1632.
④ 汪懋麟．百尺梧桐阁集：卷二［M］//四库全书存目丛书（集部）：第241册．济南：齐鲁书社，1997：685.

二、含蓄蕴藉的话语艺术

"深"指的是情感的深厚，"婉"意味着用含蓄蕴藉的语言艺术表现深情。冯煦《东坡乐府序》曰："词尚要眇，不贵质实，显者约之使隐，直者揉之使曲。"① 晏几道善于将真情艺术化、委婉的流露。王廷表《升庵长短句跋》曰："宋人无诗而有词，论比兴，则月下秦淮海，花前晏小山。"② 视晏、秦为"比兴"抒怀言情的代表词人，"比兴"为诗法。词人们还运用了曲折章法，重视结句之言有尽、意无穷，这些皆是以诗法入词，促使真实词情含蓄蕴藉的表达，引起人们共鸣。而后清深婉雅成为后世婉约词人的作词标杆。

其一，比兴寄托。冯煦称秦词"怨悱不乱，悄乎得小雅之遗"③，《小雅》是《诗经》中的一部分，比兴寄托致使秦词哀而不伤，怨而不怒，富有诗性。例如，其《风流子》云：

> 东风吹碧草，年华换、行客老沧洲。见梅吐旧英，柳摇新绿，恼人春色，还上枝头，寸心乱，北随云黯黯，东逐水悠悠。斜日半山，暝烟两岸，数声横笛，一叶扁舟。　　青门同携手，前欢记、浑似梦里扬州。谁念断肠南陌，回首西楼。算天长地久，有时有尽，奈何绵绵，此恨难休。拟待倩人说与，生怕人愁。④

---

① 冯煦．论词绝句：附录［M］//葛渭君．词话丛编补编：第2册．北京：中华书局，2013：1128.

② 邓子勉．明词话全编：第2册［M］．南京：凤凰出版社，2012：1055.

③ 冯煦．蒿庵论词［M］//唐圭璋．词话丛编：第4册．北京：中华书局，2005：3586.

④ 秦观．淮海居士长短句笺注［M］．徐培均，笺注．上海：上海古籍出版社，2008：30.

该词以东风吹碧草的春景起兴，以冬春交替、季节更换比喻自己年华老去，道明“行客”的身份与烦恼，又自比“黯黯”“悠悠”、不知所踪的“云水”，意谓自己前途迷惘。北望京都，云雾迷茫，东起征程，路途遥远。又以“斜日”“横笛”等衰残景象衬托逐客的悲苦情怀。“一叶扁舟”既是写景，又是自喻孤独漂泊。由于不满现实，故而回忆昔日与亲友相聚的欢乐时光。可是往事如梦，念之断肠；天地有尽，离恨无休。欲与知心人诉说，却恐此等凄惨境遇徒惹她忧伤。欲言又止隐含着欲与友人联系，而又怕给彼此招来祸患的畏祸心理。该词几乎句句比兴寄托，清深婉雅。从这首词可以看到晏几道《六幺令》（雪残风信）的影子：“雪残风信，悠飏春消息。天涯倚楼新恨，杨柳几丝碧。”① 以“残雪”“花信风”“几丝碧柳”的春景起兴，“还是南云雁少”以“南云”喻离乡思亲的自己，语出晋陆机《思亲赋》：“指南云以寄叹，望归风而效诚。”② “拚作尊前未归客”表明“未归客”的无奈感叹。下片怀人，“别后谁绕前溪，手拣繁枝摘”表示物是人非，“莫道伤高恨远，付与临风笛”，风中的笛声寄托着“未归客”的伤高恨远情怀，由于“锦字无端的”，只有暗自“尽堪愁寂”，回忆着“花时往事”与“多情个人”，无人诉说心事隐含着人情淡漠、世态炎凉之感。尽管两人的慨叹略有不同，但兴中有比，比中有兴，寄寓身世，皆同。又如秦词《一落索》（杨花终日空飞舞），上片以杨花终日飞舞与海潮短暂回归作对照，四句歌词，两用对比，前两句是用杨花终日的“空飞舞”，与其无法长久留驻作对照，后两句则是用海潮的暂时回归，与其“堪凭处”作对比。下片也是利用两组意象的对比以抒情，碧云

---

① 晏殊，晏几道．二晏词笺注［M］．张草纫，校笺．上海：上海古籍出版社，2008：457.

② 严可均．全上古三代秦汉三国六朝文（全晋文）：卷九十六［M］．何宛屏，等审订．北京：商务印书馆，1999：1017.

有路可“相将归去”，“五更风”却“不解与、花为主”。碧云相伴同归紫府，隐喻两人长相厮守的期待。又以花自喻，以五更风不知护花却吹落残花的薄幸行为，比拟男子的薄情以及不知心。借闺怨寄寓自己孤苦飘零的身世与无人赏识的愤懑。与晏几道《蝶恋花》（笑艳秋莲生绿浦）、《少年游》（离多最是）、《清平乐》（蕙心堪怨）等词之比兴相类。杨寿枬曰：“诗词皆重意境……选词者只能求诸语言文字之中，至意境则缘情感事，触绪横生，身世不同，哀乐自异。千载后知人论世，虽能冥契，终隔一尘。意境高者，如重光、小山、淮海，锦心绣口，绝世聪明。东坡如飞天仙人，足不履地。”① 刘熙载曰：“少游词有小晏之妍，其幽趣则过之。”② 意境不同、风格不同皆是由于两人经历不同所致。

其二，章法曲折。何良俊《〈草堂诗余〉序》：“然乐府以皦迳扬厉为工，诗余以婉丽流畅为美，即《草堂诗余》所载，如周清真、张子野、秦少游、晏叔原诸人之作，柔情曼声，摹写殆尽，正辞家所谓当行，所谓本色者也。”③ 婉丽流畅方为词学本色，最典型的是篇法结构的曲折。秦词之曲折章法直接受晏几道影响，例如，秦观《阮郎归》（湘天风雨破寒初）明显借鉴晏几道《阮郎归》（旧香残粉似当初），现将两人词作列出：

湘天风雨破寒初。深沉庭院虚。丽谯吹罢小单于。迢迢清夜

---

① 杨寿枬．云迈词话［M］//屈兴国．词话丛编二编：第 4 册．杭州：浙江古籍出版社，2013：1867.

② 刘熙载．词曲概［M］//刘熙载．袁津琥，注．艺概注稿：卷四．北京：中华书局，2009：501.

③ 草堂诗余：卷首［M］//景印文渊阁四库全书：第 1489 册．台北：台湾商务印书馆，1986：533.

徂。　　乡梦断，旅魂孤，峥嵘岁又除。衡阳犹有雁传书。郴阳和雁无。①

旧香残粉似当初。人情恨不如。一春犹有数行书。秋来书更疏。　　衾凤冷，枕鸳孤。愁肠待酒舒。梦魂纵有也成虚。那堪和梦无。②

秦词的韵脚同于晏词，“衡阳”二句句法结构与“梦魂”二句同。秦词上片起言风雨愁人，又言庭院空虚，再言角声吹寒，彻夜难眠，已经愁不堪言；下片言思乡怀人，年复一年，归期不定，最伤雁书不通，惆怅更甚，终无法释怀。“风雨破寒—角声彻夜—梦魂怀乡—雁书不通”的章法结构，被龙榆生称之“千回百折之词心，始充分表现于行间字里，不辨是血是泪”③。秦观词的章法曲折正衬托出其本人曲折的心事。晏几道起两句感叹物是人非，“一春”两句写出“人不如”的实况，虽觉哀怨却不怒。过片，言独处之孤冷，加深愁怨。“梦魂”两句，言和梦都无，倍觉哀怨极矣。唐圭璋称之“怨而不怒”“哀而不伤”，又云“此首上下片结处文笔，皆用层深之法，极为疏隽”，并点明秦观此词与晏几道该词意同。④ 又例如，秦观《踏莎行》（雾失楼台）之曲折章法与晏几道《蝶恋花》（梦入江南烟水路）相类，原词如下：

---

① 秦观．淮海居士长短句笺注［M］．徐培均，笺注．上海：上海古籍出版社，2008：130.

② 晏殊，晏几道．二晏词笺注［M］．张草纫，校笺．上海：上海古籍出版社，2008：424.

③ 龙榆生．苏门四学士词［M］//龙榆生．龙榆生词学论文集．上海：上海古籍出版社，2009：320.

④ 唐圭璋．唐宋词简释［M］．上海：上海古籍出版社，1981：85.

雾失楼台，月迷津渡。桃源望断无寻处。可堪孤馆闭春寒，杜鹃声里斜阳暮。　　驿寄梅花，鱼传尺素。砌成此恨无重数。郴江幸自绕郴山，为谁流下潇湘去。①

梦入江南烟水路。行尽江南，不与离人遇。睡里消魂无说处。觉来惆怅消魂误。　　欲尽此情书尺素。浮雁沉鱼，终了无凭据。却倚缓弦歌别绪。断肠移破秦筝柱。②

秦词上片“雾失”三句景象迷离，有归路茫茫之感，已是哀景，与晏词“梦入”三句的迷茫之景相似。“可堪”二句更是以哀景衬哀情，春寒料峭，独居孤馆，斜阳西下，杜鹃哀鸣，悲哀又深一层，此亦与晏词梦中寻人不遇已消魂，醒来沉思更消魂之递进章法相仿。两词下片皆写寄信传书的感慨，秦词化无形为有形，以远人传来的书信成叠比喻深重的离恨，晏词则实写寄出却没有回应的书信，两人沉重的离愁别怨如出一辙。末二句都是“痴语”，秦词借郴江与郴山相绕，却不得不东流，自喻不得不背井离乡，晏词则写出以琴寄恨的无奈，以及琴弦断裂终无法排遣的苦闷，两者都是层层深入，句句顿挫，词之抒情深度与力度大大加强。陈匪石称秦词：“造境既佳，造语尤隽永有味，实从晏氏父子出者。”③ 将小令之造境与造语推到极致境界的是晏几道，晏几道时代离秦观最近，故秦词实出晏几道。

① 秦观．淮海居士长短句笺注［M］．徐培均，笺注．上海：上海古籍出版社，2008：92.

② 晏殊，晏几道．二晏词笺注［M］．张草纫，校笺．上海：上海古籍出版社，2008：306.

③ 陈匪石．宋词举（外三种）［M］．钟振振，校点．上海：上海古籍出版社，2016：136.

其三，言有尽而意无穷的结句句法。尽管唐五代词之结句时有余韵，然结句句法的完善是在北宋，李之仪较早点明结句的重要性，其《跋吴思道小词》曰：“晏元献、欧阳文忠、宋景文，则以其余力游戏，而风流闲雅，超出意表，又非其类也。谛味研究，字字皆有据，而其妙见于卒章，语尽而意不尽，意尽而情不尽，岂平平可得仿佛哉。”① 大晏、欧、宋词之结句虽有妙韵，然仍是游戏。晏几道之结句却真实感人，将实情虚化作结，动摇人心，是结句的高境界。秦观亦善于结句，例如，“凭栏久，金波渐转，白露点苍苔”②（《满庭芳》）秋日思乡怀人之情与月夜白露相融，清远深长；“春去也，飞红万点愁如海”③（《千秋岁》），“飞红万点”比拟四处飘零身世与“海”比拟深广愁怨，精辟凝练，深情挚语；“甫能炙得灯儿了，雨打梨花深闭门”④（《鹧鸪天》），似思妇坚贞守节，又似孤臣忠肝义胆，言外无限韵味与深意。沈谦曰：“填词结句，或以动荡见奇，或以迷离称隽，著一实语，败矣。康伯可‘正是销魂时候也，撩乱花飞’、晏叔原‘紫骝认得旧游踪，嘶过画桥东畔路’、秦少游‘放花无语对斜晖，此恨谁知’，深得此法。”⑤ 康伯可与秦观都是晏几道后辈，黄昇《中兴以来绝妙词选》记载汝阴王性之语，曰：“伯可乐章，非近代所及，今有晏叔原，

---

① 李之仪．姑溪居士文集：卷四十［M］//丛书集成新编：第62册．台北：新文丰出版股份有限公司，1985：260.

② 秦观．淮海居士长短句笺注［M］．徐培均，笺注．上海：上海古籍出版社，2008：60.

③ 秦观．淮海居士长短句笺注［M］．徐培均，笺注．上海：上海古籍出版社，2008：84.

④ 秦观．淮海居士长短句笺注［M］．徐培均，笺注．上海：上海古籍出版社，2008：212.

⑤ 沈谦．填词杂说［M］//唐圭璋．词话丛编：第1册．北京：中华书局，2005：633.

亦不得独擅。”① 盖知言云。可知南宋康伯可词风与晏几道相类。谢章铤亦曰：“小调不学花间，则当学欧、晏、秦、黄，总以不尽为佳”，又曰：“仆又谓，词体如美人含娇掩媚，秋波微转，正视之一态，旁观之一态，近窥之一态，远窥之又一态。数语颇俊，然此亦谓温、李、晏、秦耳，若苏、辛、刘、蒋，则如素娥之视宓妃，尚嫌临波作态。”② 都说明了秦、黄等人沿袭晏几道言有尽、意不尽的表现手法，致使词之情感更加婉转动人。

陈霆《水南稿·诗话》曰：“宋词载《草堂诗余》中，盖篇篇奇丽，字字俊逸，高处不减于唐。五字句如秦少游‘飘零踈酒盏，离别宽衣带’、谢无逸‘情随湘水远，梦绕吴峰翠’、秦处度‘春透水波明，寒峭花枝瘦’、周美成‘泪多罗袖重，意密莺声小’，六字句如赵德麟‘楼上萦帘弱絮，墙头碍月低花’、秦少游‘香篆暗销鸾凤，画屏萦绕潇湘’‘夜月一帘幽梦，春风十里柔情’……七字句如康伯可‘蝴蝶枕前颠倒梦，杏花枝上朦胧月’，晏叔原‘舞低杨柳楼心月，歌尽桃花扇底风’……余不能尽述，盖其风流蕴藉，清楚流丽，绮靡凄婉，数联者，足以尽之。”③ 赵令畤、秦观、谢逸、康与之等诸人之词作蕴藉凄婉，都不同程度地接受了晏几道之影响。李慈铭《越缦堂读书记》指出李清照词亦如晏、秦之词，婉转动人，云：“予尝论词固莫富于南宋，律亦日密，然语芜意浅，俚鄙百出，此事遂成恶道。盖《金荃》《兰畹》之旨，故荡焉尽失，即小山、六一、淮海、安陆诸公之风神格韵，亦无复存者……余于词非当家，所作者真诗余耳，然于此中颇有微

① 黄昇．中兴以来绝妙词选：卷一［M］// 黄昇．花庵词选．北京：中华书局，1958：161.

② 谢章铤．赌棋山庄词话：卷一［M］//唐圭璋．词话丛编：第4册．北京：中华书局，2005：3323，3408.

③ 邓子勉．明词话丛编：第1册［M］．南京：凤凰出版社，2012：534.

悟，盖必若近若远，忽去忽来，如蛱蝶穿花，深深款款。又须于无情无绪中，令人十步九回，如佛言食蜜，中边皆甜。古来得此旨者，南唐二主、六一、安陆、淮海、小山及李易安《漱玉词》耳。"① 诚然如此。然由于诸人的身世经历、学识修养皆不同，所以词之旨趣并不相同，但是含蓄蕴藉的表现方法相类，刘熙载即曰："叔原贵异，方回赡逸，耆卿细贴，少游清远，四家词趣各别，惟尚婉则同耳。"②

总之，晏几道词专主情致，以真情实感与亲身经历为词的主要内容，并以曲笔见真挚、淡语写深情，对以秦观为代表的专主情致词人颇有影响，梁启勋即曰："词至北宋，犹有五代遗风。造意以曲而见深，乃文章技术之一种。北宋词人，虽曲其意境，犹不失其天真，'天然去雕饰'一语，可作总评。至耆卿乃渐流于浓艳，唯小山尚守轻清之家法，然已是尾声矣。小山结北宋之局，耆卿开南宋之风。"③ "结北宋之局"虽过当，但晏几道运用凝练蕴藉的语言表现力，营造出婉曲清深的艺术境界，将令词发展推向高峰，北宋中后期的婉约词人无不受其泽被。

第三节　对宋代"章法派"词人的影响
——以周邦彦为中心

词脱胎于诗又取法于诗。晏几道"以诗为词"更明显的表现是

---

① 李慈铭．越缦堂读书记：词曲类［M］．由云龙，辑．上海：上海书店出版社，2000：1228，1230.

② 刘熙载．词曲概［M］//刘熙载．袁津琥，注．艺概注稿：卷四．北京：中华书局，2009：504.

③ 梁启勋．曼殊室词话：卷二［M］//朱崇才．词话丛编续编：第5册．北京：人民文学出版社，2010：2981.

“诗人句法”，也正是“诗人句法”对后世有着更为深远的影响。北宋是词体的繁盛期，诸多学者认为词之集大成者为周邦彦。笔者以为，更确切的说法是周邦彦为词之规范法度的集大成者。南宋著名词人吴文英、姜夔等都直接受到周邦彦的影响，南宋的词论亦多以周邦彦词为楷模，论析词之句法、章法等。本节以周邦彦为中心，旁及他人，探究晏几道“诗人句法”对宋人的影响。

一、诗人成语的点化与新意

周邦彦善于点化诗句以出新意，在宋代已经为诸词论家所公认。沈义父《乐府指迷》曰：“凡作词当以清真为主。盖清真最为知音，且无一点市井气，下字运意，皆有法度，往往自唐、宋诸贤诗句中来，而不用经、史中生硬字面，此所以为冠绝也。”① 张炎《词源序》曰：“美成负一代词名，所作之词，浑厚和雅，善于融化诗句。”② 陈振孙曰：“多用唐人诗语檃括入律，浑然天成；长调尤善铺叙，富艳精工，词人之甲乙也。”③ 而点化成语以出新意的手法源自晏几道，诚如薛砺若所言，晏几道词“最善融化诗句，与后期的周美成、正复遥遥相映”④。

周邦彦与晏几道一样，在一首词连续引用多个语典，却无堆砌之弊，亦以唐诗为主要语源，例如，《荔枝香》：“照水残红零乱，风唤去。尽日恻恻轻寒，帘底吹香雾。黄昏客枕无憀，细响当窗雨。看两两相依燕新乳。楼下水，渐绿遍、行舟浦。暮往朝来，心逐片帆轻举。何

---

① 沈义父．乐府指迷笺释［M］．蔡嵩云，笺释．北京：人民文学出版社，1963：44-45.

② 张炎．词源注：卷首［M］．夏承焘，校注．北京：人民文学出版社，1963：9.

③ 陈振孙．直斋书录解题：卷二十一［M］．徐小蛮，顾美华，点校．上海：上海古籍出版社，2015：618.

④ 薛砺若．宋词通论［M］．上海：上海书店，1985：83.

日迎门，小槛朱笼报鹦鹉。共剪西窗蜜炬。”① “尽日”句点化韩偓《夜深》“恻恻轻寒翦翦风，杏花飘雪小桃红”②；“帘底”句点化李贺《秦宫诗》“楼头曲宴仙人语，帐底吹笙香雾浓”③；“楼下水”语出杜牧《题安州浮云寺楼寄湖州张郎中》“当时楼下水，今日到何处”④，晏几道《玉楼春》亦云“吴姬十五语如弦，能唱当时楼下水”；“心逐”句化用郑谷《登杭州城》“岁穷归未得，心逐片帆还”⑤；“共剪”句点化李商隐《夜雨寄北》“何当共剪西窗烛，却话巴山夜雨时”⑥。又例如，其小令《秋蕊香》云：“乳鸭池塘水暖。风紧柳花迎面。午妆粉指印窗眼。曲里长眉翠浅。问知社日停针线。探新燕。宝钗落枕春梦远。帘影参差满院。”⑦ 依次点化李贺《恼公》“曲池眠乳鸭”⑧、庾信《和宇文内史春日游山》“风逆花迎面”⑨、李贺《许公子郑姬歌》“曲里长眉少见人”⑩、张籍《吴楚歌词》“今朝社日停针线”⑪、杜甫《春远》“春远独柴荆”⑫ 这些诗句，将闺怨写得如此闲雅且有情思。

他善于旧典翻新，点铁成金。例如，晏几道点化杜牧《赠别》“蜡

---

① 周邦彦．清真集笺注［M］．罗忼烈，笺注．上海：上海古籍出版社，2008：54.
② 韩偓．韩偓集系年校注［M］．吴在庆，校注．北京：中华书局，2015：771.
③ 李贺．李贺诗歌集注［M］．王琦，等注．上海：上海人民出版社，1977：214.
④ 杜牧．樊川诗集注［M］．冯集梧，注．上海：上海古籍出版社，1978：87.
⑤ 郑谷．郑谷诗集笺注［M］．严寿澂，黄明，赵昌平，笺注．上海：上海古籍出版社，1991：93.
⑥ 李商隐．玉溪生诗集笺注：卷二［M］．冯浩，笺注．上海：上海古籍出版社，1998：354.
⑦ 周邦彦．清真集笺注［M］．罗忼烈，笺注．上海：上海古籍出版社，2008：18.
⑧ 李贺．李贺诗歌集注［M］．王琦，等，注．上海：上海人民出版社，1977：143.
⑨ 庾信．庾子山集注［M］．倪璠，注，许逸民，校点．北京：中华书局，1980：181.
⑩ 李贺．李贺诗歌集注［M］．王琦，等，注．上海：上海人民出版社，1977：318.
⑪ 张籍．张籍集系年校注：卷六［M］．徐礼节，余恕诚，校注．北京：中华书局，2011：773.
⑫ 杜甫．杜诗详注：卷十四［M］．仇兆鳌，注．北京：中华书局，1979：1210.

烛有心还惜别，替人垂泪到天明”① 为“绛蜡等闲陪泪”②；周邦彦点化陆龟蒙《秋虫赋》“败壁秋立，昆虫夜鸣”③ 为《拜星月》“重门闭、败壁秋虫叹”④，将原语拟人化，更加生动逼真，烘托衰残秋景以及羁旅愁思。唐圭璋即云：“拟人句，以物拟人，使无情之物，化作有情之人，此修辞法也。用此法入词，饶有韵味。如……小山云‘绛蜡等闲陪泪’，清真云‘败壁秋虫叹’，一‘陪’字，一‘叹’字，亦能将外物写得一往情深。”⑤

他不仅用前人诗句，还运用今人诗句如《塞翁吟》“蕲州簟展双纹浪”⑥、《蝶恋花》“更漏将残，辘轳牵金井”⑦ 点化欧阳修诗《有赠余以端溪绿石枕与蕲州竹簟》“端溪琢出缺月样，蕲州织成双水纹”、《鹎鵊词》“一声两声人渐起，金井辘轳闻汲水”⑧；《少年游·荆州作》“南陌暖雕鞍”⑨、《四园竹》“鼠摇暗壁”⑩ 点化王安石诗《送丁廓秀才归汝阴》“殷勤陌上日，为客暖征鞍”、《登宝公塔》“鼠摇岑寂声随起”⑪；《隔浦莲》“水亭小，浮萍破处，帘花檐影颠倒”⑫ 化用张先

---

① 杜牧．樊川诗集注［M］．冯集梧，注．上海：上海古籍出版社，1978：311.

② 晏殊，晏几道．二晏词笺注［M］．张草纫，校笺．上海：上海古籍出版社，2008：491.

③ 陆龟蒙．唐甫里先生文集［M］．王立群，宋景昌，点校．郑州：河南大学出版社，1996：225.

④ 周邦彦．清真集笺注［M］．罗忼烈，笺注．上海：上海古籍出版社，2008：281.

⑤ 唐圭璋．梦桐词话：卷一［M］//朱崇才．词话丛编续编：第5册．北京：人民文学出版社，2010：3343.

⑥ 周邦彦．清真集笺注［M］．罗忼烈，笺注．上海：上海古籍出版社，2008：31.

⑦ 周邦彦．清真集笺注［M］．罗忼烈，笺注．上海：上海古籍出版社，2008：234.

⑧ 欧阳修．欧阳修全集［M］．李逸安，点校．北京：中华书局，2001：121、140.

⑨ 周邦彦．清真集笺注［M］．罗忼烈，笺注．上海：上海古籍出版社，2008：82.

⑩ 周邦彦．清真集笺注［M］．罗忼烈，笺注．上海：上海古籍出版社，2008：210.

⑪ 王安石．王荆文公诗笺注［M］．李壁，笺注．高克勤，点校．上海：上海古籍出版社，2010：1022、655.

⑫ 周邦彦．清真集笺注［M］．罗忼烈，笺注．上海：上海古籍出版社，2008：102.

《西溪无相院》“浮萍破处见山影，小艇归时闻棹声”①；《少年游》“春色在桃枝”② 引用林逋《梅花》“只知春色在桃溪”③；等等。当然也有今人词句，他所点化的今人词句，以晏几道词为多，可见周邦彦对晏几道的延承，将周、晏词之互文句列表于下表 4-1：

表 4-1 周邦彦词与晏几道词互文表

周邦彦词	晏几道词
大都世间，最苦唯聚散（《荔枝香近》）	天与短因缘，聚散常容易（《生查子》）
羡金屋去来，旧时巢燕（《风流子》）	眠思梦想，不如双燕，得到兰房（《喜团圆》）
最苦梦魂，今宵不到伊行（《风流子》）	如今不是梦，真个到伊行（《临江仙》）
拚今生，对花对酒，为伊泪落（《解连环》）	年年拚得为花愁（《鹧鸪天》）
昼日移阴，揽衣起，春帷睡足。临宝鉴，绿云撩乱，未忺妆束（《满江红》）	日高春睡，唤起懒装束，年年落花时候，惯得娇眠足（《六么令》）
想秦筝依旧，尚鸣金屋（《满江红》）	秦筝算有心情在，试写离声入旧弦（鹧鸪天）
芳草连天迷远望，宝香薰被成孤宿（《满江红》）	熏香绣被心情懒，期信转迢迢（《浣溪沙》）
不记归时早暮，上马谁扶（《瑞鹤仙》） 上马人扶残醉（《绮寮怨》）	来时醉倒旗亭下，知是阿谁扶上马（《玉楼春》）
午妆粉指印窗眼（《秋蕊香》）	娇慵未洗匀妆手，闲印斜红（《丑奴儿》）
落霞隐隐日平西（《一落索》）	红日又平西（《菩萨蛮》）

① 张先．张先集编年校注［M］．吴熊和，沈松勤，校注．上海：上海古籍出版社，2012：259.
② 周邦彦．清真集笺注［M］．罗忼烈，笺注．上海：上海古籍出版社，2008：158.
③ 林逋．林和靖诗集：卷二［M］．沈幼征，校注．杭州：浙江古籍出版社，1986：91.

续表

周邦彦词	晏几道词
蕲州簟展双纹浪（《塞翁吟》）	双纹翠簟铺寒浪（《蝶恋花》）
小楫轻舟，梦入芙蓉浦（《苏幕遮》）	闲荡木兰舟，误入双鸳浦（《生查子》）
羞郎何事面微红（《浣溪沙》）	说着西池满面红（《南乡子》）
宾鸿谩说传书，算过尽、千俦万侣（《宴清都》）	过尽流波，未得鱼中素（《蝶恋花》）
更久长、不见文君，归时认否（《宴清都》）	随锦字，叠香芸，寄文君（《诉衷情》）
研绫小字夜来封（《虞美人》）	题破香笺小研红（《鹧鸪天》）
垂杨里、乍见津亭（《绮寮怨》）	三月柳浓时，又向津亭见（《生查子》）
有时云雨凤帏深（《南歌子》）	凤帏已在云深处（《蝶恋花》）
人如风后入江云，情似雨馀黏地絮（《玉楼春》）	尽教春思乱如云，莫管世情轻似絮（《玉楼春》）
任去远，中有万点，相思清泪（《还京乐》）	楼下分流水声中，有当日凭高泪（《留春令》）
到长淮底，过当时楼下，殷勤为说，春来羁旅况味（《还京乐》）	飞花自有牵情处。不向枝边坠。随风飘荡已堪愁，更伴东流流水过秦楼（《虞美人》）
想而今，应恨墨盈笺，愁妆照水。怎得青鸾翼，飞归教见憔悴（《还京乐》）	此时还是，泪墨书成，未有归鸿（《诉衷情》）
墙外见花寻路转，柳阴行马过莺啼（《望江南》）	墙头丹杏雨余花，门外绿杨风后絮（《玉楼春》）
生憎暮景，倚墙临岸，杏靥夭斜，榆钱轻薄（《丹凤吟》）	生憎繁杏绿阴时，正碍粉墙偷眼觑（《木兰花》）
小妆弄影照清池（《浣溪沙》）	照影弄妆娇欲语（《蝶恋花》）
愁如春后絮，来相接（《满路花》）	墙头丹杏雨余花，门外绿杨风后絮（《玉楼春》）
知音见说无双（《意难忘》）	未知谁解赏新音（《虞美人》）

续表

周邦彦词	晏几道词
但满目京尘，东风竟日吹露桃（《忆旧游》）	东风又作无情计。艳粉娇红吹满地（《玉楼春》）
旧巢更有新燕，杨柳拂河桥（《忆旧游》）	新燕年光。柳花残梦隔潇湘（《浪淘沙》）
信流去。想一叶怨题，今在何处（《扫花游》）	碧水东流，漫题凉叶津头寄（《点绛唇》）凉月送归思往事，落英飘去起新愁。可堪题叶寄东楼（《浣溪沙》）。诗成自写红叶，和恨寄东流（《诉衷情》）
想寄恨书中，银钩空满；断肠声里，玉筯还垂（《风流子》）	对镜偷匀玉箸，背人学写银钩。系谁红豆罗带角，心情正著春游（《河满子》）
相将羁思乱如云（《虞美人》）	尽教春思乱如云（《玉楼春》）
休将宝瑟写幽怀，坐上有人能顾曲（《玉楼春》）	从来懒话低眉事。今日新声谁会意。坐中应有赏音人，试问回肠曾断未（《玉楼春》）
空怀梦约心期（《红罗袄》）	梦意犹疑，心期欲近（《踏莎行》）
屏里吴山梦自到。惊觉，依然身在江表（《隔浦莲》）	梦觉春衾，江南依旧远（《清商怨》）
叹年华一瞬，人今千里，梦沉书远（《过秦楼》）	去年双燕欲归时。还是碧云千里、锦书迟（《虞美人》）
芳英嫩、故把春心轻漏（《玉烛新》）	芳年正是香英嫩（《玉楼春》）
疑净洗铅华，无限佳丽（《花犯》）	铅华消尽见天真（《浣溪沙》）
钿车似水，时时花径相遇（《垂丝钓》）	碧玉高楼临水住。红杏开时，花底曾相遇（《蝶恋花》）
旧游伴侣，还到曾来处。门掩风和雨（《垂丝钓》）	对花又记得，旧曾游处。门外垂杨未飘絮（《归田乐》）
玉奁收起新妆了。鬓畔斜枝红袅袅（《玉楼春》）	琼酥酒面风吹醒。一缕斜红临晚镜（《玉楼春》）

续表

周邦彦词	晏几道词
满头聊插片时狂，顿减十年尘土貌（《玉楼春》）	庭花犹有鬓边枝。且插残红自醉（《西江月》）
风流天付与精神，全在娇波眼（《烛影摇红》）	天与娇波长入鬓（《玉楼春》）
登临望故国，谁识京华倦客（《兰陵王》）	倦客登临，暗惜光阴恨多少（《泛清波摘遍》）
东风何事又恶（《瑞鹤仙》）	尽无端、尽日东风恶（《好女儿》）
有流莺劝我，重解绣鞍，缓引春酌（《瑞鹤仙》）	试拂香茵。留解金鞍睡过春（《采桑子》）
共过芳时，翻令倦客思家（《西平乐》）	思归倦客，寻芳来最晚（《扑蝴蝶》）
云深无雁影（《关河令》）	雁影冥濛（《采桑子》）
千万丝、陌头杨柳，渐渐可藏鸦（《渡江云》）	绿柳藏乌静掩关（《浣溪沙》）
沉恨处，时时自剔灯花（《渡江云》）	细剔银灯怨漏长（《南乡子》）
酒酽未须令客醉，路长终是少人扶（《浣溪沙》）	伤心最是醉归时，眼前少个人人送（《踏莎行》）
此歌能有几人知（《定风波》）	未知谁解赏新音（《虞美人》）
他日相逢花月底。重理。好声须记得来时（《定风波》）	月底相逢花下见。有深深良愿（《忆闷令》）
昨夜里，又再宿桃源，醉邀仙侣（《芳草渡》）	楚乡春晚，似入仙源（《两同心》）
谩回首、烟迷望眼，依稀见朱户（《芳草渡》）	烟迷柳岸旧池塘（《临江仙》）
娇莺能语（《感皇恩》）	莺啼似作留春语（《菩萨蛮》）
浅颦轻笑（《感皇恩》）	浅笑微颦（《采桑子》）
恐断红、尚有相思字（《六丑》）	应恨不题红叶、寄相思（《虞美人》）

续表

周邦彦词	晏几道词
长条故惹行客，似牵衣待话（《六丑》）	飞花自有牵情处。不向枝边坠（《虞美人》）
回头犹认倚墙花。只向小桥南畔、便天涯（《虞美人》）	柳外行人回首处，迢迢。若比银河路更遥（《南乡子》）
红日三竿，醉头扶起还怯（《华胥引》）	明朝三丈日高时，共拚醉头扶不起（《玉楼春》）
生怕黄昏，离思牵萦（《庆春宫》）	恶滋味、最是黄昏（《好女儿》）
眼波传意，恨密约、匆匆未成（《庆春宫》）	眼约也应虚（《南乡子》）
怎奈向、一缕相思，隔溪山不断（《拜星月》）	今夜相思，水长山远（《少年游》）

由表4-1可见周邦彦词对晏几道词之句法意韵的借鉴与接受，最精彩的点化即是“人如风后入江云，情似雨馀黏地絮”（《玉楼春》），全词云：“桃溪不作从容住，秋藕绝来无续处。当时相候赤栏桥，今日独寻黄叶路。烟中列岫青无数，雁背夕阳红欲暮。人如风后入江云，情似雨余黏地絮。”① “桃溪”句双关，一指庐州（今安徽合肥）的桃溪，二则运用刘、阮天台山遇仙之典，意为旧情的消逝；“秋藕”句点化谢朓《在郡卧病呈沈尚书》“夏李沉朱实，秋藕折轻丝”②，原本藕断丝连，却说“绝来无续处”，亦表示恩断义绝；“当时”二句今昔对比，当时有人相伴，今日独自行役，凄凉无限；“烟中”二句描景，依次化用李中《秋日途中》“遥天疏雨过，列岫乱云收”③、温庭筠《春日野

① 周邦彦．清真集笺注［M］．罗忼烈，笺注．上海：上海古籍出版社，2008：75.
② 逯钦立．先秦汉魏晋南北朝诗［M］．北京：中华书局，1983：1427.
③ 中华书局编辑部．全唐诗：卷七四七［M］．北京：中华书局，1999：8595.

行》“鸦背夕阳多”①，情境略伤感；末二句是点睛之句，晏词语言较直白，周词化直为曲，人如过眼烟云，散了难聚，情如雨后飞絮贴地难解，人不能留，情不自已，深重惆怅蕴含在婉雅的言语中。夏敬观《吷庵词评》曰：“晏叔原‘尽教春思乱如云，莫管世情轻似絮’清真袭取‘人如风后过江云，情似雨馀黏地絮’，较此尤妙。”② 诚然如此。晏几道另一首《栏花》亦有：“墙头丹杏雨余花，门外绿杨风后絮”③，情景交融。沈际飞《草堂诗余正集》曰：“‘雨余花，风后絮’‘入江云，粘地絮’，如出一手。”④ 由此可见周词与晏词之相近。又如周邦彦《一落索》“落霞隐隐日平西”对《小山词》“红日又平西”的脱胎换骨亦精妙，词云：“杜宇思归声苦。和春催去。倚阑一霎酒旗风，任扑面、桃花雨。目断陇云江树。难逢尺素。落霞隐隐日平西，料想是、分携处。”⑤ 晏几道《菩萨蛮》上片“莺啼似作留春语。花飞斗学回风舞。红日又平西。画帘遮燕泥”⑥ 中“红日”句是一种自然过渡，由远及近，点明暮春黄昏时分，周词该句笔锋忽转，“思归声苦”“难逢尺素”已经将情感诉说得十分绵密，忽又宕开一笔，既将思归之情烘托更明，又有追忆旧情，慨叹天下没有不散的筵席之余韵，诚如杨铁夫所言：“忽以‘落霞隐隐日平西’句押入，撑得起脱得开，正是金针度人

① 温庭筠．温飞卿诗集笺注：卷三［M］．曾益，等笺注．王国安，标点．上海：上海古籍出版社，1998：69.

② 夏敬观．吷庵词评［M］//葛渭君．词话丛编补编：第5册．北京：中华书局，2013：3449.

③ 晏殊，晏几道．二晏词笺注［M］．张草纫，校笺．上海：上海古籍出版社，2008：379.

④ 顾从敬，类选．沈际飞，评正．草堂诗余正集：卷一［M］//顾从敬，等．沈际飞，评．镌古香岑批点草堂诗余．刻本．［出版地不详：出版社不详］，1368-1644.

⑤ 周邦彦．清真集笺注［M］．罗忼烈，笺注．上海：上海古籍出版社，2008：62.

⑥ 晏殊，晏几道．二晏词笺注［M］．张草纫，校笺．上海：上海古籍出版社，2008：398.

处。"[1] 青出于蓝而胜于蓝。

某些诗词典故到晏几道一用，到周邦彦二用之。比如，李白《鲁中都东楼醉起作》"阿谁扶上马，不省下楼时"[2]，晏几道袭用为"来时醉倒旗亭下，知是阿谁扶上马"[3]（《玉楼春》），周邦彦再用为"不记归时早暮，上马谁扶"[4]（《瑞鹤仙》）、"上马人扶残醉"[5]（《绮寮怨》）；又如，杜牧《醉题》"醉头扶不起，三丈日还高"[6]，晏几道袭取为"明朝三丈日高时，共拚醉头扶不起"[7]（《玉楼春》），周邦彦又用为"红日三竿，醉头扶起还怯"[8]（《华胥引》）；再如，"红叶题诗"之典，宋庞元英《谈薮》曰："唐小说记红叶事凡四……本朝词人罕用此事，惟周清真乐府两用之。《扫花游》云'随流去。想一叶怨题，今到何处'，《六丑》咏落花云'飘流处莫趁潮汐，恐断红尚有相思字，何由见得'，脱胎换骨之妙极矣"[9]，在周邦彦之前的晏几道频繁用之，有四处词句已归纳于上表。杨铁夫曰："清真之词出自何人，知之者少。今细心潜玩，知于小山为近。不独语摹句仿，即神气亦在即离之间。"[10] 明确指出周邦彦词出自《小山词》，语摹句傚，洵为确论。

---

① 杨铁夫．清真词选笺释［M］．香港：龙门书店，1932：36.
② 李白．李太白全集：卷二十三［M］．（清）王琦，注．北京：中华书局，2015：1236.
③ 晏殊，晏几道．二晏词笺注［M］．张草纫，校笺．上海：上海古籍出版社，2008：416.
④ 周邦彦．清真集笺注［M］．罗忼烈，笺注．上海：上海古籍出版社，2008：202.
⑤ 周邦彦．清真集笺注［M］．罗忼烈，笺注．上海：上海古籍出版社，2008：223.
⑥ 杜牧．樊川诗集注［M］．冯集梧，注．上海：上海古籍出版社，1978：308.
⑦ 晏殊，晏几道．二晏词笺注［M］．张草纫，校笺．上海：上海古籍出版社，2008：406.
⑧ 周邦彦．清真集笺注［M］．罗忼烈，笺注．上海：上海古籍出版社，2008：268.
⑨ 庞元英．谈薮［M］//朱易安，傅王旋琮．全宋笔记（第二编）：第4册．郑州：大象出版社，2006：202.
⑩ 杨铁夫．清真词选笺释［M］．香港：龙门书店，1932：1.

二、一波三折的篇法结构

周邦彦精工细密的篇章结构对南宋及其以后词人的影响颇大，诸家有目共睹。王灼曰："贺方回、周美成、晏叔原、僧仲殊各尽其才力，自成一家。贺、周语意精新，用心甚苦。毛泽民、黄载万次之。叔原如金陵王谢子弟，秀气胜韵，得之天然，将不可学。仲殊次之，殊之赡，晏反不逮也。"① 叔原之词巧夺天工，虽难学，却仍被诸词人学习，贺铸、周邦彦之用心设计，"语意精新"即受晏几道之泽被，"赡"富艳充盈之意，而"仲殊之赡"并非至极，周邦彦之"赡"方为诸多词人不及，这便是周词之篇章结构展现出的"精工博大"，是对晏几道等前辈词人的超越。

其一，层次分明，情感递进。北宋词人或多或少都在词中渗透出身世之感，伴随着情感深入，词之结构亦层层深入。这种结构在晏几道与秦观词中表现得最为明显，如《蝶恋花》（梦入江南烟水路）、《阮郎归》（旧香残粉似当初）、《阮郎归》（湘天风雨破寒初）、《踏莎行》（雾失楼台）等，前已说明，秦词直接沿承晏几道词。周邦彦不少词亦使用了此章法，尤其是其令词，例如，《关河令》："秋阴时晴渐向暝，变一庭凄冷。伫听寒声，云深无雁影。更深人去寂静，但照壁孤灯相映。酒已都醒，如何消夜永。"②"秋阴"两句指天气由阴向暝再变为凄冷，层次分明，烘托出凄清的氛围。又闻得寒声，云深暗沉无雁，凄凉之感倍增。入夜以后，由更深至夜永，四周寂静，唯有孤灯与词人相伴，寒冷孤寂比白日更加明显，借酒消愁，酒醒更愁，再进一层。陈廷

① 王灼．碧鸡漫志校正：卷二［M］．岳珍，校正．北京：人民文学出版社，2015：26.

② 周邦彦．清真集笺注［M］．罗忼烈，笺注．上海：上海古籍出版社，2008：213.

焯评论该词曰："进一层说，愈劲直，愈缠绵。"① 唐圭璋评曰："写景抒情，层层深刻，句句精绝。小词能拙重如此，诚不多见。"② 周词之研磨精谨由此词可见。又例如，《品令》（夜阑人静），"夜阑人静"已见孤寂，"花雾寒阵"再见凄寒，"不禁愁与恨"情景交融，愁恨更甚，"纵相逢难问"，何况"后期无定"③，难以相逢，末四句类似晏几道《清平乐》"纵得相逢留不住。何况相逢无处"④ 之递进法，真乃擅写情。周邦彦之长调亦有层深之篇法，例如，《风流子》（枫林凋晚叶）用倒叙法先从饯别之后的心情感受再写到对离别时难舍难分情景的追忆，在追忆中层层推进，深化离情。上片开篇从旅途前夕饯宴之后写起，"枫叶凋零""关河""一川暝霭""雁声哀怨""半规凉月"等哀景，遇一种已经哀怨不已，都遇上则哀怨甚极，"楚客"旅夜独居，不寐而饮酒，饮酒后入睡，酒醒倍觉伤感。由梦境到梦回，层层铺叙，虚实相生，再度强化"楚客"的孤寂凄冷。下片用倒叙法追忆昨宵饯别分襟时难舍难分的情境，在手法上属于逆挽，结构层层推进，抒情步步转进，越转越深，末句"多少暗愁密意，唯有天知"⑤，将离恨推向最高潮。夏敬观称该词"通篇一气衔贯"⑥，亦是就其结构层层递进而言。

其二，回环往复，时空交错。在晏几道词中经常出现时空交错之笔法，例如，《御街行》（街南绿树春饶絮）围绕着一棵树展开今昔变换，不断地重复街、树、春、人，街还是那条街，树仍是年复一年地春生夏

① 陈廷焯．别调集：卷二［M］// 陈廷焯．词则．上海：上海古籍出版社，1984：602.

② 唐圭璋．唐宋词简释［M］．上海：上海古籍出版社，1981：135.

③ 周邦彦．清真集笺注［M］．罗忼烈，笺注．上海：上海古籍出版社，2008：134.

④ 晏殊，晏几道．二晏词笺注［M］．张草纫，校笺．上海：上海古籍出版社，2008：372.

⑤ 周邦彦．清真集笺注［M］．罗忼烈，笺注．上海：上海古籍出版社，2008：88-89.

⑥ 夏敬观．吷庵词评［M］//葛渭君，编．词话丛编补编：第5册，北京：中华书局，2013：3470.

长，变的只有人：词人对街南的那位女子一如当年情有独钟，而女子已经不在了，“街字二，绿字二，树字四，春字三，花字二，南字二，犹字二，人字二”，梁启勋曰：“重字最多，然读之不但不觉其赘，弥觉其美。”① 是为知言，可见晏几道将回环往复之章法把握得十分到位，时空交错式结构亦很得体。周邦彦有过之无不及，将回环往复法发挥得淋漓尽致，例如，其《花犯》（粉墙低），迂回反复地吟咏梅花，道尽一己情事与多年的落寞情怀，花开花谢是自然规律，而自己却喜悲不定，同样的景物，在不同时候感悟不同。“旧风味、去年、曾今年、吟望久、相将见、人正在、但梦想”，过去、现在、将来结构浑然，融合无迹，黄昇《唐宋诸贤绝妙词选》即称“圆美流转如弹丸”②，陈洵称之“相将倒提，梦想逆挽，圆美不难，难在浑劲”③。又例如，晏几道《鹧鸪天》（彩袖殷勤捧玉钟）上片言当日欢会，下片言别后梦境，结语言今宵重逢，3 次时空转换，3 次情感起伏，曲折三致意成章，小令中有长调之法。周邦彦《兰陵王·柳》将回环往复发挥到极致，上中下三片今昔回环，亦是三次时空转换，情景事交错，每片之内亦挽合今昔，结构繁复却有条不紊。周词《少年游》（檐牙缥缈小倡楼）之抚今追昔类似晏词《少年游》（西溪丹杏）；周词《浣溪沙》（雨过残红湿未飞）之情境时空近似晏词《浣溪沙》（卧鸭池头小苑开）；周词《点绛唇》（辽鹤归来）之流连往复与晏词《点绛唇》（明日征鞭）相仿；等等，诸令词都采用了今昔对比、时空交错、回环往复等章法结构，小令中有婉曲之致。

---

① 梁启勋．曼殊室词话：卷二［M］//朱崇才．词话丛编续编：第 5 册．北京：人民文学出版社 2010：2978.

② 黄昇．唐宋诸贤绝妙词选：卷七［M］// 黄昇．花庵词选．北京：中华书局，1958：115.

③ 陈洵．海绡说词［M］//唐圭璋．词话丛编：第 5 册．北京：中华书局，2005：4869.

其三，摹物写态，曲尽其妙。晏几道善于摹物写态，托物言志，较经典是《蝶恋花》（笑艳秋莲生绿浦）咏荷花，“朝落暮开空自许。竟无人解知心苦”①，自诩孤高却生不逢时。周邦彦咏物词更多，柳、梅、菊、梨花、蔷薇等皆有。例如，《水龙吟·梨花》用婉转工切的笔法描写梨花之风神韵味，黄苏曰：“按写梨花冷淡性情，曰‘占尽青芜’，曰‘长门闭’，曰‘引黄昏泪’，曰‘不成春意’，为梨花写神矣。”②亦是展现自己泰然自若、与世无争、安于平淡的个性。例如，《六丑·蔷薇谢后作》将一己衰老之叹、漂泊之感、思归之愿等多种情感糅合于蔷薇，凄美动人，沈际飞评点此词云：“真爱花者，一花将萼，移枕携襆睡卧其下，以观花之由微至盛，至落，至于委地而后已，善哉。”③爱花惜花叹花意谓自怜自叹自惜平生。晏几道描摹美人以述己志，例如，《浣溪沙》（日日双眉斗画长）自己几乎化为这位清高轻狂、不甘堕落，却不得已屈服于现实而惆怅含怨的歌女。周邦彦《一落索》曰：“眉共春山争秀，可怜长皱。莫将清泪湿花枝，恐花也、如人瘦。清润玉箫闲久，知音稀有。欲知日日倚栏愁，但问取、亭前柳。”④ 刻画了一位美丽好强、才华横溢，却知音难觅、身体憔悴、心中凄凉的歌女，亦是周邦彦之自喻，“恐花”句被李清照《醉花阴》点化为“帘卷西风，人比黄花瘦”⑤，朱淑真《菩萨蛮》点化作“人怜花似旧，花不知

① 晏殊，晏几道．二晏词笺注［M］．张草纫，校笺．上海：上海古籍出版社，2008：303.

② 黄苏．蓼园词评［M］//唐圭璋．词话丛编：第 4 册．北京：中华书局，2005：3081.

③ 顾从敬，类选．沈际飞，评正．草堂诗余正集：卷六［M］//顾从敬，等．沈际飞，评．镌古香岑批点草堂诗余．刻本．［出版地不详：出版社不详］，1368-1644.

④ 周邦彦．清真集笺注［M］．罗忼烈，笺注．上海：上海古籍出版社，2008：10.

⑤ 李清照．李清照集笺注［M］．徐培均，笺注．上海：上海古籍出版社，2017：55.

人瘦”①，两位女词人都是以花自比。周邦彦勾勒描摹之妙处如周济所言：“美成思力，独绝千古，如颜平原书，虽未臻两晋，而唐初之法，至此大备。后有作者，莫能出其范围矣。读得清真词多，觉他人所作，都不十分经意。钩勒之妙，无如清真。他人一钩勒便薄，清真愈钩勒愈浑厚。”② 之后姜夔、吴文英、张炎、史达祖等人的咏物词之曲尽婉妙，无不受周邦彦影响。陈廷焯《白雨斋词话》称：“词至美成，乃有大宗。前收苏、秦之终，后开姜、史之始，自有词人以来，不得不推为巨擘。”③ 苏轼对周邦彦的影响较小，秦观词源自晏几道，就摹物写态之词而言，秦词数量很少，词法实不如晏几道精工熨贴。

其四，开阖变化，沉郁顿挫。晏几道之词在当世已经被黄庭坚推尊，称之“寓以诗人句法，清壮顿挫，能动摇人心”④。此论断为后世词家肯定，不管是小令还是长调，都不掩其词之风流自赏、丽而有骨以及顿挫起伏之妙，此得益于章法之开阖变化。诚如刘永济所言“其词能于小令之中，有长调之气格。查慎行有诗曰‘收拾光芒入小诗’。叔原可谓能收拾光芒入小词者。昔人评其词‘清壮顿挫’，亦因其能‘收拾光芒’，故能‘清壮顿挫’也”⑤。周词之妙处亦不外乎沉郁顿挫，陈廷焯云：“顿挫则有姿态，沉郁则极深厚，既有姿态，又极深厚，词

---

① 朱淑真．朱淑真集注［M］．魏仲恭，辑；郑元佐，注；冀勤，辑校．中华书局，2008：255.

② 周济．介存斋论词杂著［M］．顾学颉，校点．北京：人民文学出版社，1998：6.

③ 陈廷焯．白雨斋词话：卷一［M］// 陈廷焯．白雨斋词话全编．北京：中华书局，2013：1171.

④ 黄庭坚．黄庭坚全集：正集卷十五［M］．刘琳，李勇先，王蓉贵，校点．成都：四川大学出版社，2001：413.

⑤ 刘永济．唐五代两宋词简析：微睇室说词［M］//刘永济．刘永济集．北京：中华书局，2010：46.

中三昧亦尽于此矣。”① “词中三昧”源自“诗家三昧”。周邦彦之小令受晏几道影响，起伏顿挫，例如，《点绛唇》云：“台上披襟，快风一瞬收残雨。柳丝轻举，蛛网黏飞絮。极目平芜，应是春归处。愁凝伫，楚歌声苦，村落黄昏鼓。”② 登上高台，胸襟开阔，“残雨”本凄清，被“快风”吹尽，心情略舒畅。然而轻飘的柳丝，飘乎不定的“蛛网”“柳絮”又象征着词人漂泊的身世，由乐转哀。极目远眺空旷的草地，又宕开一笔，想象春归之处，意境开阔。再度回到眼前，自己满怀愁绪地凝神伫立，闻得楚声凄苦，心情又跌落低谷。黄昏时分，偏僻的村落中萦绕着低沉的鼓声，令人思绪万千。全词结构忽起忽落，变化开合，顿挫有致，艺术感染力极强。又例如，《菩萨蛮》云：“银河宛转三千曲。浴凫飞鹭澄波绿。何处是归舟。夕阳江上楼。天憎梅浪发。故下封枝雪。深院卷帘看。应怜江上寒。”③ 文笔渲染，造语奇险，又将个体羁旅与相思情怀寄寓在阔大的景象中，“江上楼”与“江上寒”呼应无痕，工巧浑成中险峻起伏。周之琦批评曰：“大抵宋词闲雅有余，跌宕不足，长调则有清新绵邈之音，小令则少抑扬抗坠之致……虽片玉、石帚不能自开生面。”④ 却肯定晏几道之令词“最擅胜场”。周邦彦之令词亦有如上跌宕起伏者，诚如陈廷焯所言：“美成小令以警动胜，视飞卿色泽较淡，意态却浓，温韦之外别有独致处。”⑤ 又云：“美成小令，于

---

① 陈廷焯．白雨斋词话：卷一［M］// 陈廷焯．孙克强．白雨斋词话全编．北京：中华书局，2013：1171.

② 周邦彦．清真集笺注［M］．罗忼烈，笺注．上海：上海古籍出版社，2008：83.

③ 周邦彦．清真集笺注［M］．罗忼烈，笺注．上海：上海古籍出版社，2008：127.

④ 周之琦．心日斋十六家词录：卷上［M］．刻本．［出版地不详：出版社不详］，清道光十四年（1844）.

⑤ 陈廷焯．白雨斋词话：卷一［M］// 陈廷焯．白雨斋词话全编．北京：中华书局，2013：1174.

温韦晏欧外别开境界，遂为南宋诸名家所祖。”① 确切地说，是与晏几道一样，于小令之中寓长调之气格，这种气格别开境界。周之长调的大开大合、沉郁顿挫更为明显，例如，《满庭芳》即受晏几道始创调《满庭芳》之影响，并超越之，将两词录以下：

南苑吹花，西楼题叶，故园欢事重重。凭阑秋思，闲记旧相逢。几处歌云梦雨，可怜便、流水西东。别来久，浅情未有，锦字系征鸿。　　年光。还少味，开残槛菊，落尽溪桐。漫留得尊前，淡月西风。此恨谁堪共说，清愁付、绿酒杯中。佳期在，归时待把，香袖看啼红。②

风老莺雏，雨肥梅子，午阴嘉树清圆。地卑山近，衣润费炉烟。人静乌鸢自乐，小桥外、新绿溅溅。凭栏久，黄芦苦竹，疑泛九江船。　　年年。如社燕，飘流瀚海，来寄修椽。且莫思身外，长近樽前。憔悴江南倦客，不堪听、急管繁弦。歌筵畔，先安簟枕，容我醉时眠。③

晏词上片追忆旧年秋日在故园欢乐的生活，“闲记”表明当时心境闲适，“几处”两句转向伤感之心情，“别来”三句，是哀伤心绪的延续。下片由回忆中的秋日转回现实之秋景，感叹“年光”“少味”之后，心情又复归淡然，自在饮酒；“此恨”二句再度失落，原本悠然饮

① 陈廷焯．词则辑评：大雅集卷二［M］// 陈廷焯．白雨斋词话全编．北京：中华书局，2013：721.

② 晏殊，晏几道．二晏词笺注［M］．张草纫，校笺．上海：上海古籍出版社，2008：549.

③ 周邦彦．清真集笺注［M］．罗忼烈，笺注．上海：上海古籍出版社，2008：94.

酒却备付清愁；末三句想到相聚的佳期在即，略感慰藉，心态再度回归平静。章法起落顿挫有致、哀而不伤、怨而不怒。周词章法受晏词影响更加错落有致，开阖变化。上片描绘江南春末夏初之景象，看似宁静安乐，却隐含着谪居的凄苦，“地卑”二句与“黄芦”二句，源自白居易《琵琶行》“住近湓江地低湿，黄芦苦竹绕宅生”① 以及其被贬谪九江郡司马之事，暗示自身的飘零身世。下片抒发羁旅漂泊之愁情，由“乌鸢自乐”陡转为“社燕飘流瀚海”、寄居檐下，“社燕”是周邦彦自喻漂泊僻地、寄人篱下的境况，凄凉无比；“且莫思身外，长近尊前”又一转，意为自己无须理会羁旅愁苦之类的身外事，应该饮酒作乐；“憔悴”二句再一转，心情再次低落，又嫌急管繁弦与倦客心理相左；末三句又一转，情绪恢复平静，终以醉眠忘忧收尾，哀而不伤。沉郁顿挫中蕴藉深厚，无愧为“词中老杜”。

陈廷焯称：“顿挫之妙、理法之精，千古词宗，自属美成。”②陈匪石曰：“周邦彦集词学之大成，前无古人，后无来者，凡两宋之千门万户，《清真》一集，几擅其全，世间早有定论矣。然北宋之词，周造其极，而先路之导，不止一家。”③ 词之理法源自诗歌，顿挫之妙源自章法的曲折多变。无论是顿挫之妙，还是理法之精，都不同程度地接受了晏几道“以诗为词”的先路之导。杨铁夫即曰：“至合吴、周、晏三家而通之譬之于河。清真者梦窗之龙门。小山者清真之星宿海欤。”④ “星宿海”被古人视为黄河源头，此是源头之意。“龙门”在黄河中段，夏

① 白居易．白居易诗集校注：卷十二［M］．谢思炜，校注．北京：中华书局，2017：962.

② 陈廷焯．白雨斋词话：卷二［M］// 陈廷焯．白雨斋词话全编．北京：中华书局，2013：1180.

③ 陈匪石．宋词举（外三种）［M］．钟振振，校点．上海：上海古籍出版社，2016：99.

④ 杨铁夫．清真词选笺释［M］．香港：龙门书店，1932：1-2.

禹“导河积石，至于龙门”，此有引导之意。意为吴、周、晏三家之源流变化：晏几道是周邦彦的源头，周邦彦直接影响吴文英，即晏几道——周邦彦——吴文英。而姜夔词“骚雅”的诗人风骨，也可追溯至晏几道乃至之前词人，郑文焯《大鹤山人遗札》自述学词门径称：“为词实自丙戌岁始，入手即爱白石骚雅，勤学十年，乃悟清真之高妙，进求《花间》，板宋刻制令曲，往往似张舍人，其哀艳不数小晏风流也。”① 他意识到了《花间集》、小晏词才是周邦彦、姜夔诸人之词的源头，而若以周邦彦、姜夔为词初学者门径，似乎舍本逐末。又曰：“词无学以辅文，则失之黯浅；无文以达意，则失之隐怪，并不足与言词，而猥曰不屑小道，吾不知其所为远大者又何如耶?”② 意为没有学识辅助文采，会使得语言过于暗昧浅薄，没有深厚意蕴，但若只有学问堆砌而没有流畅的文字配合，就会使词晦涩难懂，也就是说学识与文辞要恰到好处的融合，方能不露斧凿，浑然一体，平淡而山高水深。这其实是宋人之诗学理论延展至词，所谓清深、婉曲、流畅，是词家真谛。此至论晏几道已经领悟得十分透彻，宋诗代表人黄庭坚所言“寓以诗人句法，清壮顿挫，能动摇人心”③，对贺铸、周邦彦、吴文英、姜夔等以章法见精的词人都有一定程度的影响。

---

① 郑文焯．大鹤山人遗札［M］//葛渭君．词话丛编补编：第5册．北京：中华书局，2013：3236.

② 郑文焯．大鹤山人遗札［M］//葛渭君．词话丛编补编：第5册．北京：中华书局，2013：3236.

③ 黄庭坚．黄庭坚全集：正集卷十五［M］．刘琳，李勇先，王蓉贵，校点．成都：四川大学出版社，2001：413.

第四节　宋以后词人对晏几道“以诗为词”的评价与接受

晏几道“以诗为词”对宋代词人影响较为明显。宋代以后，元人重视苏轼与辛弃疾词作，对晏几道少有关注。明人对晏几道词的择取与接受在不同时期呈现不同特色，视晏几道词如诗的主要是明中后期词人。清人对晏几道的评价与接受再度达到了高峰，然而褒贬不一，纳兰性德、王时翔等人对晏几道词的接受较为明显且全面。

一、明人对晏几道“以诗为词”的评价与接受

明代词学较前代最突出的特色是词选的兴盛，不同时期选本的择取标准很大程度上体现了明代词学发展演进规律。且不少选本有点评，对晏几道词的点评基本出自选本，诸人对晏词的模仿与接受亦来自选本所选词。在词乐亡佚的词学背景下，选家择取声律谐婉的《小山词》编入词谱以为填词范式。而后，早期词谱的编纂理念促使明版《草堂诗余》系列选本的盛行，视《小山词》为正宗的词人之词，但所选《小山词》只有几首。明中后期，《草堂诗余》系列较单一的选词标准被打破，词风复归古雅，趋向“诗客曲子词”的唐五代，扩大了以“花间、南唐”为宗的《小山词》选录，诸评论开始挖掘《小山词》的“诗性”特质。晚明时期，“性情至上”的词学理论持续发展，求新求异的思潮遍布，晏几道的高技艺与真性情并存的诗化之词备受青睐。明人对晏几道“以诗为词”的接受主要体现在运用诗人艺术技法以及抒写个体性情身世两方面。

明人对于晏几道词之诗人艺术技法的认识，主要沿袭宋晁补之所谓

的“不蹈袭人语”① 与黄庭坚所言的“寓以诗人句法”②。“不蹈袭人语”主要指前人没说过，是晏几道独创的语句，其词中这类语句大多是诗化的，正是所谓出奇出新的“诗人句法”。明人多有肯定晏几道“诗人句法”者，例如，徐渭在《南词叙录》中指出：“晚唐、五代，填词最高，宋人不及，何也？词须浅近，晚唐诗文最浅，邻于词调，故臻上品。宋人开口便学杜诗，格高气粗，出语便自生硬，终是不合格。其间若淮海、耆卿、叔原辈，一二语入唐者有之，通篇则无有。元人学唐诗亦浅近妩媚，去词不甚远，故曲子绝妙。”③ 他认为晏几道之词“一二语入唐者”，恰到好处，水乳交融，不似他人“格高气粗”，出语生硬。卓人月评《临江仙》（梦后楼台高锁）中名句：“落花人独立，微雨燕双飞”云：“晚唐丽句。”④ 即说明词句对唐诗的袭用。又有评《少年游》（离多最是）：“前段两比，后段赋之。”⑤ “比”与“赋”最早是由《诗经》的创作经验总结而出，《毛诗序》云：“故诗有六义焉：一曰风、二曰赋、三曰比、四曰兴、五曰雅、六曰颂。”⑥ 后人多以之为诗的表现手法。以此论词，实属罕见。卓人月将“比、赋”评价《小山词》，正是对其“寓以诗人之句法”的高度赞赏。再如明末文人陈子龙言：“诗余如‘无处说相思，背面秋千下’一词，生平竭力摹

① 赵令畤．侯鲭录：卷七［M］．孔凡礼．点校．北京：中华书局，2002：184.
② 黄庭坚．黄庭坚全集：正集卷十五［M］．刘琳，李勇先，王蓉贵，校点．成都：四川大学出版社，2001：413.
③ 徐渭．南词叙录［M］//续修四库全书：第 1758 册．上海：上海古籍出版社，2002：413.
④ 卓人月．古今词统：卷九［M］//续修四库全书：第 1728 册．上海：上海古籍出版社 2002：642.
⑤ 卓人月．古今词统：卷六［M］//续修四库全书：第 1728 册．上海：上海古籍出版社 2002：586.
⑥ 毛亨．毛诗注疏［M］//景印文渊阁四库全书：第 69 册．台北：台湾商务印书馆，1983：120.

拟，竟不能到。”① “无处说相思，背面秋千下。”出自晏几道之《生查子》（金鞭美少年），宋曾季狸已指出：“然此语本李义山诗，云‘十五泣春风，背面秋千下’。”② 即该句化用了唐人诗句，陈子龙称其“不能摹拟”正道出了晏几道“诗人之句法”的高妙。杨慎评其《留春令》（画屏天畔）曰：

> 晁元忠诗：“安得龙湖潮，驾回安河水，水从楼前来，中有美人泪。人生高唐观，有情何能以。”晏小山《留春令》云：“别浦高楼曾漫倚，对江南千里。楼下分流水声中，有当日、凭高泪。”全用其语。③

对比晁诗与小晏词，虽无一语相同，然从内容、情感、艺术手法等各方面，二者皆有相似之处。故杨慎称其“全用其语”，则是对小晏词全方面借鉴诗语的肯定。宋晁补之称小晏词句“不蹈袭人语”并列举了与诗句相类，对句精工的“舞低杨柳楼心月，歌尽桃花扇底风”④。明人发展此观点，并将其概括为“新”与“俊”，点铁成金，注重意新语新是宋代江西诗派重要的诗学观念。沈际飞评《点绛唇》（花信来时）称：“句能铸新。”⑤ 卓人月《蝶恋花》（梦入江南烟水路）：“人必

---

① 宋征璧．抱真堂诗话［M］//郭绍虞．富寿荪，校点．清诗话续编：第1册．上海：上海古籍出版社，2016：114.

② 曾季狸．艇斋诗话［M］//丁福保．历代诗话续编：上册．北京：中华书局，2006：283-284.

③ 杨慎．升菴诗话：卷九［M］//丁福保．历代诗话续编：中册．北京：中华书局，2006：809.

④ 赵令畤．侯鲭录：卷七［M］．孔凡礼．点校．北京：中华书局，2002：184.

⑤ 长湖外史，类辑．天羽居士，评笺．草堂诗余续集：卷上［M］//古香岑批点草堂诗余四集．明末二截楼刊本．

说梦中相会，何等陈腐。"① 即说明了《小山词》语新意新。又有王世贞对其《菩萨蛮》（哀筝一弄湘江水）的评论，云：

温庭筠"雁柱十三弦，一一春莺语"，陈无己（应为晏几道）"弹到断肠时，春山眉黛低"，皆弹琴筝俊语也。②

"俊语"义同"妙语"，指高明的言辞。将《小山词》句称作"俊语"，点明了其语言特色。与此评论相类似的还有沈际飞对该词之批语："'断肠'二句俊极，与'一一春莺语'并美。"③"雁柱"二句出自温庭筠诗，这也意味着王世贞、沈际飞等人都认为"不蹈袭人语"之词句似诗句。宋徵璧亦言："曰小山，其词聪俊。"④ 认为"聪俊"为《小山词》之总特点，其间包含了语言语意语境之"聪俊"。

明代词选中，选取小山词数目最多的是陈耀文《花草粹编》，有107 阕。其自序云："然世之《草堂》盛行，而《花间》不显，故知宣情易感，含思难谐者矣。"⑤ 即《草堂诗余》言辞通俗浅显，以宣泄情感为目的，易于动人性情，而《花间集》言语古奥，思深意蓄，需要读者仔细揣摩其中内涵。李蓘序云："盖自诗变而为诗余，又曰雅调，

---

① 卓人月．古今词统：卷九［M］//续修四库全书：第 1728 册．上海：上海古籍出版社，2002：651.

② 王世贞．弇州四部稿：卷一百五十二［M］．台北：伟文图书出版社有限公司，1976：6927.

③ 顾从敬，类选．沈际飞，评正．草堂诗余正集：卷一［M］//顾从敬，等．沈际飞，评．镌古香岑批点草堂诗余．刻本［出版地不详：出版社不详］，1368－1644.

④ 徐釚．词苑丛谈校笺：卷四［M］．王百里，校笺．北京：人民文学出版社，1988：234.

⑤ 陈耀文．花草粹编［M］．龙建国，杨有山，点校．保定：河北大学出版社，2007：1.

又曰填词。”①亦强调词当古雅为妙。而“诗人句法”是“雅化”词体的一大手段，故从某种意义上来说，是其高度肯定了晏词之雅化与诗化。

明代晚期，在至情论的引导下，文学主张宣扬性情，强调诗词同源于性情，对晏几道词之自述生平、自抒性情颇为赞赏。例如，卓人月、徐士俊《古今词统》以性情为选词宗旨，孟称舜为之作序曰：“故作词者率取柔音曼声，如张三影、柳三变之属。而苏子瞻、辛稼轩之清俊雄放，皆以为豪，而不入于格……余窃以为不然。盖词与诗、曲，体格虽异，而同本于作者之情……作者极情尽态而听者洞心耸耳。如是者，皆为当行，皆为本色。”② 也就是说在极情尽态、感动人心这些方面，诗与词是相同的。从《古今词统》所收录的25阕小山词来看，其中有13阕词并没有包含在陈耀文《花草粹编》的107阕词中③，对“《花间》《草堂》而起，故以《花草》命编”的词选《花草粹编》之“反叛”昭然若揭。前已说明，《花草粹编》重视的是晏几道以诗人句法雅化的词章，而这些不同于《花草粹编》的词作皆是关乎个性经历的性情之词。在点评中亦多是以性情为切入点，例如，点评“梦魂”二句曰：“末句见赏于伊川，所谓‘我见犹怜’也。”评《木兰花》（风帘向晓寒成阵）曰：“便是七处征心之法。”④ 即全方位展示主人公的性情。编

① 陈耀文．花草粹编［M］．龙建国，杨有山，点校．保定：河北大学出版社，2007：2.

② 卓人月．古今词统：序［M］．徐士俊，参评．谷辉之，点校．沈阳：辽宁教育出版社，2000：3.

③《古今词统》收录，《花草粹编》未收录的13首小山词：《临江仙》（斗草阶前初见）（梦后楼台高锁）、《蝶恋花》（初捻霜纨生怅望）、《鹧鸪天》（醉拍春衫惜旧香）（小令尊前见玉箫）（小玉楼中月上时）、《玉楼春》（旗亭西畔朝云住）（采莲时候慵歌舞）、《阮郎归》（粉痕闲印玉尖纤）、《浣溪沙》（日日双眉斗画长）、《六幺令》（绿阴春尽）、《愁倚阑令》（凭江阁）、《虞美人》（疏梅月下歌金缕）。

④ 卓人月．古今词统［M］．徐士俊，参评．谷辉之，校点．沈阳：辽宁教育出版社，2000：262，280.

选者在选词《思远人》之后附上晏几道自序（笔者已在第二章分析了该序的诗学倾向），可知他们对《小山词》抒发个体性情的肯定。例如，潘游龙《古今诗余醉》的编选要旨亦在于“情”，自序称：“词则自极其意之所之……理为真理，情为至情……忠孝之思，离合之况，山川草木，郁勃难状之境，莫不跃跃于言后言先，则诗余之兴起人岂在三百篇之下乎……余乃为比事类情，寻为次第。”[①] 编者将诗余比之“诗三百”，强调动人性情之作用，并选录至情之词为是编。而他人为该词选撰序，亦强调性情。陈珽玉序云：“诗之有余，犹诗之有《风》也，《雅》则清庙明堂，《风》则不废村疃闾巷，三百篇要以道性情而止。然无情，则性亦不见……是从来忠、孝、节、义，只了当一‘情’字耳……故诗者，情之余，而词则诗之余也。”[②] 将诗余与“诗三百”媲美，认为都只当“情”字。《诗余醉附言》曰“溯未有文字之先，文字藏性情间。既有文字之后，性情沁文字间……有束于格，则情不能畅，思不能溢……盖《诗》三百篇递，创格诗余，可谓情文之至矣乎？何怪先生之沉酣千兹也”[③]，潘游龙指出陶醉于诗余之至情，故编选词集。在“《花间集》《草堂诗余》争妍”的明代，编选者似乎不愿局限于前人视域，甚至在序中只字未提，欲以一己之意愿编撰词选。且他重复谈及《诗》，以诗余较之，显然将词诗视为同等地位，“以故情为真情，诗为真诗”[④]。该词选收录《小山词》16首，打破明代词选以词调长短顺序为主的编排体例，改成以选词的主题内容为依据编排。选者给每一首《小山词》添上词题，有“春宴”“春情”“春恨”“春景”“深秋”“远归”“别恨”“离别”“西湖”等，而且词调名写在词题名之后，这淡化词体音

① 潘游龙．精选古今诗馀醉［M］．梁颖，校点．沈阳：辽宁教育出版社，2003：6.
② 潘游龙．精选古今诗馀醉［M］．梁颖，校点．沈阳：辽宁教育出版社，2003：3.
③ 潘游龙．精选古今诗馀醉［M］．梁颖，校点．沈阳：辽宁教育出版社，2003：4.
④ 潘游龙．精选古今诗馀醉［M］．梁颖，校点．沈阳：辽宁教育出版社，2003：3.

乐特性，突出了词之主体情感。《小山词·自序》所谓"叙其所怀""一时杯酒间闻见，所同游者意中事""感物之情"① 可从词题中直观看出。

二、清人对晏几道"以诗为词"的认识与接受

清代是词学发展的集大成时期，对词体的认识较全方位、多角度。大多数学者认为诗词同源，甚至以为诗词同体。对晏几道所走的"以诗为词"雅化道路大都持肯定态度。曹贞吉、顾贞观、纳兰性德、王时翔等不同程度接受晏几道"以诗为词"之影响。

清人主要从句法与词风方面评论晏几道"以诗为词"。如同宋代以来词论者尤其关注晏词所运用的语典，清人亦如此。例如，王初桐曰："'落花人独立，微雨燕双飞'，晏叔原《临江仙》中隽语也，按二句乃五代翁宏《宫词》，见《雅言系述》。"② 又比如，郭麐曰："咏酒醉之诗，唐人有'不知谁送出深松'，宋人有'阿谁扶我上雕鞍'，皆善于描写。叔原《玉楼春》词云'……來时醉倒旗亭下。知是阿谁扶上马……'，真能委曲言情。"③ 这些评论皆就此而言，不一一赘述。然而，宋人对晏几道所用的事典未提及，清人先著开了先例曰："如小山父子及德麟辈，用事亦未常不轻。"④ 显然较宋人的认识更加全面。清人将晏几道词之句法直接比作律诗句，例如，宋征璧《抱真堂诗话》

---

① 晏殊，晏几道．二晏词笺注［M］．张草纫，校笺．上海：上海古籍出版社，2008：602.

② 王初桐．小嫏嬛词话：卷一［M］//屈兴国．词话丛编二编：第2册．杭州：浙江古籍出版社，2013：991.

③ 郭麐．灵芬馆词话：卷二［M］//唐圭璋．词话丛编：第2册．北京：中华书局，2005：1530.

④ 先著，程洪．词洁辑评：卷二［M］//唐圭璋．词话丛编：第2册．北京：中华书局，2005：1349.

引陈子龙言：“律诗如‘春城日出人皆醉’及‘罗绮晴娇绿水洲’之句，诗余如‘无处说相思，背面秋千下’一词，生平竭力摹拟，竟不能到。”① “无处”二句出自晏几道《生查子》。又将晏词之句法比肩于《国风》《离骚》等诗歌句法。陈廷焯《白雨斋词话》曰：“根柢于《风》《骚》，涵泳于温、韦，以之作正声也可，以之作艳体亦无不可……古人词如……晏小山之‘落花人独立，微雨燕双飞’‘当时明月在，曾照彩云归’，又‘从别后，忆相逢，几回魂梦与君同。今宵剩把银缸照，犹恐相逢是梦中’又‘春思重，晓妆迟，寻思残梦时’……似此则婉转缠绵，情深一往，丽而有则，耐人玩味。”② 诸如此类评论都是对晏词“诗人句法”的表述。对晏几道“诗化”词风的评论，例如，李调元《雨村词话》云：“晏几道小山词似古乐府。余绝爱其《生查子》云‘长恨涉江遥，移近溪头住。闲荡木兰舟，误入双鸳浦。无端轻薄云，暗作廉纤雨，翠袖不胜寒，欲向荷花语’，公自序云‘补亡一篇，补乐府之亡也’，可以当之。”③ 其认为晏词类似古乐府诗歌。又例如，曹禾《珂雪词话》引王士禛语曰：“填词，小道也。然鲁直谓晏叔原乐府为《高唐》《洛神》之流，张文潜谓贺方回‘幽洁如屈宋，悲壮如苏李’，夫屈、宋，三百之苗裔；苏、李，五言之鼻祖。而谓晏、贺之词似之，世亦无疑。”④ 意为多数论者认可晏几道与贺铸的词作与《诗经》三百首以及苏武、李陵五言诗相似，以诗体视小山词。再比

① 宋征璧．抱真堂诗话［M］//郭绍虞．富寿荪，校点．清诗话续编：第1册．上海：上海古籍出版社，2016：114.

② 陈廷焯．白雨斋词话：卷六［M］// 陈廷焯．白雨斋词话全编．北京：中华书局，2013：1261.

③ 李调元．雨村词话［M］//唐圭璋．词话丛编：第2册．北京：中华书局，2005：1390-1391.

④ 曹禾．珂雪词话：卷一［M］//朱崇才．词话丛编续编：第1册．北京：人民文学出版社，2010：147.

如，杨希闵《词轨序》分析诗词同源同理，并认为能诗者作词尤为精绝，曰：“吾谓词家亦当从汉魏六朝乐府入，而以温、韦为宗，二晏、秦、贺为嫡裔，欧、苏、黄则如光武崛起，别为世庙，如此则有祖有祢，而后乃有子有孙”①，强调了晏几道诸人之词是汉魏六朝乐府诗的嫡裔，即汉魏六朝乐府诗是词的源头。《词轨序》又云“长短句为诗之余，然则诗源而词委也。源不远，委何能长。温、韦、二晏、秦、贺，皆能诗，欧、苏、黄尤卓卓，姜、辛诗亦工，安身立命不在词，故溢为词，夐绝也”，肯定了晏几道词所蕴含的诗学修养，又称“夫文章本于性情，济以问学，二者交至，下笔遣词，自有天放，长篇短幅，无定也，清空、质实，亦无定也……或者又以词贵意内言外，明之者少，不知意内言外，凡文章造微者皆然，不独词”②，也就是说“本于性情，济以问学”“意内言外”是所有文章造微者的共性，词体与诗文应当被放置在同样的高度，晏几道词就是本于性情，以学问入词，具有意内言外的艺术境界，与诗文并无二致。例如，周济《宋四家词选目录序论》曰：“晏氏父子仍步温、韦，小晏精力尤胜……诗笔不外顺逆反正，尤妙在复在脱。复处无垂不缩，故脱处如望海上三山，妙发温、韦、晏、周、欧、柳，推演尽致，南渡诸公，罕复从事矣。”③ 直接指出温、韦、晏、周等人以“诗笔”作词，并将词法推演尽致。诸如此类论断皆是就诗人句法与诗化词风而言，可见清人对晏几道“以诗为词”的认识已经达到一定深度、广度、精细度，胜于前人。

清人对晏几道“以诗为词”的接受更体现在创作上。纳兰性德是

---

① 杨希闵．词轨［M］//屈兴国．词话丛编二编：第 2 册．杭州：浙江古籍出版社，2013：1166，1172.

② 杨希闵．词轨［M］//屈兴国．词话丛编二编：第 2 册．杭州：浙江古籍出版社，2013：1172.

③ 周济．宋四家词选［M］．上海：古典文学出版社，1958：4.

创作继承者的典型代表，其词极似晏几道为世人公认。他善于小令，偏好以“五、七字语”为主的整齐调式，如《浣溪沙》调40首，约占词总数348首的11.5%，《菩萨蛮》调27首，约占词总数7.8%等。他将身世处境写于词中，例如，《生查子》：“东风不解愁，偷展湘裙衩。独夜背纱笼，影著纤腰画。爇尽水沉烟，露滴鸳鸯瓦。花骨冷宜香，小立樱桃下。”① 语句极类晏几道《生查子》（金鞭美少年），虽然是描写闺怨，但是“湘裙衩”“纱笼”“水沉烟”“鸳鸯瓦”都反映出该女子身处于富贵乡。况周颐《历代词人考略》曰：“尝谓填词与其人生平处境极有关系。宋人如晏叔原、王元泽，国朝如纳兰容若，固由姿禀颖异，亦其地望之高华，有以玉之于成也。叔原云‘舞低杨柳楼心月，歌尽桃花扇底风’，元泽云‘翠径莺来，惊下乱红铺绣’，容若云‘屏障厌看金碧画，罗衣不奈水沉香’此等语，非村学究所能道也。”② 若非亲历富贵，难以写出“富贵”之语，词中的女子可能是妻妾或家姬，从而使所描写的人、事、物更具有真实性。又比如，《浣溪沙》：“残雪凝辉冷画屏，落梅横笛已三更，更无人处月胧明。我是人间惆怅客，知君何事泪纵横。断肠声里忆平生。”③ 上片营造出凄清寒冷寂寥的深夜氛围，下片自伤身世，感叹知音稀少、英雄末路，“忆平生”可想象出词人对自我平生经历的反省，笔法与晏几道《浣溪沙》（午醉西桥夕未醒）相类，谭献曰：“以成容若之贵，项莲生之富，而填词皆幽艳哀断，异曲同工，所谓别有怀抱者也。”④ 意为纳兰词抒发生平怀抱。顾贞观评价纳兰词曰：“容若词一种凄惋处，令人不能卒读，人言愁，我

---

① 纳兰性德．纳兰词笺注［M］．张草纫，笺注．上海：上海古籍出版社，2003：20.

② 况周颐．历代词人考略：卷十八［M］//葛渭君．词话丛编补编：第6册．北京：中华书局，2013：4143.

③ 纳兰性德．纳兰词笺注［M］．张草纫，笺注．上海：上海古籍出版社，2003：44.

④ 谭献．复堂词话［M］//唐圭璋．词话丛编：第4册．北京：中华书局，2005：4011.

始欲愁。”[①] 若非亲身体会凄寂，亦不可能有此凄惋处，令人动容。他善于融化前人诗句、运用前人故事亦与晏几道相类，例如，《画堂春》：“一生一代一双人，争教两处销魂。相思相望不相亲，天为谁春。浆向蓝桥易乞，药成碧海难奔。若容相访饮牛津，相对忘贫。”[②] 几乎句句用典，却句句真诚动人，“一生”句袭用骆宾王《代女道士王灵妃赠道士李荣》原诗句[③]，“销魂”语出江淹《别赋》“黯然销魂者，唯别而已矣”[④]，“相思”句点化王勃《寒夜怀友杂体二首》“故人故情怀故宴，相望相思不相见”[⑤]，“蓝桥”引用秀才裴航与仙女云英相会之典故[⑥]，“药成”化用李商隐《常娥》“常娥应悔偷灵药，碧海青天夜夜心”[⑦]，“饮牛津”运用《博物志》中“客犯牵牛星”之典[⑧]，“忘贫”语出《淮南子》“乐道而忘贫”[⑨]。词上片引用成语诉说相爱的一双人无端被拆散，下片接连用典，借各种传说表达出自己的相思之苦，并诠释出对爱情的忠贞，尽管句句引经据典，却见真挚自然，毫不晦涩。《清史稿·文苑》记载：“性德善诗，尤长倚声。遍涉南唐、北宋诸家，

① 孙克强，杨传庆，裴喆．清人词话：上册［M］．天津：南开大学出版社，2012：654.

② 纳兰性德．纳兰词笺注［M］．张草纫，笺注．上海：上海古籍出版社，2003：136.

③ 骆宾王．骆临海集笺注：卷四［M］．陈熙晋，笺注．上海：上海古籍出版社，1985：148.

④ 江淹．江文通集校注：卷一［M］．丁福林，杨胜朋，校注．上海：上海古籍出版社，2017：121.

⑤ 王勃．王子安集注：卷三［M］．蒋清翊，注．上海：上海古籍出版社，1995：104-105.

⑥ 裴铏．传奇：裴航传［M］//李剑国．唐五代传奇集：第3编．北京：中华书局，2015：2280-2283.

⑦ 李商隐．玉溪生诗集笺注：卷三［M］．冯浩，笺注．上海：上海古籍出版社，1998：717.

⑧ 张华．博物志：杂说下［M］．郑晓峰，译注．北京：中华书局，2019：277-278.

⑨ 何宁．淮南子集释：卷十四［M］．北京：中华书局，1998：1039.

穷极要眇。所著《饮水》《侧帽》二集，清新秀隽，自然超逸。”① 北宋诸如晏几道、秦观、周邦彦等人虽频繁用典却浑然天成，为纳兰性德所效仿。姜宸英《通议大夫一等侍卫进士纳腊君墓表》提及纳兰之语：“诗家自汉魏以来，作者代起，姓氏多澌灭。填词滥觞于唐人，极盛于宋，其名家者不能以十数，吾为之易工，工而传之易久。而自南渡以后弗论也。”② 纳兰将诗家与词家并提已经视诗词为一体，并强调北宋词之工，因此他学习北宋词人运用章法使词工巧，例如，《临江仙》：“独客单衾谁念我，晓来凉雨飕飕。缄书欲寄又还休，个侬憔悴，禁得更添愁。曾记年年三月病，而今病向深秋。卢龙风景白人头，药炉烟里，支枕听河流。”③ 开篇即迸发出浓烈的孤独寂寞感。羁旅途中无人相知，飕飕凉雨又平添一份凄冷，欲给家人写信诉苦，却又担心憔悴的家人更添愁绪，只能作罢，独自承受。回顾自己曾经，年年三月残春生愁生病，如今至深秋病体依然。再度将视线转向外物，卢龙萧瑟苍凉的风光徒增伤感，促使词人生出白发，无奈在药炉的烟气中，倚枕听河水奔流的声音，略略排遣愁闷。章法顿挫有致，风格沉着深厚。这类词作在纳兰词中占很大部分。姜宸英曰：“其于词，小令取唐五代，宗晏氏父子，长调则推周、秦及稼轩诸家。以为其章法转换、顿挫离合之妙，正与文家散行体何异……视其凝思惨淡，终合天巧，真若有自得之趣者。”④严绳孙《成容若遗稿序》曰：“至于乐府小词，以为近骚人之

---

① 清史稿：卷四百八十四［M］. 北京：中华书局，1977：13361.

② 姜宸英. 湛园藏稿［M］//清代诗文集汇编：第 107 册. 上海：上海古籍出版社，2010：283.

③ 纳兰性德. 纳兰词笺注［M］. 张草纫，笺注. 上海：上海古籍出版社，2003：216.

④ 姜宸英. 湛园藏稿［M］//清代诗文集汇编：第 107 册. 上海：上海古籍出版社，2010：283.

遗。”① 诚然如此，纳兰词类似晏几道诸人，有屈原以及《楚辞》作者之遗意。周之琦《选刻〈饮水词〉序》称：“小调则格高韵远，极缠绵婉约之致，能使南唐坠绪绝而复续。第其品格，殆叔原、方回之亚乎。”② 王鹏运《寄番禺冯恩江永年手札》曰：“少游‘晓风’之词，小山‘苹云’之唱，我朝唯纳兰公子，深入北宋堂奥。”③ 都认为纳兰词之句法、章法、词风、词品皆效法并且可比肩晏几道、贺铸、秦观等北宋词人。

除纳兰性德之外，王时翔受晏几道之影响亦比较大，他自号小山，与晏几道同号，他自跋词集曰：“笃而论之，细丽密切无如南宋，而格高韵远，以少胜多，北宋诸公往往高拔南宋之上。余年十五，爱欧文忠、晏小山、秦淮海之作，摹其艳制，得二百余阕。比冠学诗恐笔弱，遂止不为。”④ 对欧、晏、秦词之格高韵远，笔力矫健颇加赞赏，并摹拟其制，如《鹧鸪天》（锦字书成梦不成）、《泛清波摘遍》（靓妆乘雾）、《破阵子》（小院霏霏雨过）、《临江仙》（一段旅情无处着）等继承了晏几道起承转合、对句、用典，将身世之感融入艳情等诗人笔法。顾贞观《菩萨蛮》（山城夜半催金柝）、《满庭芳》（别院收灯）等“燠凉”之怨、“骚人”之旨、“风雅”之道、“比兴”之义的词作亦类似晏几道诗化之词。汪曾武《清词玉屑序》云：“事以经之，词以纬之，援据精核，吐属隽雅。又于裁红刻翠之间，别有叹黍伤苕之感……用能

① 纳兰性德．通志堂集：卷首［M］//续修四库全书：第1419册．上海：上海古籍出版社，2002：302.

② 纳兰性德．纳兰词笺注：附录［M］．张草纫，笺注．上海：上海古籍出版社，2003：436.

③ 况周颐．蕙风词话续编：卷一［M］．王幼安，校订．北京：人民文学出版社，1960：150.

④ 王时翔．小山文稿：卷三［M］//清代诗文集汇编：第236册．上海：上海古籍出版社，2010：474.

笃故若新，沿俗逾雅，尽骚人之能事，为野乘之先声焉。且夫名位少逊，篇阕遂失流传，晏叔原之深慨，燠凉异态，浸淫入于风雅，顾梁汾所长嗟。"① 曹溶、曹尔堪、彭孙遹等亦接受晏几道之影响，沈雄《古今词话》引龚鼎孳语曰："君（曹溶）词如晏小山，合情景之胜，以取径于风华者。所云'舞低杨柳楼心月，歌罢桃花扇底风'，庶乎。"又引邹程村语曰："南溪（曹尔堪）诸词，能取眼前景物，随手位置，所制自成胜寄。如晏小山善写杯酒间一时意中事，当时莲、鸿、苹、云别按红牙以歌之。"② 即曹溶、曹尔堪将真实情境写入词中，出语天然与晏小山相仿，聂先等《名家词钞评》引余怀语曰："羡门（彭孙遹）家于盐官……日夕哦啸其间，淘汰澄练，诗词安得不工。即以词论，顿挫抑扬，一字不寄人篱下，善乎。黄鲁直之序晏叔原也，曰'其合者《高唐》《神女》之流，其下者，岂减《桃叶》《团扇》'，移赠羡门，奚愧。"③ 意谓彭孙遹"顿挫抑扬"章法绝类晏几道。还有宋荦《枫香词》、张锡怿《啸阁余声》、张渊懿《月听轩诗余》、王士禛《衍波词》、孙致绚《别花余事》、董俞《苍水词》、梁清标《棠邨词》等皆不同程度地取法于晏几道"以诗为词"。某些词人的个别词作亦摹拟晏几道句法，如贺裳《山花子》（恻恻轻寒闭琐窗）、郭麐《忆少年》（三巡渌酒）、吴泰来《清平乐》（紫兰香径）、周稚廉《浪淘沙》（把盏饯东君）、王开沃《鹧鸪天》（相识东风又到家）等皆是如此，不一一赘述。晏几道词已经成为清代词论中的一种词学范式，曰"小晏体"，如邹祗谟《生查子·戏效小晏体》，即是运用这一名称。

---

① 郭则沄．清词玉屑：卷首［M］．屈兴国，点校．杭州：浙江古籍出版社，2014：3.

② 沈雄．古今词话：词评卷下［M］//唐圭璋．词话丛编：第1册．北京：中华书局，2005：1036，1039.

③ 聂先，曾王孙．名家词钞评：卷一［M］//朱崇才．词话丛编续编：第2册．北京：人民文学出版社，2010：655.

总之，清人对晏几道“以诗为词”的认识是在前人的基础上且多有建树，更加全面化、精细化，亦注重摹拟学习晏几道词，以纳兰性德为代表的继承者将清词推上了又一个发展的高峰。

结　论

晏几道“以诗为词”的文学史意义

“以诗为词”是文学史上的重要命题，不同词作家对“以诗为词”的开拓之功各不相同，晏几道“以诗为词”在文学史上的意义可从四方面归纳，即“抒情言志”的词学观念、令词中的诗人技法、维护词体本色的“以诗为词”、自觉严谨的词学传播意识。

其一，“抒情言志”之创作观。晏几道是宋代第一位给自己词集作序之人，其自序中明言自己作词的认真态度，认为词不仅是“一时杯酒间见闻”，而且有“叙其所怀”之功能，这种主观上将词体与诗体功能等同的创作理念，为前辈所罕有，即便是“变伶工之词为士大夫之词”的李煜，也是因国破家亡而客观上促进词体功能的转变，而非出于其主观意愿。晏几道有意识地把个人的身世之感以及性格思想抒写于词中，是对词情的开拓。《小山词》是晏几道独特生命情感历程的结晶，自具面目。这是对当时“主理抑情”的思潮的反叛，是对词为“小道”思想的革新，提高了词体地位。以至于出现了词坛“群起和小山词”的罕见现象，据《景定建康志》载当时的书版有“《和晏叔原小山乐府》二百四十六版”[①]，只是这些作品已经失传。到了南宋，词体

① 周应和．景定建康志：卷三十三［M］//景印文渊阁四库全书：第 489 册．台北：台湾商务印书馆，1983：391.

抒情言志之功能随着国势日渐衰微而越加突显。

其二，寓以诗人技法于小令。在慢词盛行的时代，晏几道依然固守小令的阵地，并在令词中开辟了“一片碧波荡漾花草缤纷之新天地”①。其于小令中用典，发挥了用典“辞约义丰”的特征，无论事典还是语典，晏几道都能运用自如，并使之与其词浑然一体，创造出了朦胧深美的新词境。他又善用诗歌之对句、炼字等技巧，造语新奇精警，自成一家。还有意选择句式整齐的词调，采用诗化句式，使人读之如诗歌般朗朗上口。又将曲折的章法植入匀称的体式中，于平淡之内蕴含波澜起伏的情感，致使其词具备“清壮顿挫”的风格。陈匪石称《小山词》乃是令词中的“中流砥柱”，诚然如此。同时代较早的张先、柳永多是将这些技法掺入慢词中，苏轼、黄庭坚亦善于作慢词。而晏几道却寓以诗人技法于令词，并凭此将令词创作推向了极致，亦是其在“以诗为词”道路上的拓展之功。

其三，本色范围内的“以诗为词”。晏几道之词并没有摆脱情词艳曲，然而却无鄙俚之语，字句闲雅，终有品格，又不脱离词乐，保持词体音律和谐可歌，不少词作被明清诸多词谱视为“正体”。故而其“以诗为词”更是一种维护词体本色的“以诗为词”，似与苏轼之“破体”大相径庭。其点化诗句，使词语高华典雅；其比兴寄托、借鉴用典，寄托身世之感于男女艳情，使词意蕴藉深厚；其情感之抒发亦有所节制，哀而不伤，怨而不怒，好色而不淫，符合温柔敦厚的诗教，其间蕴藏着个性独特的理想意志与品德襟抱。无怪乎黄庭坚称赏其词“狎邪之大雅，豪士之鼓吹”②，诚为知音。

---

① 叶嘉莹．灵谿词说（续六）：论晏几道词［J］．四川大学学报（哲学社会科学版），1983（4）：54-61.

② 黄庭坚．黄庭坚全集：正集卷十五［M］．刘琳，李勇先，王蓉贵，校点．成都：四川大学出版社，2001：413.

其四，自觉严谨的词学传播意识。晏几道不仅用心填词，而且有心传词。他不同于其他文人士大夫“轻词”，而是诗词平等对待。甚至从某种程度上说，晏几道认为其词的地位相较于诗更高，更具有流传价值，其歌词传播意识非常强烈。他手写自制小词拜谒府帅韩少师，不畏惧府帅之威严，只为以词展示自身才华。如同欧、苏等对待诗文的严谨态度，审慎抉择留给后世的文学遗产，晏几道则有意识地自编词集以“精品传播”，他在高平公范纯仁的协助下，将一己词作精心整理校订、编集成册，最大程度地杜绝讹传讹误，命名《补亡》，并自作序表现其自身的词学观念、创作内容、创作背景、编撰过程、结集时间、自我感悟与评判等。他还邀请挚友黄庭坚为该词集作序。杜牧《答庄充书》曰：“自古序其文者，皆后世宗师其人而为之。”① 黄庭坚是当时文坛宿将之一，其序文自然可以提升词集知名度。此乃从传播学角度验证晏几道之“以诗为词”。他的努力没有被辜负，《小山词》名扬当世，当朝皇帝、宰相，曾请晏几道于朝廷作词，文坛领袖苏轼亦因其词名意欲访之。《小山词》亦泽被后世。北宋以秦观、周邦彦为代表的婉雅词人群体受晏几道词之“诗化”影响颇深；南宋至明清词人更是通过批评接受、传播接受与创作接受等多种方式接受晏几道“以诗为词”。晏几道预期的传播效果基本达成。

总之，晏几道“以诗为词”在文学史上占有一席之地，这是不应该被轻视的，其无论在当世还是后世皆影响深远。

---

① 杜牧．樊川文集．[M]．陈允吉，校点．上海：上海古籍出版社，2009：195.

参考文献

著作类：

一、古籍类（按经、史、子、集排列）

[1] 朱熹．诗集传［M］．赵长征，点校．北京：中华书局，2011.

[2] 毛亨．毛诗注疏［M］//纪昀，永瑢，等．景印文渊阁四库全书：第 69 册．台北：台湾商务印书馆，1986.

[3] 王梦鸥，注译．礼记今注今译［M］．北京：新世界出版社，2011.

[4] 程树德．论语集释［M］．程俊英，蒋见元，点校．北京：中华书局，1990.

[5] 杨伯峻，译注．论语译注［M］．北京：中华书局，1980.

[6] 司马迁．史记［M］．北京：中华书局，1959.

[7] 班固．汉书［M］．颜师古，注．北京：中华书局，1962.

[8] 范晔．后汉书［M］．李贤，等注．北京：中华书局，1965.

[9] 房玄龄，等．晋书［M］．北京：中华书局，1974.

[10] 姚思廉．梁书［M］．北京：中华书局，1973.

[11] 令狐德棻，等．周书［M］．北京：中华书局，1971.

[12] 魏徵，令狐德棻．隋书［M］．北京：中华书局，1973.

［13］陆游．南唐书：十八卷［M］//丛书集成新编：第 115 册．台北：新文丰出版股份有限公司，1985.

［14］马令．南唐书：三十卷［M］//丛书集成新编：第 115 册．台北：新文丰出版股份有限公司，1997.

［15］脱脱，等．宋史［M］．北京：中华书局，1977.

［16］周应和．景定建康志［M］//纪昀，永瑢，等．景印文渊阁四库全书：第 489 册．台北：台湾商务印书馆，1986.

［17］傅璇琮．唐才子传校笺［M］．北京：中华书局，1990.

［18］陈振孙．直斋书录解题［M］．徐小蛮，顾美华，点校．上海：上海古籍出版社，2015.

［19］马端临．文献通考［M］．上海师范大学古籍研究所，华东师范大学古籍研究所，点校．北京：中华书局，2011.

［20］永瑢，等．四库全书总目［M］．北京：中华书局，1965.

［21］郭庆藩．庄子集释［M］．王孝鱼，点校．北京：中华书局，2012.

［22］王先慎．韩非子集解［M］．锺哲，点校．北京：中华书局，1998.

［23］刘文典．淮南鸿烈集解［M］．冯逸，乔华，点校．北京：中华书局，1989.

［24］惠洪，朱弁，吴沆．冷斋夜话［M］．陈新，点校．北京：中华书局，1988.

［25］陈秋平，译注．金刚经·心经［M］．北京：中华书局，2010.

［26］赖永海，杨维中，译注．楞严经［M］．北京：中华书局，2010.

［27］刘向．列仙传［M］//丛书集成新编：第 100 册．台北：新

文丰出版股份有限公司，1997.

[28] 张华．周日用，等注．博物志 [M] //王根林，黄光元，曹兴甫，校点．汉魏六朝笔记小说大观．上海：上海古籍出版社，1999.

[29] 刘歆，撰．葛洪，集．西京杂记 [M] //王根林，黄益元，曹光甫，校点．汉魏六朝笔记小说大观．上海：上海古籍出版社，1999.

[30] 白居易．白孔六帖 [M] //纪昀，永瑢，等．景印文渊阁四库全书：第892册．台北：台湾商务印书馆，1986.

[31] 范摅．云溪友议 [M] //丁如明，李宗为，李学颖，等校点．唐五代笔记小说大观．上海：上海古籍出版社，2000.

[32] 王仁裕．开元天宝遗事 [M]．曾贻芬，点校．北京：中华书局，2006.

[33] 欧阳修．归田录 [M]．李伟国，点校．北京：中华书局，1981.

[34] 俞文豹．吹剑录全编 [M]．张宗祥，校订．上海：古典文学出版社，1958.

[35] 罗大经．鹤林玉露 [M]．王瑞来，点校．北京：中华书局，1983.

[36] 孟元老．东京梦华录笺注 [M]．伊永文，笺注．北京：中华书局，2007.

[37] 赵与时．宾退录 [M]．齐治平，校点．上海：上海古籍出版社，1983.

[38] 魏泰．东轩笔录 [M]．李裕民，点校．北京：中华书局，1983.

[39] 赵令畤．侯鲭录 [M]．孔凡礼，点校．北京：中华书局，2002.

［40］邵博．邵氏闻见后录［M］．刘德权，李剑雄，点校．北京：中华书局，1983.

［41］张邦基．墨庄漫录［M］．孔凡礼，点校．北京：中华书局，2002.

［42］陆游．老学庵笔记［M］．李剑雄，刘德权，点校．北京：中华书局，1979.

［43］苏象先．丞相魏公谭训［M］//王云五．四部丛刊三编：第370册．台北：台湾商务印书馆，1936.

［44］吴处厚．青箱杂记［M］．李裕民，点校．北京：中华书局，1985.

［45］王铚．默记［M］．朱杰人，点校．北京：中华书局，1981.

［46］陶宗仪．说郛［M］//纪昀，永瑢，等．景印文渊阁四库全书：第880册．台北：台湾商务印书馆，1986.

［47］张澍，编辑．三辅旧事［M］//丛书集成新编：第96册．台北：新文丰出版股份有限公司，1997.

［48］鲁迅．唐宋传奇［M］．长沙：岳麓书社，2014.

［49］曹雪芹，高鹗．红楼梦［M］．北京：人民文学出版社，2005.

［50］祝穆．古今事文类聚［M］//纪昀，永瑢，等．景印文渊阁四库全书：第925册．台北：台湾商务印书馆，1986.

［51］李昉，等．太平御览［M］//王云五．四部丛刊三编：第360册．台北：台湾商务印书馆，1936.

［52］王逸．楚辞章句［M］//纪昀，永瑢，等．景印文渊阁四库全书：第1062册．台北：台湾商务印书馆，1986.

［53］汤炳正，李大明，李诚，等．楚辞今注［M］．上海：上海古籍出版社，2012.

［54］曹植．曹植集校注［M］．赵幼文，校注．北京：人民文学出

版社，1984.

［55］潘岳．潘黄门集［M］//丛书集成三编：第36册．台北：新文丰出版股份有限公司，1997.

［56］陆机．陆士衡文集校注［M］．刘连好，校注．南京：凤凰出版社，2007.

［57］陆机．陆机集校笺［M］．杨明，校笺．上海：上海古籍出版社，2016.

［58］沈约．沈隐侯集［M］//丛书集成三编：第37册．台北：新文丰出版股份有限公司，1997.

［59］薛道衡．薛司隶集［M］//丛书集成三编：第37册．台北：新文丰出版股份有限公司，1997.

［60］李白．李太白全集［M］．王琦，注．北京：中华书局，2015.

［61］王维．王维集校注［M］．陈铁民，校注．北京：中华书局，1997.

［62］杜甫．杜诗详注［M］．仇兆鳌，注．北京：中华书局，1979.

［63］刘禹锡．刘禹锡集笺证［M］．瞿蜕园，笺证．上海：上海古籍出版社，1989.

［64］刘禹锡．刘禹锡集［M］．卞孝萱，校订．北京：中华书局，1990.

［65］白居易．白居易诗集校注［M］．谢思炜，校注．北京：中华书局，2017.

［66］元稹．元稹集校注［M］．周相录，校注．上海：上海古籍出版社，2011.

［67］钱起．钱起诗集校注［M］．王定璋，校注．杭州：浙江古籍出版社，1992.

［68］李贺．李贺诗歌集注［M］．王琦，等注．上海：上海人民出

版社，1977.

[69] 杜牧. 樊川诗集注 [M]. 冯集梧，注. 上海：上海古籍出版社，1978.

[70] 李商隐. 玉溪生诗集笺注 [M]. 冯浩. 笺注. 上海：上海古籍出版社，1998.

[71] 李商隐. 李义山诗集 [M] //丛书集成三编：第 40 册. 台北：新文丰出版股份有限公司，1997.

[72] 温庭筠. 温飞卿诗集笺注 [M]. 曾益，等笺注. 上海：上海古籍出版社，1998.

[73] 王立群，宋景昌，点校. 唐甫里先生文集 [M]. 郑州：河南大学出版社，1996.

[74] 韩偓. 香奁集 [M] //丛书集成续编：第 164 册. 台北：新文丰出版股份有限公司，1997.

[75] 韦庄. 韦庄集笺注 [M]. 聂安福，笺注. 上海：上海古籍出版社，2002 .

[76] 苏轼. 苏诗文集 [M]. 孔凡礼，点校. 北京：中华书局，1986.

[77] 黄庭坚. 黄庭坚全集 [M]. 刘琳，李勇先，王蓉贵，校点. 成都：四川大学出版社，2001.

[78] 郑侠. 西塘集 [M] //纪昀，永瑢，等. 景印文渊阁四库全书：第 1117 册. 台北：台湾商务印书馆，1986.

[79] 黄裳. 演山集 [M] //纪昀，永瑢，等. 景印文渊阁四库全书：第 1120 册. 台北：台湾商务印书馆，1986.

[80] 李之仪. 姑溪居士文集 [M] //丛书集成新编：第 62 册. 台北：新文丰出版股份有限公司，1997.

[81] 慕容彦逢. 摛文堂集 [M] //纪昀，永瑢，等. 景印文渊阁

四库全书：第1123册．台北：台湾商务印书馆，1986.

［82］胡寅．斐然集［M］//纪昀，永瑢，等．景印文渊阁四库全书：第1137册．台北：台湾商务印书馆，1986.

［83］杨万里．杨万里集笺校［M］．辛更儒，笺校．北京：中华书局，2007.

［84］林景熙．霁山集［M］．北京：中华书局，1960.

［85］王礼．麟原文集［M］//纪昀，永瑢，等．景印文渊阁四库全书：第1220册．台北：台湾商务印书馆，1986.

［86］朱晞颜．瓢泉吟稿［M］//纪昀，永瑢，等．景印文渊阁四库全书：第1213册．台北：台湾商务印书馆，1986.

［87］戴表元．戴表元集［M］．陆晓冬，黄天美，点校．杭州：浙江古籍出版社，2014.

［88］王世贞．弇州四部稿［M］．台北：伟文图书出版社有限公司，1976.

［89］王夫之．船山全书［M］．长沙：岳麓书社，2011.

［90］魏际瑞．魏伯子文集［M］//《清华诗文集汇编》编纂委员会．清代诗文集汇编：第70册．上海：上海古籍出版社，2010.

［91］萧统．文选［M］．上海：上海古籍出版社，2007.

［92］吴冠文，谈蓓芳，章培恒，汇校．玉台新咏汇校［M］．上海：上海古籍出版社，2014.

［93］中华书局编辑部．全唐诗［M］．北京：中华书局，1960.

［94］北京大学古文献研究所．全宋诗［M］．北京：北京大学出版社，1998.

［95］孙绍远．声画集［M］//纪昀，永瑢，等．景印文渊阁四库全书：第1349册．台北：台湾商务印书馆，1986.

［96］刘勰．增订文心雕龙校注［M］．黄叔琳，注．李详，补注．

杨明照，校注拾遗．北京：中华书局，2012.

［97］钟嵘．诗品译注［M］．周振甫，译注．北京：中华书局，1998.

［98］皎然．诗式校注［M］．李壮鹰，校注．北京：人民文学出版社，2003.

［99］陈师道．后山诗话［M］//何文焕，辑．历代诗话：上册．北京：中华书局，1981.

［100］叶梦得．石林诗话校注［M］．逯铭昕，校注．北京：人民文学出版社，2011.

［101］胡仔，纂集．苕溪渔隐丛话［M］．廖德明，校点．北京：人民文学出版社，1962.

［102］严羽．沧浪诗话校释［M］．郭绍虞，校释．北京：人民文学出版社，1961.

［103］范温．潜溪诗眼［M］//郭绍虞，校辑．宋诗话辑佚：卷上．北京：中华书局，1980.

［104］曾季狸．艇斋诗话［M］//丁福保．历代诗话续编：上册．北京：中华书局，2006.

［105］吴可．藏海诗话［M］//丁福保，辑．历代诗话续编：上册．北京：中华书局，2006.

［106］程大昌．演繁露［M］//纪昀，永瑢，等．景印文渊阁四库全书：第852册．台北：台湾商务印书馆，1986.

［107］阮阅．诗话总龟［M］．周本淳，校点．北京：人民文学出版社，1987.

［108］魏庆之．诗人玉屑［M］．王仲闻，点校．北京：中华书局，2007.

［109］陆时雍．唐诗镜［M］//纪昀，永瑢，等．景印文渊阁四库

全书：第 1411 册．台北：台湾商务印书馆，1986.

［110］许学夷．诗源辨体［M］．杜维沫，校点．北京：人民文学出版社，1987.

［111］胡应麟．诗薮［M］．上海：上海古籍出版社，1979.

［112］瞿佑．归田诗话［M］//笔记小说大观：第 6 册．扬州：江苏广陵古籍刻印社，1983.

［113］黄周星．唐诗快［M］．刻本．［出版地不详：出版社不详］，清康熙三十二年（1693）．

［114］李慈铭．越缦堂读书记［M］．由云龙，辑．上海：上海书店出版社，2000.

［115］王重民．敦煌曲子词集［M］．上海：商务印书馆，1954．

［116］赵崇祚．花间集校注［M］．杨景龙，校注．北京：中华书局，2015．

［117］金张介山，等校刻．花间正集 花间续集［M］．刻本．［出版地不详：出版社不详］，清康熙十七年（1678）.

［118］李璟，李煜．南唐二主词笺注［M］．王仲闻，校订．陈书良，刘娟．笺注．北京：中华书局，2013.

［119］冯延巳．阳春集［M］．谷玉，校点．上海：上海古籍出版社，1988.

［120］冯延巳．阳春集笺［M］．陈秋帆，笺．南京：南京书店，1933.

［121］潘阆．逍遥集［M］//王鹏运．四印斋所刻词：上册．上海：上海古籍出版社，1989.

［122］柳永．乐章集校笺［M］．陶然，姚逸超，校笺．上海：上海古籍出版社，2016.

［123］欧阳修．欧阳修词笺注［M］．黄畬，笺注．北京：中华书

局，1986.

［124］欧阳修．欧阳修词校注［M］．胡可先，徐迈，校注．上海：上海古籍出版社，2015.

［125］张先．张先集编年校注［M］．吴熊和，沈松勤，校注．上海：上海古籍出版社，2012.

［126］晏殊，晏几道．二晏词笺注［M］．张草纫，校笺．上海：上海古籍出版社，2008.

［127］晏几道．小山词［M］//朱孝臧，辑校．彊村丛书：第1册．扬州：广陵书社，2005.

［128］贺铸．东山词［M］．钟振振，校点．上海：上海古籍出版社，1989.

［129］苏轼．东坡词傅干注校证［M］．傅干，注．刘尚荣，校证．上海：上海古籍出版社，2016.

［130］吕渭老．圣求词［M］//纪昀，永瑢，等．景印文渊阁四库全书：第1487册．台北：台湾商务印书馆，1986.

［131］元草堂诗余［M］//丛书集成新编：第80册．台北：新文丰出版股份有限公司，1997.

［132］温博，辑．花间集补［M］．陈红彦，校点．沈阳：辽宁教育出版社，1998.

［133］顾从敬，等．镌古香岑批点草堂诗余［M］．沈际飞，评．刊本．［出版地不详：出版社不详］，1368-1644.

［134］汤显祖．玉茗堂评花间集［M］．套印本．［出版地不详：出版社不详］，明万历四十八年（1620）.

［135］顾从敬．类编草堂诗余［M］//丛书集成续编：第205册．台北：新文丰出版股份有限公司，1997.

［136］彭孙遹．延露词［M］//丛书集成新编：第208册．台北：

新文丰出版公司，1997.

[137] 王鹏运．半塘定稿：丁稿鹜翁集［M］．刻本．[出版地不详：出版社不详]，清光绪三十二年（1906）.

[138] 毛晋．宋六十名家词［M］．上海：上海古籍出版社，1989.

[139] 卓人月，汇选．古今词统［M］．徐士俊，参评．谷辉之，点校．沈阳：辽宁教育出版社，2000.

[140] 冯金伯．词苑萃编［M］//续修四库全书：第 1733 册．上海：上海古籍出版社，2002.

[141] 姜亮夫．词选笺注［M］．上海：北新书局，1933.

[142] 张惠言．词选［M］．北京：中华书局，1957.

[143] 周济．宋四家词选［M］．上海：古典文学出版社，1958.

[144] 冯煦．宋六十一家词选［M］．石印本．[出版地不详：出版社不详]，清光绪十三年（1887）.

[145] 陈廷焯，选评．张若兰，辑录．云韶集辑评［M］//葛渭君．词话丛编补编：第 3 册．北京：中华书局，2013.

[146] 陈廷焯．词则［M］．上海：上海古籍出版社，1984.

[147] 沈辰垣，等．历代诗余［M］．上海：上海书店，1985.

[148] 周之琦．心日斋十六家词录［M］．刻本．[出版地不详：出版社不详]，清道光十四年（1844）.

[149] 王灼．碧鸡漫志校正［M］．岳珍，校正．北京：人民文学出版社，2015.

[150] 张侃．拙轩词话［M］//唐圭璋．词话丛编：第 1 册．北京：中华书局，2005.

[151] 张炎，沈义父．词源注［M］．夏承焘，校注．北京：人民文学出版社，1981 .

[152] 李渔．窥词管见［M］//唐圭璋．词话丛编：第 1 册．北

京：中华书局，2005.

［153］沈谦．填词杂说［M］//唐圭璋．词话丛编：第1册．北京：中华书局，2005.

［154］刘体仁．七颂堂词绎［M］//唐圭璋．词话丛编：第1册．北京：中华书局，2005.

［155］贺裳．皱水轩词筌［M］//唐圭璋．词话丛编：第1册．北京：中华书局，2005.

［156］彭孙遹．金粟词话［M］//唐圭璋．词话丛编：第1册．北京：中华书局，2005.

［157］杨希闵．词轨［M］//屈兴国．词话丛编二编：第2册．杭州：浙江古籍出版社，2013.

［158］先著，程洪．词洁辑评［M］//唐圭璋．词话丛编：第2册．北京：中华书局，2005.

［159］李调元．雨村词话［M］//唐圭璋．词话丛编：第2册．北京：中华书局，2005.

［160］田同之．西圃词说［M］//唐圭璋．词话丛编：第2册．北京：中华书局，2005.

［161］郭麐．灵芬馆词话［M］//唐圭璋．词话丛编：第2册．北京：中华书局，2005.

［162］吴衡照．莲子居词话［M］//唐圭璋．词话丛编：第3册．北京：中华书局，2005.

［163］周济．介存斋论词杂著［M］．顾学颉，校点．北京：人民文学出版社，1998.

［164］黄苏．蓼园词评［M］//唐圭璋．词话丛编：第4册．北京：中华书局，2005.

［165］刘熙载．艺概注稿［M］．袁津琥．注．北京：中华书

局，2009.

[166] 陈廷焯．词坛丛话 [M] //唐圭璋．词话丛编：第 4 册．北京：中华书局，2005.

[167] 陈廷焯．白雨斋词话全编 [M]．孙克强，赵瑾，张海涛，等辑校．北京：中华书局，2013.

[168] 陈廷焯．白雨斋词话足本校注 [M]．屈兴国，校注．济南：齐鲁书社，1983.

[169] 谭献．复堂词话 [M] //唐圭璋．词话丛编：第 4 册．北京：中华书局，2005.

[170] 沈祥龙．论词随笔 [M] //唐圭璋．词话丛编：第 5 册．北京：中华书局，2005.

[171] 张德瀛．词徵 [M] //唐圭璋．词话丛编：第 5 册，北京：中华书局，2005.

[172] 万树．词律：附索引 [M]．上海：上海古籍出版社，2013.

[173] 梁启超．饮冰室评词 [M] //唐圭璋．词话丛编：第 5 册．北京：中华书局，2005.

二、近现代著作

[174] 郑文焯．大鹤山人词话 [M] //唐圭璋．词话丛编：第 5 册．北京：中华书局，2005.

[175] 郑文焯．大鹤山人词话续编 [M] //葛渭君．词话丛编补编：第 5 册．北京：中华书局，2013.

[176] 况周颐．蕙风词话 [M]．王幼安，校订．北京：人民文学出版社，1960.

[177] 王国维．校注人间词话 [M]．徐调孚，校注．北京：中华书局，2003.

[178] 陈匪石．宋词举：外三种 [M]．钟振振，校点．上海：上海古籍出版社，2016.

[179] 夏敬观．吷庵词评 [M] //葛渭君．词话丛编补编：第 5 册．北京：中华书局，2013.

[180] 郑骞．成府谈词 [M] //词学：第 10 辑．上海：华东师范大学出版社，1992.

[181] 王焕猷．小山词笺 [M]．上海：商务印书馆，1947.

[182] 宛敏灏．二晏及其词 [M]．唐红卫，整理．北京：文化艺术出版社，2017.

[183] 汪东．梦秋词 [M]．济南：齐鲁书局，1985.

[184] 刘毓盘．词史 [M]．北京：商务印书馆，2015.

[185] 龙榆生．龙榆生全集 [M]．上海：上海古籍出版社，2015.

[186] 胡云翼．宋词选 [M]．上海：上海古籍出版社，1982.

[187] 章太炎．章太炎全集 [M]．上海：上海人民出版社，1985.

[188] 杨海明．唐宋词史 [M]．南京：江苏古籍出版社，1987.

[189] 唐红卫．二晏研究 [M]．天津：南开大学出版社，2010.

[190] 叶嘉莹．叶嘉莹文集 [M]．石家庄：河北教育出版社，1997.

[191] 唐圭璋．词学论丛 [M]．上海：上海古籍出版社，1986.

[192] 缪钺．诗词散论 [M]．西安：陕西师范大学出版社，2008.

[193] 吴熊和．唐宋词通论 [M]．上海：上海古籍出版社，2010.

[194] 罗宗强．隋唐五代文学思想史 [M]．北京：中华书局，1999.

[195] 俞陛云．唐五代两宋词选释 [M]．上海：上海古籍出版社，2011.

[196] 夏承焘．夏承焘集 [M]．杭州：浙江古籍出版社，浙江教育出版社，1997.

［197］詹安泰．詹安泰全集［M］．上海：上海古籍出版社，2011.

［198］钱钟书．钱钟书集［M］．北京：生活·读书·新知三联书店，2002.

［199］吴梅．词学通论［M］．北京：中华书局，2010.

［200］刘永济．唐五代两宋词简析：微睇室说词［M］．北京：中华书局，2010.

［201］唐圭璋．唐宋词简释［M］．上海：上海古籍出版社，1981.

［202］俞平伯．俞平伯全集［M］．石家庄：花山文艺出版社，1997.

［203］顾随．顾随全集［M］．石家庄：河北教育出版社，2000.

［204］钟建华．晏殊 晏几道［M］．南昌：百花洲文艺出版社，2004.

［205］薛砺若．宋词通论［M］．上海：上海书店，1985.

［206］沈祖棻．宋词赏析［M］．上海：上海古籍出版社，1980.

三、译著

［207］村上哲见．唐五代北宋词研究［M］．杨铁婴，译．西安：陕西人民出版社，1987.

［208］宇野直人．柳永论稿［M］．张海鸥，羊昭红，译．上海：上海古籍出版社，1998.

［209］弗洛伊德．弗洛伊德文集［M］．王嘉陵，陈基发，编译．北京：东方出版社，1997.

［210］内山精也．传媒与真相：苏轼及其周围士大夫的文学［M］．朱刚，等译．上海：上海古籍出版社，2013.

论文类：

［1］叶嘉莹．灵谿词说（续六）：论晏几道词［J］．四川大学学报（哲学社会科学版），1983（4）.

[2] 朱淡文. 略论晏几道及其《小山词》[J]. 求是学刊, 1984 (5).

[3] 钟陵. 清壮顿挫小山词 [J]. 南京师大学报 (社会科学版), 1985 (2).

[4] 张惠民. 论词曲递兴及其雅俗分流 [J]. 汕头大学学报, 1988 (4).

[5] 缪钺. 词品与人品: 再论晏几道 (续《灵谿词说》之十二) [J]. 四川大学学报 (哲学社会科学版), 1990 (3).

[6] 李晓湘. 论贺铸婉约词的风格 [J]. 中国文学研究, 1996 (2).

[7] 傅义. 论晏几道对晏殊词的继承与超越 [J]. 江西社会科学, 1998 (1).

[8] 黄宝华. 论黄庭坚词 [J]. 上海师范大学学报 (社会科学版), 1999 (4).

[9] 钱建状, 刘尊明. 尊词与辨体: 宋词独特风貌形成中的一对矛盾因子 [J]. 湖北大学学报 (哲学社会科学版), 2000 (3).

[10] 李扬. 自觉的批评知音的言说: 论北宋苏门学者的词学批评 (上) [J]. 陕西广播电视大学学报, 2000 (4).

[11] 邱昌员. 简论晏几道与"以诗为词"[J]. 赣南师范学院学报, 2000 (5).

[12] 王兆鹏. 论宋词的发展历程 [J]. 暨南学报 (哲学社会科学), 2000 (6).

[13] 王兆鹏. 从诗词的离合看唐宋词的演进 [J]. 中国社会科学, 2005 (1).

[14] 木斋. 论唐宋词的诗体借鉴历程: 以温韦、张先、晏欧、少游、美成体为中心线索的探讨 [J]. 社会科学研究, 2006 (3).

[15] 谢雪清．北宋初中期“以诗为词”的得失及其影响［J］．桂林师范高等专科学校学报（综合版），2006（3）．

[16] 谢雪清．论北宋初中期“以诗为词”创作倾向的发展轨迹［J］．广西梧州师范高等专科学校学报，2006（3）．

[17] 谢雪清．论北宋初中期“以诗为词”创作倾向［J］．青海师专学报．教育科学，2006（6）．

[18] 徐安琪．“以诗为词”：苏轼词学思想新论［C］//中国韵文学会，江西财经大学．2006 词学国际学术研讨会论文集（一）．武汉：华中科技大学，2006.

[19] 江瑛．论“北宋风流”：从王国维的《人间词话》看北宋词的特征［J］．甘肃联合大学学报（社会科学版），2007（2）．

[20] 木斋．论小晏体的词史意义［J］．山东师范大学学报（人文社会科学版），2007（2）．

[21] 卓清芬．“夺胎换骨”的新变：晏几道《小山词》“诗人句法”之借鉴诗句探析［J］．“国立中央大学”人文学报，2007，31.

[22] 黄宝华．宋代词学视域中的李清照《词论》［J］．上海师范大学学报（哲学社会科学版），2008（2）．

[23] 李东宾．试论小山词的“诗人句法”：兼论黄庭坚诗论对小山词创作的影响［J］．广播电视大学学报（哲学社会科学版），2008（3）．

[24] 卓清芬．“以诗为词”的实践：谈晏几道《小山词》的“诗人句法”［J］．中国文化研究所学报，2008，48.

[25] 彭玉平．唐宋语境中的“以诗为词”［J］．复旦学报（社会科学版），2009（5）．

[26] 诸葛忆兵．“以诗为词”辨［J］．北京大学学报（哲学社会科学版），2011，48（1）．

[27] 王红杏．小山词与唐诗 [J]．安徽文学（下半月），2011 (7)．

[28] 刘凌，张学忠．狎邪之大雅，豪士之鼓吹：再论《小山词》的思想特质和艺术成就 [J]．学术交流，2012 (2)．

[29] 高安琪．论小山词对唐诗的化用 [J]．北方文学，2012 (5)．

[30] 伍三土．小晏词的"诗人句法" [J]．古典文学知识，2013 (3)．

[31] 王卫星．元祐词坛的词体特征论新探 [J]．长江学术，2015 (1)．

[32] 彭玉平，向娜．论词学批评中的"以诗比词" [J]．江海学刊，2015 (2)．

[33] 刘扬忠．论孟浩然诗歌对宋诗宋词创作的影响 [J]．铜仁学院学报，2015，17 (3)．

[34] 孙歌．论晏几道词的化诗现象 [J]．南昌航空航天大学学报（社会科学版），2016，18 (2)．

[35] 马里扬．自编词集与晏几道词的深隐寄寓 [J]．上海师范大学学报（哲学社会科学版），2018，47 (6)．

[36] 王兆鹏，胡玉尺．论唐宋词的"南唐范式" [J]．湖南大学学报（社会科学版），2018，32 (4)．

[37] 徐猛．晏几道小令词女子形象对李商隐无题诗的接受 [J]．东北农业大学学报（社会科学版），2018，16 (5)．

[38] 钱锡生．论晏几道词对前人诗歌的接受 [J]．中国文学研究，2020 (2)．

[39] 陶友珍．论晏几道词在明代的传播与接受 [J]．词学，2023 (1)．

[40] 邓群，郭勇．论晏几道词的时空书写 [J]．九江学院学报

(社会科学版), 2023 (1).

[41] 周芸. 新时期文学跨体式语言的语体学研究 [D]. 上海: 复旦大学, 2004.

[42] 刘嘉熙. 晏几道《小山词》研究 [D]. 台北: 台湾中兴大学, 2007.

[43] 王卿敏.《小山词》的接受史 [D]. 上海: 华东师范大学, 2006.

[44] 张琛. 宋代二晏词接受史研究 [D]. 保定: 河北大学, 2013.

[45] 梁丰. 晏几道“以诗为词”研究 [D]. 海口: 海南师范大学, 2018.

后　记

在椰风海韵的陪伴下，从本科到硕士，我在海南师范大学度过了七年的时光。七年学习生活的结晶——硕士毕业论文《晏几道“以诗为词”研究》顺利完成，本书是在我的硕士论文基础上数度校对、修改、补充而成。

自从踏入大学校门的第一日起，我就认真学习汉语言文学的各类知识，在求知求学的过程中，喜欢上了中国古代文学，并立志于走上学术研究之道路。2015 年顺利考取了本校古代文学方向的硕士研究生，师从薛泉教授。

薛泉教授博学多识、勤奋聪慧、积极向上。他待我如师如父，亦师亦友，一步一步地引领我走入学术大门，并在日常生活中给予我诸多关照。初入师门，他不嫌弃我愚拙，特地将《晏几道词全集》书稿托付于我撰写，希望我能从书稿的整理与编撰中，得到足够的学术锻炼，并希望我硕士毕业论文以晏几道词为主题。《晏几道词全集》书稿撰写体例要求每一首词下设提要、校记、注释、汇评 4 个条目，我需要通读、细读晏几道每一首词，以求提要简明扼要；尽可能搜索、查找每首词的各种版本，以求校记真实可信；广泛浏览古今中外的大量图书，以求注释明晰合理详尽，汇评全面多样。在撰写书稿期间，薛教授毫不吝惜地给我提供了诸多文献资料，因而训练出我较强的文献梳理与阅读能力，促使我在之后的工作学习中，包括撰写大小论文时，都能够有扎实的文献功底支撑论述。在老师的无限帮助与我的不懈努力下，《晏几道词全集》书稿已经付梓，预计2024年6月由崇文书局出版。

硕士毕业论文《晏几道“以诗为词”研究》即是我在整理《晏几道词全集》期间发现的突破点，与薛教授商量，并得到他的首肯。在毕业论文写作期间，薛教授从论文的选题、构思、结构、写作方法等全方位地对我进行细致入微的指导，并在事务最繁忙的时期，抽出宝贵的时间对该论文悉心斟酌与修改，在和他的交流与商议中，我受益匪浅。功夫不负有心人，我凭借着《晏几道“以诗为词”研究》的初步构想，拿下了2017年海南省教育厅研究生创新课题《论晏几道“以诗为词”》。在2018年完成了10万余字的毕业论文《晏几道“以诗为词”研究》，凭借着充实的内容、严谨的论述、丰富的文献，我的毕业论文被评为海南省优秀学位论文。毕业论文的写作过程虽然辛苦，却促使我夯实了专业基本功，开拓了学术视野，并坚定信心在学术道路上继续行走。非常感谢薛泉教授，无论成功还是失败，总是支持我、鼓励我，漫漫学术生涯有他的相伴，是我极大的荣幸。

2018年硕士毕业后，我顺利考入福建师范大学，成为中国古代文学博士生，师从欧明俊教授。欧教授是欧阳修研究会会长，博学多才，在学界颇有影响力，悉知我在晏几道词与北宋词研究方面颇为用力，故建议我进行欧阳修词研究，期待我能够有所创新。博士三年，我在研究欧阳修词的同时，继续研究晏几道词，并多次对《晏几道“以诗为词”研究》书稿进行润色与修改。顺利完成博士学业之后，我进入吉林大学中国语言文学博士后流动站继续深造，师从侯文学教授。侯教授眼界开阔、思维灵活、学识丰富、学术功底深厚，主要从事先秦两汉文学研究。虽然她与我研究方向不同，但她依然能够给我提供一些切实可行的研究计划与建议。在博士后流动站工作期间，我又多次校对、修改

《晏几道“以诗为词”研究》书稿，并且补充了第四章晏几道“以诗为词”的后世影响，关于传播、接受、影响的话题。没有达到一定的学术积累很难论说充分，故而在此期间方敢下笔，尽管仍存在一些不足。

走南闯北，历时数载，从最初的懵懂到如今的熟知，我对晏几道及其词的喜爱依旧未变。《晏几道“以诗为词”研究》书稿中的部分章节，已经剪裁整理成小论文在《东华理工大学学报》(社会科学版)等期刊公开发表。此书稿凝聚着我从事学术研究以来的苦辣酸甜，尽善尽美不可能，唯有尽力而为之。

漫漫求学之路，最要感谢我的父母，因为有他们的操劳与付出，默默地支持，所以才有今日的我。我是土生土长的福建福州人，是独生女。在外省求学时，他们提供给我钱财的资助，时常与我电话沟通，字字关心、句句关怀，生怕我吃不饱穿不暖。他们从不允许我过问家事，让我把心思放在学习上。在省内学习时，我基本住在家里，起居皆由他们照顾，衣食无忧，故而能够专心、专注地读书写作，顺顺利利地完成学业。无论何时，身处何地，家永远是温暖的港湾，父母永远是甘愿为我们遮风挡雨的人。

因本人资历尚浅，学识欠佳，尽管对《晏几道“以诗为词”研究》书稿进行过频繁地校对、修改、润色、补充，然书中的讹误与疏漏之处在所难免，恳请读者和研究者不吝赐教，批评指正。

梁 丰

2024 年 2 月 20 日

吉大博后寓所